文芸社セレクション

井の中の蛙

～心の道しるべ～

MR.和丸ブランド

Mister Kazumaru Brand

文芸社

目次

井の中の蛙

～心の道しるべ～

一　スーパーヒーロー

卒業シーズンも終わり、春を迎える頃には、真新しいスーツを着た若者たちが、新社会人としてそれぞれの道をスタートさせる。

在学生たちも、新入生を迎えつつ新学期がスタートする。

西側には大型モールや娯楽施設が揃う伊吹市、東側には呑み屋街が多く立ち並ぶ東津平町、その間に挟まれた人口１２４９７人ほどの小さな町の大迫町。その大迫町にある、県立大迫工業高等学校でも、当然ではあるが新学期がスタートしていた。

この学校は男子校であり、校則が緩くやんちゃな生徒が多い学校で、わりと自由度が高いため、生徒の髪型や髪色は色とりどりだ。

そのため、恐れを知らない高校生ギャングチームが、多数存在している学校でもある。

そんな学校に通う３年Ｂ組の【桜田・ジェームズ・一斗】は、身長は１６３センチほどで、髪を染める生徒が多い中、髪色は黒色でボサボサに伸びきっていた。

というのも一斗は貧乏な家庭に生まれ、両親が何かと理由を付けては借金をし、その借金の返済が滞り、そのまま家族は住む場所を失い家庭崩壊した。そんな環境で育ってきた一斗が、髪を切るお金も髪を染めるお金も持っていないのは当然だった。

家庭崩壊後は、両親が一斗を親戚に預け、その場から消息をくらましたのは、一斗が小

2の頃の話だった。その後、一斗は親戚中をたらい回しにされ、小5の頃から高3となった現在まで遠い親戚の家で生活していた。

その親戚は当然のように我が子だけを可愛がり、一斗に関しては、食事等の最低限の事はしてくれるが、後はほったらかし状態だ。誰からも同情される訳でもなく、なんの特別扱いもされない一斗の部屋は、その家の離れにある古い蔵の中だった。

ご飯もその蔵の中で食べるのだが、時間は決まっておらず、不定期に蔵の前に置かれるため、気づくのが遅いと、ご飯はすぐにカピカピになってしまう。一斗の夜ご飯は、そんな冷え切ったそのご飯と、残り物のちょっとしたおかずを食べる程度だった。

その古い蔵は電気こそ通ってはいるが、冷暖房やテレビ、冷蔵庫などあるはずがなく、使われなくなった荷物が乱雑に置かれていた。

一斗はその乱雑に置かれた家具や荷物をうまく使い、蔵の中を部屋っぽく仕上げ、その空間はまるで秘密基地のようで、一斗自身はこの空間を意外と気に入っていた。

学校に行くより蔵に閉じこもっていたいところだが、ここの家の民子(たみこ)ババアが、毎日のように「誰のおかげで高校行けているんだ？　早く学校に行け！　お前の顔はなるべく見たくないんだよ！」と罵声を浴びせてくる。

かと言って、ネットカフェやファミレスでさぼりたいものだが、お小遣いすら貰えないのが現実で、そのような所ではさぼれない。前に一度、公園でさぼった事があるが、どう見ても一斗は高校生にしか見えない。よって警察に補導され、その晩に民子ババアにこっぴどくしかられた経験があり、選択の余地がなく仕方なく学校に行っていた。

一斗はそんな家庭環境で育ち、そして、ハーフで肌の色も他の日本人とは違うという事も後押しし、学校では少し浮いた存在だったため、新しい学期が始まってからもいじめの対象となっていた。

暴言を吐かれるのは可愛いもので、ひどい暴力を受けたり、クラス全員から無視されたりと、居場所がない状態が続き、休み時間も下校の時も基本独りぼっちだった。

基本独りぼっちではあるが、完全に独りぼっちという訳ではない。

ある人が守ってくれているおかげで、校内での目立ったいじめは減少している。

減少している要因は、そのある人は喧嘩が強く、いじめっこたちが現れると、一斗を守るためそいつらを片っ端からやっつけてくれる。いじめっこたちからしたら、やられている光景を他の生徒に見られると、格が下がる恐れがあるため、校内でのいじめは減少しているのだ。【いじめ】をしている段階で格が下がるもクソもないのだが。

そのある人のおかげで、校内でのいじめが減少しているのは事実なのである。

しかし、一斗が学校から一歩外に出ると、地獄絵図のような日々が待っている。

この日も、帰り慣れた人気（ひとけ）の少ない河川敷沿いを独りで帰っていると、後ろからＢＮＴＧ（ブン太グループの略）と言うギャングチームのリーダーである金原（かねはら）ブン太（た）と、その仲間の木村拓海（きむらたくみ）の声が聞こえてきた。２人はご機嫌なのか楽しそうに笑いながら歩いてくる。

この２人が一斗に対して特に悪質ないじめを行っている。

ブン太は3年A組で元柔道部という事もあり、180センチと体重100キロを超えるめぐまれた体格で、その体型からは想像ができないくらい運動神経がいい。喧嘩好きのブン太は、毎日のように喧嘩に明け暮れ、腕っぷしが強く地元では有名なヤンキーなのだ。

その隣にいる、茶髪ロン毛を後ろで一つ結びしている175センチほどの細マッチョな男、木村拓海は3年B組で元々BNTGではなく、ハートブラックと言うギャングチームのリーダーで、先ほどの話に出てきたある人とは親友だった。そのある人が可愛がっていた一斗とも以前は仲良くしていたが、あるきっかけでBNTGにグループごと吸収され、それからは、いじめっこグループの一員になってしまい、リーダーのブン太には逆らえない立場となっていた。

そのブン太は笑みを浮かべ、野球選手の真似事をしながら石を投げた。その石は勢いよく一斗の背中に命中し、一斗は痛みに耐えきれず思わず屈(かが)み込み背中を押さえた。

ブン太はその痛がる様子を見て、満足気に微笑んでいる。

「はははは。そんなに大袈裟に痛がるなよ。お前はいつも大袈裟だな」

ブン太のその言葉に続き、今度は拓海が攻撃をしかける。

拓海は、ケツをめがけ会心の一撃と言える蹴りを入れた。蹴られた勢いで前に倒れこむ一斗は、痛さと恐怖で込み上げてくる涙を必死に堪えていた。

「ブン太くんも拓海くんも、お願いだからやめて！」

そんな必死の訴えは2人の耳には届かず、倒れた一斗に、拓海の蹴りや拳が容赦なく飛んでくる。一斗は小さくうずくまり両手で頭をかばい、痛みに耐えその場を凌ぐしかなかった。万事休すと思われたその時、あの人の声が飛び込んできた。

「弱い者いじめなんかやめろよ！」

その声にブン太と拓海は敏感に反応した。２人が声のする方を見ると、その【ある人】夜咲広夢ことヒロが現れた。ヒロは一斗をいつも守ってくれるヒーロー的存在であり、３年Ｃ組であるため一斗とはクラスは違うが、一斗が住む親戚の家のすぐ近くに住んでおり幼馴染みに近い存在で、昔から一斗の事を必要以上に可愛がっていた。

そのヒロは小さい頃から空手を習っており、身長は拓海とさほど変わらない位で、見た目はチャラく、尚且つヤンチャそのものである。その見た目通り喧嘩が強く、大迫町界隈では一番強いとされているヤンキーなのだが、その見た目とは裏腹に、非常に正義感が強く、誰に対しても優しく接するため、敵対しているギャングチームなどの人等を省き、周りのほとんどの人に好かれていた。

ブン太との関係性は、昔からお互い敵対して犬猿の仲として有名で、会うたびに何かと理由をつけては喧嘩をしていた。

拓海との関係は、拓海もヒロの事を認めており、ヒロも拓海の事は認めていた。そんな事から、２人はずっと一緒につるみ一緒にチームで活動しようと話していたのだが、拓海が作ったそのチームがＢＮＴＧに吸収されてからは、２人は気まずい関係性になっていた。そんなヒロは呆れた表情でブン太と拓海を見つめていた。

「そんなに毎日、弱い者いじめして楽しいか？　この際ハッキリ言うけど、いじめダセえんだよ！　バーカ！」

　そのヒロの言葉にブン太は大笑いしながら、後ろに居る一斗を指差した。

「こんなチビで肌の色が……」

　ブン太が大笑いしながら差別的発言をしようとしている中、ヒロはその差別的発言をしようとしているブン太に反応し、後ろの一斗に気を取られているブン太の後頭部をめがけ、ハイキックの態勢に入った。そのままハイキックはブン太の後頭部にクリーンヒットした。その凄まじい攻撃に耐えきれず、がっちりした巨体がよろめき、ブン太はそのまま体勢を崩し地面に膝をついた。そのブン太は後頭部を押さえながら、ヒロを睨み付けた。

「おいヒロ。不意打ちとは中々やるじゃねえか」

　ブン太はゆっくり立ち上がりそのまま睨み続け、ヒロの方に歩み寄っていった。そして右手で拳を握ると、その拳で顔面めがけ殴りかかった。ヒロはその拳をいとも簡単に避けてみせた。

「みんなと同じように赤い血を流して生きてるのに、肌の色関係あんのかよ？　いじめもダセえが、差別もダセえんだよ！　テメエいい加減にしろよ」

　ブン太は、ヒロのそんな言葉を聞く様子もなく、その手を休める事なく攻撃をするが、ヒロはその攻撃を簡単にかわしていく。その時だった。表情こそ変わった様子はないが、ヒロがほんの一瞬だけ左胸を気にした。それを拓海は見逃していなかった。

〈ん？　ヒロ、何かおかしくないか？　何か胸の辺りを気にしてるような……〉

一斗とブン太は、そのヒロの違和感に気づいている様子はない。ヒロのそんな事は知る由もなく、ブン太が右フックを入れると、ヒロは左手でガードしようとするも、ガードが一歩遅れ、右フックをまともに食らってしまった。その瞬間を逃すまいと、ブン太は殴る蹴るの猛反撃に出た。そこに勢いよく拓海が２人の間に割って入った。

「ブン太もういいだろ！　このままだと殺しっちまうぞ」

「黙れ！　お前だれに指図してるんだ？」

そのブン太の言葉に、やるせない表情で立ち尽くしている拓海は、ヒロを殴ろうとするブン太の腕を無意識に力強く握りしめていた。ブン太はその表情を見てため息をつくと、仕方なく殴るのをやめた。

「あーっ、めんどくせえな。そんな顔するなよ？　今回はこれまでにしてやるが、次は止めても無駄だと思っとけよ」

殴るだけ殴って気が済んだのか、ブン太は拓海を置いて、１人その場を去って行った。拓海は悲しい目でヒロと一斗を見つめると、無言で振り返りブン太の後を追った。

一斗はなんとか立ち上がり制服の汚れを払うと、ヒロの元へと歩み寄った。

「ヒロくん大丈夫？　俺のせいで……」

ヒロは軽快に飛び起きると、制服の上を脱ぎ、その制服を肩に掛けた。

「気にするなって。このくらいなんともないよ」

一斗が気にしないようにニッコリと笑うヒロだったが、一斗はずっと申し訳なさそうな表情をしている。ヒロは一斗の頭を撫で「気にするな」と肩をポンポンと叩き、慰めながら一斗と帰路についた。

次の日、一斗は学校には登校していたが、クラスでの居場所もないため授業をサボり、ずっと屋上に居た。そこで何をする訳でもなく仰向けに寝そべり、晴れ渡る澄んだ青い空をずっと眺め、気持ちを落ち着かせていた。

すると、聞き覚えのある声が耳に飛び込んできた。一斗はすぐに起き上がった。

「何してるのこんな所で？　おチビちゃん？　授業つまらないし俺と遊ぼうぜ」

〈せっかく気持ちを落ち着かせていたのに〉と、一斗の顔はどんどん曇ってきた。

そのすぐ後ろに当然のように拓海の姿もあった。ブン太は拓海を見てニヤリと笑った。

「拓海ちゃんのファイトする姿見てみたいな？」

拓海はブン太と視線を合わさないように、さりげなく別な方向を見ている。

そんな拓海の様子を見たブン太は、怒る訳でもなく無表情のまま拓海に近寄った。

「あれ、シカトできる立場だった？　そんな事したらどうなるか分かるよね」

その言葉に動揺を隠しきれずにいた拓海は、なにやら決心したのか、大きなため息をつくと、一斗の居る方へと近づき、目の前に来ると一瞬で膝をお腹に突き立てた。

その攻撃に一斗は前のめりになり、その痛みにもがき苦しんだ。拓海はお腹を押さえる一斗の手の上から、おかまいなしに何度も何度も膝を突き立てた。

前のめりになり痛みもがく一斗の髪の毛を鷲掴みにすると、今度は顔面をめがけ殴りつけた。その勢いに押され、一斗は後ろの方へとよろめきそのまま尻もちをついた。

その様子をニヤニヤしながら見ていたブン太は、拓海の肩を掴んだ。

「拓海ちゃんやればできるじゃん、後は俺がやるから見物しときなよ」

ブン太はそう言うと、プロレスラー並みに一斗の髪を掴み立ち上がらせると、躊躇なく顔面を殴りつけた。

そのまま一斗は仰向けに倒れ、ブン太はすぐさま馬乗りになり殴ろうとした。

その時、すごい勢いでブン太が前の方へ飛んで行った。

授業中ヒロが、ローカを歩き屋上の方に向かうブン太と拓海に気づいて後を追い、ギリギリのところで屋上に到着し、ブン太の方へと猛ダッシュすると、その勢いのままブン太の後頭部をめがけ、間一髪、ドロップキックを入れたのだ。

ブン太は右手で後頭部をさすり、ヒロをすごい形相で睨み付けた。その表情とは裏腹に、ブン太の口調は恐ろしいくらいに優しかった。

「ヒロちゃん。お得意の不意打ちかい？　まあ、そろそろ来るとは思っていたけどね」

その優しい口調が、逆に恐ろしさを倍増させている。

ヒロは一斗への報復と言わんばかりに、前に飛ばされたブン太の方へと走り出した。

「ブン太お前どこまでもクズだな」

ブン太もそっと起き上がると、不敵な笑みを浮かべ、巨体を揺らしながらヒロの方へと走りだした。

その様子をただただ黙って見ている拓海。しかし、ヒロが走りながらが少し左胸を気にしている様子が、またしても拓海の目に映りこんできた。

〈ヒロの野郎やっぱり何かおかしい？〉

その数秒後ヒロが胸を押さえ立ち止まった。その瞬間を逃すまいとブン太は走ってきた勢いで殴りつけ、そのまま倒れるヒロにすかさず馬乗りになり、容赦なく殴りつけた。

倒れたまま足が竦んで動けなかった一斗が、ヒロの危険を察知したのか、勇気を出して起き上がりブン太に殴りかかったが、太刀打ちできる相手ではなかった。ブン太の裏拳一発でそのまま後ろに吹っ飛ばされた。

その状況を見て、本当にやばいと思った拓海は、後ろからブン太を羽交い締めにした。

「ブン太！　本気で死ぬって」

ブン太は頭に血が上って冷静さを失っており、羽交い締めされた状態にも関わらず、強引にヒロを殴り続けようとしていた。

「お前また止める気か？　お前もヒロみたいにフルボッコされてえのかよ！」

それでも拓海は必死に止めた。少し冷静になったのか、ブン太は殴るのをやめ、スッと立ち上がった。

「ヒロ、止めてくれた【元仲間】に感謝するんだな。今日はこの辺にしといてやる」

そう言い残すと扉の方へと歩いて行った。拓海は、ヒロと一斗を気にしつつ、金魚の糞のように、ブン太のその後ろに付いて行った。

ヒロは、指先で鼻穴の辺りを触り鼻血が出ている事を確認すると、制服の袖で鼻血を拭いた。そして大の字になり空に向け叫んだ。

「やっぱ負けると悔しいな！」

一斗はゆっくり立ち上がり、ヒロの元へゆっくり歩み寄ると、その横にちょこんと座り、そのままヒロの胸に顔を埋め声を出して泣き叫んだ。

「ヒロくんごめん！　ヒロくんごめん！　俺のせいで……」

ヒロはニッコリと笑うと、そのまま力強く一斗を抱き寄せた。

「気にするなって。今度は俺がブン太をギャフンと言わせて、俺にも一斗にも、これから先ず～っと手を出せない状況になるまで、とことんこらしめてやるからな」

ヒロはゆっくり起き上がると、一斗の背中にそっと手を添えた。

「今日学校終わったら一緒に帰ろうな？　俺が来るまで待っとくんだぞ」

一斗は涙を必死に拭き、腫れ上がった顔を隠すようにうつむき、静かに頷いた。

放課後ヒロは、一斗を迎えに隣の教室に行くと、教室には誰の人影もなく、どんより薄暗い教室は、何か不吉な予感を漂わせているかのように感じた。

「あれだけ『待っとけ！』って言ったのに」

ヒロは勢いよく教室を飛び出し、そのままの勢いで校門を出たのはよかったが、すぐに立ち止まり、何やらバッグをさぐり始めた。そして、何かを考えながら夕日で赤く染まる校舎を眺めると、何かを思い出したかのように慌てて、教室の方向に戻って行った。

一方の一斗は、これ以上ヒロには迷惑はかけられないと、独りで帰っていた。

誰にもつけられていないか警戒しながら歩くその姿は、すれ違う人たちから見たら完全に不審者だった。学校を出て10分くらいだろうか、昔ながらの家が立ち並ぶ閑静な住宅街の小道を歩いていると、小さな交差点の右側からブン太が出てきた。

一斗は逃げようと交差点の左側に入ろうとするも、BNTGのメンバーがゾロゾロと出てきた。ヤバいと思ったのか、慌てて後ろの方向へと逃げようとするも、元ハートブラックのメンバーと共に拓海が出てきた。

ブン太は嬉しそうに一斗に近づくと、メンバーの数人がすぐに一斗の前へと回り込み、直進方向の逃げ道を塞いだ。ブン太は逃げ道のなくなった一斗の胸ぐらを掴むと、そのまま勢いよく殴り倒した。

その無様な殴られっぷりを見て、メンバーたちが大爆笑している。その笑い声に怯え、倒れ込む一斗の顔面をめがけ蹴りを入れると、一斗は痛みに耐えきれずのたうち回った。のたうち回るその姿は、まるで千切れて暴れるトカゲのシッポのようだった。

「今日屋上でせっかく楽しく遊んでいたのに、邪魔者が入って、ちゃんと遊んでやれなかったから、今から思う存分に遊んであげるね、一斗ちゃん」

ブン太が気分よくなっているところで、この騒ぎのせいか、近所の犬が激しく吠えだした。その犬をなだめるように、飼い主であろう年配女性の声がする。

「小太郎、静かにしなさい！　近所に迷惑よ」

　どうやら犬の名前は小太郎らしい、その家の門を一斗がチラ見したら【猛犬に注意】のステッカーが貼られていた。それを見て一斗は、

〈この犬がこいつらに噛みついて、助けてくれないかな？〉と思っていたが、その思いも虚しく、この家から遠ざかるようにブン太は、右の細い道へと入って行き、メンバーに指示を出した。

「お前ら、一斗をあそこに連れて行くぞ」

　そうブン太が言うと、メンバーは一斗を無理やり起こし、ブン太の入った細い道の方へと、一斗を無理やり引っ張って行った。

　その道を5分ほど真っすぐ行き、次の小さな交差点を更に右折、そこを10分ほど歩いて行くとだいぶ道が広くなってきた。そこをもう10分ほど歩けば大通りに面した昔ながらの商店街があるのだが、そこに行くまでの途中に空き地があった。

　その空き地は何かの跡地なのか、高い塀に囲まれている。中に入るとその塀には沢山のグラフィティーが書き殴られており、ドラム缶や土管が乱雑に転がっている。他にも錆びきって動かないであろうパワーショベルなども放置されており、荒れ果てている。

　そう、ここは紛れもなくＢＮＴＧの集会場に使われている空き地なのだ。その空き地の高い塀の上に少しだけ赤い屋根が見える。ここがＢＮＴＧのリーダーことブン太の家である。ブン太の両親は仕事がら家を空ける事が多く、そのためブン太はやりたい放題なのだ。

その頃ヒロは、校舎を出るとしばらく考え、正門ではなく裏門側から出た。それは一斗がブン太や拓海からの襲撃を避けるため、人通りの多い商店街の方面から帰宅してるのでは？　と推理したからである。その商店街はブン太や拓海たちのように正門側からも行けるのだが、正門側から行けば遠回りになる。一方裏門から行けば、裏門を出て２００メートル程直進したのち、そこにある交差点を左折し、しばらく真っすぐ行くと商店街の開けた通りに出るのだ。ヒロはその商店街の通りを走り回り一斗を探していた。

〈遠回りしてでも、人通りの多い商店街を帰ってると思ったんだけどな？　もしかしたら既に捕まって、あそこに連れて行かれてる可能性もあるな〉

そう推測しながら、ヒロは【あそこ】に向かった。

一方の一斗は、土管の前に押されると、先ほどボコボコにされたせいか、相当足にきているようで、フラフラとその場に倒れ込んだ。一斗の倒れた位置を見つめ距離を測るブン太。そのブン太は機嫌よく土管の上に登った。

「底辺の人間を高い所から見下すのは気分がいいぜ」

そう言うと、その土管の上からプロレス技の、ダイビングボディープレスをしようとしたその時、ヒロが物凄い勢いで走ってきた。ヒロはそのままの勢いでＢＮＴＧのメンバーを掻き分け、ブン太の前に立ちはだかった。

「やっぱりここにいたのか。ブン太お前どこまでやれば気が済むんだ」

ブン太はヒロの姿を見て、めんどくさそうに舌打ちをした。

「チッ、また邪魔しに来たか。今は一斗ちゃんと遊びたいの。って言うかお前また俺からブッ飛ばされたいの？」

ヒロは余裕の笑みを浮かべ、挑発してくるブン太に中指を立てた。

「お前のしている弱い者いじめ、とことんダサいな。そんなダサい奴の相手を俺がすると思うか？」

ブン太は生意気な口を叩くヒロを睨み、苛立ちながら土管を下りた。

「お前な、いちいちうるさいんだよ！　気に食わないならタイマン張るか？」

その挑発に、ヒロはゆっくりと首を横に振った。

「お前と喧嘩して勝ってもなんの自慢にもならない」

「何が『勝っても』だ！　さっき俺にフルボッコにされて、まだ顔の腫れも引いてないじゃないか？　それに最近は俺がずっと勝ってるしな。いちいち強がるなよ」

昔はヒロの方が一歩も二歩も喧嘩が強く、ブン太は太刀打ちできない状況が続いていたが、最近と言ったらあのヒロが惨敗していた。そんなブン太が挑発を繰り返すが、ヒロは終始冷静だった。

「近々倒してやるから、それまでちゃんとトレーニングでもして、頑張って鍛えておくんだな。俺はお前みたいに暇じゃないんだ」

苛立ちを隠せないブン太は拓海の方を振り向くと、拓海はゆっくりと首を横に振った。

ブン太は「またかよ」と言わんばかりに、つまらなそうな表情をしている。

「何だよつまらねえな。また拓海に救われたな？　拓海の優しさにはヘドがでるぜ」

そう言いながらブン太は、拓海の腕を力任せに引っ張りその場から立ち去ると、他のメンバーも、その後ろにゾロゾロと付いて行った。

二　井の中の蛙

ヒロは倒れこんでいる一斗の手を握り、優しく引っ張り起こした。

「痛かっただろ？　って言うか何で先に帰っちゃうんだよ。まあ、俺も迎えに行くの遅かったから悪かったけど、今日もまともに昼ご飯食べてないだろ？　昼買っておいたパンを机の引き出しに入れてた事忘れてて、取りに戻っていたら遅くなっちゃった」

ヒロは舌をペロッと出し、申し訳なさそうな表情でカバンからパンを取り出した。

一斗はそのパンを見ると、堪えていた涙が一気に溢れ出してきた。

「ヒロくん……ありがとう」

ヒロは一斗の背中を優しくさすり、さりげなくハンカチを差し出した。

そのハンカチをブルブル震える手で受け取り、溢れてくる涙を拭き呼吸を整えると、ゆっくりと歩き出した。ヒロは、その一斗の歩幅に合わせてゆっくりと歩いた。

「一斗、大丈夫か？　そこの公園で少し休んでから帰ろうか？」

ヒロの誘いに一斗は小さく頷いた。

2人は歩いて数分の所にある公園に立ち寄り、その公園にあるベンチに腰掛けた。

一斗はよっぽどお腹が空いていたのか、貰ったパンをがむしゃらに口に放り込んだ。

近くのブランコで遊んでいる子供が、一斗の食べるその様子を見て大笑いしている。

一斗は、そんな事はおかまいなしにパンを口に詰め込んでいく。そのパンが喉につっかえ咳き込むその姿を見て、ヒロは大笑いしながら持っていたお茶を手渡した。

「誰も取らないから落ち着いて食べろよ」

手渡されたお茶でパンを流し込むと、ヒロに切ない声で問いかけた。

「何でいつも危険をおかしてまで俺なんかを助けてくれるの？」

「友達だからに決まってるだろ。小さい頃に何があってもずっと友達でいよう！　そう約束したじゃないか」

一斗は、ヒロのその言葉に気まずそうにしている。

「でも、俺が死んだら……もう……その友達終わりだね」

「それどういう意味で言ってる？」

「もう辛い……死にたい……この場から消えて……楽になりたい」

穏やかだったヒロの顔は一変し、一気に険しくなった。

「苦しいのは分かる！　でも死んで何か変わるのかよ？　死んでもその死に追い詰めた側

の人間は時間が過ぎたらすぐに忘れる！　ブン太たちもその時は周りから問い詰められても、数年後、数十年後にその事さえも忘れる！　それどころかあいつらは、その後も何もなかったように笑顔で暮らすんだぞ。悔しくないか！　死んでも何の解決にもならない」

「だったらずっとこの苦しみに耐えろって言うの？」　激しくヒロに当たる一斗。

一方、さっきまで荒れていたヒロの口調は、冷静さを取り戻し穏やかになった。

「苦しい時はずっと俺が一斗を守る。死ぬのは簡単。死のうと思えば今日でも、明日でも、数年先でも、いつでも死ねる……でも、今日死んで『あっ！　やり残した事あるから、やっぱり死ぬの明日にしよう！』なんて生き返る事は不可能なんだ。死んだら何もかもそこで終わり……だから生きよう？　これから楽しい事も沢山あるからさ」

「死んだらそこで終わり……そんな事くらい分かってるよ！　でもヒロくんは何を根拠に楽しい事があるって言ってるの？　今までも……今日も……苦しいだけで、きっとこれからもこれが続いて……楽しい事なんてないよ！　苦しいだけに決まってる」

ヒロはベンチから立ち上がり、一斗をなだめるように優しく話しかけた。

「井の中の蛙大海を知らずって言葉聞いた事あるだろ？　井戸の中にいる蛙は井戸の中の事は知っていても、その外にある大きな海の事なんて知らない」

さっきまでブランコで遊んでいた子供は、既に居なくなっていた。一斗はそのブランコの方に歩いていき腰かけた。そのブランコに揺られる一斗の顔はふてくされていた。

「その、井の中の蛙と俺がなんの関係があるの？」一相変わらず一斗の口調は荒れている。

ヒロは、一斗の隣の空いているブランコに腰かけ、ブランコをこぎ始めた。

「俺らも一緒さ、自分の周りの事しか知らないし、自分の周りの現状しか知らない。その現状だけを見て、これから先に待っている未来全てを決めつけている。苦しければここに留まる必要なんてないんだ。日本はここだけじゃない、北海道から沖縄まで……世界に出ればもっと選択肢はある。井戸から抜け出すまでしんどいだろうけど、その井戸の高い壁を乗り越えたら、そこには違う世界が広がってる」

一斗はうつむいたまま相槌も打たず、無表情のままずっとブランコに揺られている。

それでもヒロは、少しでも生きる希望が持てるようにと、目を合わせてくれない一斗の方を見て話を続けた。

「どうあがいても過去はやり直せないけど、未来は何度でもやり直せる。明日が自分の理想の未来と違っていたら、明後日に向けて頑張ればいい。明後日が自分の理想と違うなら、その理想の未来に近づくように頑張ればいい。そうやって、未来は今日からでも作っていける。頑張っていれば自分の理想の未来に少しずつ近づいていくよ」

その言葉に一斗が少し頷いた気がした。それを見たヒロは、ブランコを勢いよくこぎ、そのまま前の方に勢いよく飛び降りた。

「もしかしたら次の日に、何かしらのきっかけでガラッと現状が変わるかもしれない。死んだらそこで終わり。変わるものも変わらない。生きていれば変わるチャンスも変えられるチャンスもある。だから絶対死ぬなよ」

辺りはすっかり暗くなっており、顔がハッキリは見えないが、一斗が頷いたのだけは見えた。ヒロは落ちている空き缶を拾い、少し離れた所にあるゴミ箱に投げ入れてみせた。

「一斗の事をここまで追い込んだ奴らに、復讐（ふくしゅう）する一番いい方法がある」

「一番いい復讐？」

「そう、一番良い復讐は、一生懸命生き抜いてその先に待っている未来で輝いている自分をそいつらに見せつける事だよ。そいつらより充実して生きているところを見せつけるのが、奴らを一番ギャフンと言わせる事のできる復讐だよ。だから生き抜いて一斗の人生を見せつけてやれ！　そろそろ暗くなってきたから帰るか？　明日は学校から一緒に帰ろうな」

「うん……ありがと」

　その相槌にはまだ自信がない表れなのか、全く覇気（はき）がなかった。

「一斗、元気だせよ。明日は明日の風が吹くってね。明日に向かって頑張って生きていれば、その風が幸せを運んできてくれるよ」

　ヒロはまた落ちている空き缶を拾いゴミ箱に投げると、今度は外してしまった。

　何度も投げるが中々ゴミ箱に入らない。それでもヒロは何度も空き缶を拾い上げ投げ続けた。そして、また外したその空き缶を再び拾い、今度はゴミ箱を見ずに後ろに放り投げると、空き缶はダイレクトにゴミ箱に入った。

「うまくいかない時が続いても、少し投げ方（いきかた）を変えるだけでうまくいく事もある。そのためには、変える勇気と、変わる努力も必要だけどね」

　そう言うと、ヒロは一斗の肩に手を回して、帰り慣れた道の方へと歩き出し、一斗を何度も励ましながら帰路についた。

三　リサイクル

　当たり前のように日付は変わる。

　次の日も学校から一歩外に出ると、一斗はいじめられた。次の日も、その次の日も、それは変わることがなかった。そして、この日も下校の時、ブン太とその仲間たちのひどい暴力を受ける。

　でもいつもヒロが助けにきてくれ、ブン太たちを追い払ってくれる。追い払った後は、いつものように「なんでいつも1人で帰るんだよ」と怒られる。一斗はうつむきながら、言葉を詰まらせた。

「だって、俺といたら、ヒロくんブン太くんたちといつも喧嘩に……」

「俺ら友達だろ」声を荒げるヒロ。

「嫌われ者の俺と一緒にいたら、ヒロくんも目の敵にされて嫌われちゃうよ」

ヒロは一斗の肩を抱き、自分の方に強く引き寄せた。

「いいんだよ。俺はどんなに周りに嫌われたって。一斗にだけ好かれてれば」

「何で俺なんかをそんな必死に守ってくれるの？　放っておけばいいのに……」

ヒロは、一斗の肩を抱いている腕とは逆の腕で力こぶを作ってみせた。

「俺は強いからだよ。強さは弱い者を攻撃するためじゃなくて、弱い者を守るために使うべきなんだよ。それに前も言っただろ？　一斗と俺はずっと友達だしずっと味方だよ。だから放っておける訳ないだろ」

一斗は少し嬉しそうな表情を浮かべて、ヒロの顔をジッと見ている。

「うん、いつもありがとう。そう言えば今日は空手の日でしょ？」

ヒロは笑みを浮かべ首を横に振った。そして、持っていたジュースを一気に飲み、そのジュースの残りを「飲めよ」と一斗に手渡した。

「ジュースありがとう……って言うか、えっ？　珍しく今日は空手休むの？」

「辞めたよ。昨日、辞めてきた」

一斗は驚きのあまりヒロを二度見した。一斗が驚くのも無理はない。と言うのも、ヒロは小1の頃からずっと空手を続けてきており、大会でも優秀な成績を残し続けていた。空手の練習がある日は、休まずにずっと通い続けた。そんな空手をこのタイミングで辞める理由が一斗には思い浮かばなかった。

「な、なんで？」

「細かい事はいいんだよ。今日からずっと一緒にいられるよ」

その言葉通り、ヒロはその日を堺に一斗と出来る限り一緒にいた。

放課後はヒロの奢りでカラオケに行ったり、ファミレスでご飯食べて過ごした。

この日も2人は、一緒にファミレスでご飯を食べていた。

「ヒロくんは将来の夢とかあるの？」

ヒロは注文していたポテトを頬張り、少し照れながら語り始めた。

「夢か……お笑い芸人とか？」

「あっ、確かにヒロくん昔からお笑い好きで、バラエティー番組とか録画してよく見てるって言ってたし、芸人さんのＤＶＤも沢山持ってるしね」

さっきまでの照れ笑いはどこへやら、今度は誇らしげに話を続けた。

「そうそう、笑うのも笑わすのも昔から好きだし、やっぱ人が笑顔になるのが好きだからな。お笑い芸人になっていっぱい笑わして、人気者になって、ＣＭに引っ張りだこになって、ドラマとか映画からオファー来て、俳優にも挑戦したりなんかして。いっぱい稼いで自分のファッションブランドのお店出したいな。あっ、それと本も出版して、その本がベストセラーになって、それが映画化されて……」

一斗は、そのヒロの夢を一つ一つ思い浮かべ、その未来を想像しニヤニヤしていた。

「ヒロくんやりたい事いっぱいだね？　全部成功したら大金持ちだね」

「全部成功させて、お金貯めて、金持ちになって……最終目標は宇宙旅行かな？」

「宇宙旅行？」と天井を見上げて、宇宙を思い浮かべる一斗。

「その頃には、一般人もいくらか安く宇宙に行けるだろうしな」

「何でまた、宇宙旅行なの？」

「地球にお礼と謝罪をするためだよ」

「お礼？　謝罪？」一斗はヒロを不思議そうに見つめている。

「俺らが今こうやってここで話せているのも、地球のおかげ。もしも、地球が回る速度が今よりも早かったり遅かったりしたら……地球の位置が今よりほんの少しずれてたら……俺らはこうやってここに存在していなかったかもしれない。だから、この位置にとどまってくれて、この速度で回り続けてくれて、地球に生命をもたらしてくれてありがとうってね」

「へー！　地球をそこまで深く考えていなかったな……でも、何で謝罪？」

「そうやって、せっかく地球が生命をもたらしてくれて、その生命を快適に維持できるようにしてくれているのに……自然を破壊したり、大気を汚したり、平気で地球を壊してる。そして何よりも、クソくだらない、いじめだ、虐待だ、戦争だで、地球がくれた尊い命を無駄に死へと導いてる……」

「確かに……そうだよね」うつむく一斗。

「弱肉強食の動物の世界のように、生きる為に殺してるんじゃない！　個々の自己満と、その場の感情だけで、罪のない動物とか人間を殺したり……死に追いやってる。だから、せっかくもたらしてくれた命を粗末にしてごめんねって地球に謝りたいんだ」

「ヒロくんって、人とか動物にも優しいけど、地球そのものの気持ちも考えてるなんて凄いし、本当に優しいね。人間って、良い事もいっぱいしてるかもしれないけど、そう考えると……愚かだね」

「宇宙があって、他の星があって、地球があって……その関係性のおかげで、俺らが地球で生きていられてる。その事に感謝するべきなんだよ。地球の中の人間、大宇宙を知らず！ってな感じかな？　なんか重い話になってごめんな」とヒロはペロッと舌を出して、照れを隠すようにおちゃらけた。

「ううん。大丈夫。そんな夢があってすごいなってびっくりしちゃった」

　ヒロは自分の夢を熱く語ると、一斗の夢の事も気になっていた。

「ずっと一緒にいたのに意外とこんな話をしたことなかったな。で、一斗の夢は？」

「俺はいじめられてたから……そんな事考えたこともないし考える余裕さえなかった。だから、夢はないかな」

「一斗から夢の話振ってきて、俺に散々語らしておいて、なんやねんそれ」

　そのヒロのエセ関西弁のつっこみに一斗は大笑いしている。しばらくすると素に戻り自信なさそうに呟いた。

「でも、あれやりたいこれやりたいって思ってても、所詮(しょせん)、俺はいじめられっ子で、みんなにゴミ扱いされて、誰からも必要とされないだろうから、何がしたいとか自信もって言えないし、ましてや夢なんて語れないや」

　ヒロは飲もうとしたジュースを一旦テーブルに置き、大きくため息をついた。

「はぁ〜。またそうやってマイナス思考になる。一斗はゴミなんかじゃないよ。もし、自分でゴミって思っているんだったら、自分を再利用すればいいんだよ」

　一斗は、既に飲み干してあるジュースに差してあるストローから、溶けた氷の水をズルズルと吸い込み、その言葉の意味を考えたが、考えれば考えるほどその言葉の理解に苦しむだけだった。

「再利用？」

「そう、再利用。リサイクルだよ。普通のゴミも必要なくなって捨てられるけど、磨けば何にだって形を変えられる。そして、またみんなから必要とされる物となって戻ってくる。だから必要とされてないと思うなら、必要とされるように自分を磨けばいいんだよ。ゴミも人間も磨き次第でどんな形にでも変わることができるし、無限の可能性を持っている。為せば成る為さねば成らぬ何事も！　だぞっ」

　ヒロのその言葉に一斗は少し希望を持てたのか、目をキラキラさせ、ジュースのおかわりを取りに行った。戻ってきた一斗の目はまだキラキラしている。

「だったら俺は、腕を磨いてヒロくんの相方になるよ」

「まあ、仕方ないからマネージャーとしてだったら雇ってあげるよ」

　一斗は、お菓子を買ってもらえない子供のように駄々をこねた。

「えーっ、マネージャーは嫌だよ。絶対ボケたい」

「何でボケなんだよ！　俺がボケだからせめてつっこみだぞ」

「絶対に俺がボケ」

　そのわがままにヒロは頭を抱えた。

「駄目だ！　そんなわがまま言うんだったら雇わないぞ。だから、マネージャーかつっこみのどっちかを選べよ」

「マネージャーっ！」一斗は何も迷う事なく、食い気味に応えた。

「決めるのはやっ！　どんだけつっこみ嫌なんだよ」

「ほら、ヒロくんつっこみ上手いじゃん」

「俺を試したな？　俺はただ一斗の可能性を信じてつっこみに選んでるんだぞ」

　一斗は、ヒロの前にあるポテトをひとつまみすると、その指についた塩をペロッと舐めしばらく考えると、何かひらめいたのか笑顔でこう言い放った。

「それなら、俺は別の相方探して俺がボケで、その相方がつっこみになるから、ヒロくんはマネージャーとして雇ってあげるね」

「いつの間にか、俺がマネージャーになる方向へと導かれてるじゃねぇか」

「あ、って言うか話変わるけど、俺がトイレ行ってた時なんの本読んでたの？」

「あ〜、品川ヒロシさんの、ドロップと漫才ギャングの小説だよ」

　そう言いながら、ヒロはドロップと漫才ギャングを、バッグから取り出した。

「やっぱりお笑い系の本だったんだね？　品川さんって誰？」

「品川庄司ってコンビの品川さんだよ。芸人もして、作家活動もして、映画監督とかもしていて、すごい才能を持った人なんだ。相方は庄司さんって言ってなりふり構わずすぐに、ミキティ―――――っ！　て叫ぶんだ」

その物真似に、店内にいたお客さんが一斉に注目した。そこに50代ほどの女性店員が咳払いをしながら近づいてきた。

「お客様、他のお客様のご迷惑になりますので、奇声を発するのはお控え下さい」

そう言うと、ズカズカと奥の方へ去っていった。

「庄司さんの渾身（こんしん）の力を注いだボケを、奇声扱いするなよな」

ヒロは店員の態度に、苛立ちと共に遺憾（いかん）を感じていた。

「ね？　ヒロくん。その漫才ギャング見せてよ」

「俺が読んでる途中だからダメ。お前はドロップから読みなさい」

「いやだ、漫才ギャング」

「だめ、ドロップから」

「お願い、漫才ギャング」

「ドロップ読みなさい」

「えー。表紙が怖いから嫌だな」とヤンキーにトラウマになっている一斗。

「漫才ギャングの方もある意味怖えだろ！　今度、品川庄司のコントライブのＤＶＤの、インスタント貸してやりたいとこだけど……デッキっていうかテレビすらないか？　今度、俺んちに見にこいよ、一緒に見ようぜっ」

「行く！　俺もＤＶＤ見てお笑いの勉強する。それよりドロップ貸してよ！」

「だから、漫才ギャングから読めって！」

「はーい。おかまいなく漫才ギャングから読みます」

そう言うと、ヒロの手元にあった漫才ギャングを取り上げた。

「クソ。だまされた！　一斗あとから覚えとけよ」

そんな、コントみたいなやり取りをしながら、ファミレスでの時間を過ごした。

四　ナイスキャッチ

ファミレスで熱く語ったり、どうでもいい会話をしたり、そんな日もあれば、隣町の伊吹町（いぶきちょう）にある、カラオケやゲーセンにも2人でよく遊びに行っていた。

この日の2人の姿は、ゲーセンのＵＦＯキャッチャーの前にあった。

「一斗もっと右！　もうちょい右！　あーっ！　そこじゃない！」

「ヒロくん、ちょっと集中できないから静かにして」

「うるせえ！　俺の金だぞ？　俺に主導権があるんだ」

一斗は、ヒロのアドバイスをシカトし、横から覗きこんだり下から見たりと、試行錯誤しているようで、なんと一発でドレスを着たカエルのぬいぐるみをゲットした。

なんにも取り柄がないと思っていた一斗は、意外なところで才能を開花させていた。

「よしっ！　2匹目ゲット！　ドレスのカエルとタキシードのカエルをコンプリート！

タキシードのカエルちゃん1匹では寂しいもんね。2匹揃って良かった」

「ナイスキャッチじゃねえか。一斗にこんな才能があったとは」

ヒロは一斗のキャッチ力に感心していた。

それを後ろから見ていた2人組の女子高生が、わちゃわちゃと騒いでいる。

その中の1人、ショートが似合う可愛らしい小柄の女子高生が、悔しそうにしている。

「えーっ！　1発で取るとかありえない！　私2千円使っても取れなかったのに」

すると、その中の黒髪ロングで、クールビューティーな女子高生、神崎雫（かんざきしずく）がショートの女の子の背中を押した。

「美羽、この子に取ってもらいなよ？」

そのショートの女の子【美羽（みう）】は、羨ましそうにカエルのぬいぐるみを見つめていた。

一斗は、今まで民子ババア以外の女性と接した事がなかったため、顔を真っ赤にして、美羽にぬいぐるみを差し出した。

「俺、あの……えっと……2匹取ったから……だから……ドレスの……こっちのカエルこれあげる」

　美羽は、ピョンピョンと飛び跳ねて喜んだ。

「えーっ！　いいの？　超嬉しいんだけど！　ほんと、ありがと」

　隣にいた雫は、一斗の方を見て鼻で笑った。

「どんだけしどろもどろになってるの？　なにか女慣れしてないところが可愛いね」

　美羽もテンション上がったからなのか、一斗の事をいじりだした。

「髪の毛ボサボサだけど照れてる顔が可愛いね。顔立ち可愛いから、髪の毛切ったらもっと可愛くなりそうなのに。って言うかまた今度どこかで会ったら話しかけてね」

　その女子高生たちは一斗をしばらくいじった後、わちゃわちゃと騒ぎながらその場を離れて行った。ヒロは一斗のその行動の一部始終を見て、ニヤニヤしていた。

「お前あの娘に惚れただろ？」

「そんな事ないよ」一斗は、ずっと下を向いて照れくさそうにしている。

「照れてるな。なあ、生きてればこんな楽しい事もあるんだぞ」

「照れてない」と少し怒り気味に一斗が言った。

「めっちゃ照れてるじゃねえか！　その照れてる勢いでカラオケ行こうぜ」

「照れた勢いでカラオケってどんな勢いだよ！　でも……音痴だしな」

「俺も音痴だぞ。すごいだろ？　もしかしたら一斗より音痴かもしれないから、世界で2番目くらいに音痴かもな、俺らはプロじゃないんだから下手でもカラオケは楽しめればいいいんだよ」

「まあ、確かに楽しめればいいね。それにしても世界1位ではないんだ？　そうなると3位が気になるな」

「3位が気になるのかよ！　普通は1位が気になるだろ！　1位ほったらかしかい……あっ、俺につっこみさせたな？　やっぱりボケ狙ってるだろ？」

一斗は何か企んでいるのか、ニヤリと笑った。

「そんな事ないよ！　それより早くカラオケ行こう」

一斗のなにか企んでいるかのような表情を確認すると、ヒロは急に走り出した。

「今、何か企んでいるかのような顔してたぞ？　怪しすぎる……よしっ、カラオケ店まで競走するぞ？　勝った方がボケ担当な」

「あっ、ヒロくんずるい！　3位の人がボケ担当ね」

「1位じゃねえのかよ！　しかも3人いる設定になってるじゃねえか」

一斗は全力でヒロを追いかけ、その背後からルールを説明している。

「3位がボケで2位がつっこみ」

「それじゃあ1位は？」後ろを振り返りながら問いかけるヒロ。

「ほったらかします」

「やっぱり1位ほったらかしかーい！　よし、ヒップホップとレゲエ歌いまくるぞ！　一斗は何、歌うんだよ？」

「森のくまさんとか？」

「童謡かよ」

「くまさんが女の子を助ける優しい歌だから、俺は好きだな。よし、童謡歌いまくるぞ！」

「真面目か」とつっこみつつ、一斗の童謡歌いまくるの発言に動揺しているヒロ。

その後、２人は気の済むまでカラオケを楽しんだ。そんな平凡な一日を一斗はすごく幸せに感じていた。

その後もヒロといる事で、うまくブン太たちを避けられるようになり、いじめっこグループのメンバーとも会う頻度が少なくなってきており、平和な日々が訪れだした。

そんな日々が続いていたある日の事。ヒロと一斗は公園でキャッチボールをしていた。

この日の公園は、親子の姿や小さい子供たちの先客はいなかったので、２人の貸切状態で広々と使うことができていた。

ヒロは、お気に入りのトレードマークでもあるキャップを後ろ向きに被り、気合を入れキャッチボールに挑んでいた。そして、一斗が投球のモーションに入りボールを投げる前に、ヒロはさりげなく質問を投げかけた。

「彼女とはうまくいってるか？」

一斗はそのヒロの問いかけに動揺し、とんでもない大暴投をしてしまった。

「彼女って誰だよ」

ヒロは自分のお気に入りの服が汚れることを恐れず、ダイビングキャッチを試みるも、後ろにそらしてしまい、ただお気に入りの服が汚れただけの結果となった。

「お前どこに投げてるんだよ！　この服高かったんだぞ？　あのショートの娘だよ」

「住んでる所知らないし、俺携帯持ってないし名前すら知らないよ」

ヒロは拾ったボールをかっこよさげにジャンピングスローしたが、そのボールは、一斗の頭を越えようとしていた。しかし、そのボールをしっかり見ながら斜め後ろに下がり、一斗はジャンピングキャッチをしうまく暴投のボールを捌（さば）いてみせた。ヒロはそのキャッチ能力にビックリしている。

「えっ？　名前聞いてないの？　でもあの友達が何とかって名前言ってたよな？」

一斗は、うまくキャッチできたそのボールをすぐさまヒロに投げ返した。そのボールはまたしても大きく横に逸（そ）れた。

「あの一瞬で聞ける訳ないよ。それに女の子と話すの苦手だし」

ヒロは、そのボールに横っ飛びするがわずかに届かなかった。そして服は更に汚れてしまった。逸らしたボールを拾い、少し離れた場所からボールを投げ返した。

「ちゃんと胸に投げろよ！　服がどんどん汚れるじゃねえか。でもあの制服は隣町の津平（つひら）商業だったよな？　でもよ〜、あの娘遊んでそうな顔してたよな」

胸に投げろと言う割には、ヒロが投げたボールも大きく横に逸れた。

そのボールを横っ飛びしながら、回転レシーブのようにくるりと回りうまくキャッチした一斗は、そのヒロの発言に怒りをあらわにし、今日一番の剛速球を投げ返した。

その剛速球は案の定大きく横に逸れ、ヒロは綺麗なダイビングを見せたが捕れる訳がなく、お気に入りの服の、スト系ハイブランドのロゴは汚れで全く見えなくなっていた。一斗は、そんな事は気にせず罵声を浴びせた。

「美羽ちゃんはそんな娘じゃない！　あの日会ったばかりで何も分からないけど……きっと美羽ちゃんはそんな娘じゃないよ」

ヒロはボールを拾いに行くと、泥だらけのお気に入りの服を見て呆然としていた。

「あ〜、俺のお気に入りの服が……て言うかお前あの娘の名前知ってるんじゃねえか！どんな高度なボケをぶちかましてくるんだ！　やっぱお前ボケ担当狙ってるだろ」

ヒロはお返しとばかりに、わざと遠くの方へ山なりでボールを投げた。一斗はすぐさまボールの方へと走ると、素早くボールの下に回り込み難なくキャッチした。

「でも本当にキャッチボールしたの何年ぶりだろ？　この前のボウリングもカラオケもずっと行ってなかったし、本当にもうあの日々……終わったんだよね」

「なあ？　辛い事も苦しい事もそりゃあるけど、その分楽しい事だって必ずあるよ……って言うかお前投げるの下手なくせにキャッチめちゃめちゃ上手くねぇ？」

一斗は、空をゆっくり流れる雲を見つめていた。

「こんな日が……ずっと続けばいいのに。もう辛いのはごめんだよ」

「キャッチの話シカトかよ！　でもまた辛い事あったら、今みたいに空を眺めればいいよ。辛い時間って止まってるかのように長く感じるけど、あの雲みたいに必ずゆっくりと時間も流れてる。雲が流れてるの見れば時の経過をこうやって体で感じとれる。そして今日みたいに楽しい時間が訪れてくれるよ。なあ、一斗……ずっと気になってたけどさ、ブン太やいじめてた奴らの愚痴をお前の口から一回も聞いた事ないけど、腹が立ったりしないの？」

一斗は、持っていたボールをそおっとヒロに手渡した。

「そりゃームカつくよ！　でも恨んでもしょうがないしね……恨みからはなんの良い事も生まれないんだよ。恨んでもいつまでたっても誰も幸せになれない」

「なんか、一斗らしいな。お前はいつも優しすぎるんだよ」と一斗の頭を撫でた。

一斗は、公園に設置してある水道の方に歩いて行った。その水道は蛇口をひねれば噴水のように上に水が出るタイプのやつだ。

一斗は気の済むまでその水を飲むと、口に付いた水を服の袖で拭き取った。

「俺もヒロくんみたいに強くならないとね。ずっと頼ってばかりじゃ駄目だし」

ヒロは、一斗の頭をグローブで軽くポーンッと叩いた。

「そのままでいいって。ずっと俺が守るって約束しただろ？」

「ヒロくんは俺にとって、強いスーパーヒロだし、頼れるスーパーヒーローだよ」

その譬（たと）えにヒロは、ただただ苦笑いをしていた。一斗はその反応に不満だったのか、ヒロのお腹に軽くパンチを入れた。

「苦笑いってなんだよ！　もっと素直に喜べ」

「一斗、それ弱い者いじめだぞ」

「これは愛情表現です。しかもヒロくん、弱くないじゃん」一斗は舌をペロッと出した。

それを聞いて嬉しかったのか、ヒロは先ほど手渡されたボールを笑顔で空高く放り投げた。そのボールは、丁度、太陽と重なり最悪な条件だ。

「一斗これが今日の最後のボールだ。これはさすがに捕れないだろ？」

一斗はすぐに落下地点に走り、グローブの網目で太陽を隠すと、ボールが落ちてきた瞬間に元メジャーリーガーのイチローばりに、綺麗な背面キャッチをしてみせた。

「ナ、ナイスキャッチ……俺の記憶によれば野球の経験ないよな？」

「うん、ないよ。テレビでも見た事ないし。蔵の中に古いグローブとボールがあったから、壁にボールぶつけて捕る遊びしてたら捕れるようになった。蔵の中狭いし、色んなものが置いてあるから、その色んな物にボールが当たって変化するボール捕ってから、それで捕るの鍛えられたのかもな」

「お前キャッチの能力はあるけどそれを返すの下手だよな、それが女と話す時に完全に出てるぞ。まずは言葉のキャッチボールできるようにならないと、聞き取る能力だけじゃ美羽ちゃんは落とせないぞ。まずは暴投（しどろもどろ）を直さなきゃな」

「だから、落とそうとしないって」

「嘘つけ！　美羽ちゃんの話になるとすぐ動揺するくせに。それは完全に恋だぞ」

こんな感じで、またいつもの「あーでもない」「こーでもない」の戦（いくさ）が勃発し、今日と言う日の幕は閉じた。

五　消えたスーパーヒーロー

公園でじゃれ合うそんな2人を、ブン太は遠くから面白くなさそうに見ていた。

「拓海。今からあいつらを殺りに行くぞ」

拓海は、ヒロと一斗の所に行こうとするブン太の肩を力強く掴んだ。

「ヒロは多分……どこか調子が悪いんだと思う。この前の喧嘩の時も何かおかしかった。今あいつに勝ってもフェアじゃない」

「お前、誰に指図してるんだ？　お前がここに生きていられるのは誰のおかげだ？」

拓海は、それを言われると何も言えなくなる。それでも拓海は、元々はヒロや一斗と関わっていた立場として、何もできない自分がやるせなかった。

「分かってる……でも……」

ブン太は、拓海のその表情を見て完全にふてくされていた。

「分かったよ。それなら一斗は今まで通りにやるからな。それなら文句ないだろ？取り敢えずヒロとはしばらく揉めないようにして、一斗が1人になった時を狙う」

そう言い残し、イライラしながらその場を去って行った。

次の日の放課後、チャイムが鳴ると同時にヒロは隣のクラスにいる一斗をいち早く迎えに行った。なるべく早く迎えに行き、ブン太や拓海たちと接する機会を減らすためにと、一斗の事に関してかなり神経質になっていた。そして、放課後は一斗と楽しく過ごす。そんな平和な日々が続いていた。

ある日の事、一斗がいつものように学校に来ると、ヒロの姿がどこにも見当たらなかった。下校の時も一斗は、ブン太たちにバレないように校門近くに隠れ、何時間も待っていたが、ヒロが現れることはなかった。

「どうしたんだろ？　ヒロくん。俺……携帯持ってないし連絡取りようがないな」

次の日も隣のクラスを覗いたが、ヒロの姿はどこにもなかった。

一斗は下校の時に嫌な予感はしていたが、仕方なく独りで帰る事に決めた。そして、いつもの河川敷沿いを独りで歩いていると、後ろから嫌な声が……。

「お前とうとうヒロに見捨てられたな？」

すぐさま後ろを振り向くと、ニヤリと笑うブン太とＢＮＴＧのメンバーが勢ぞろいしていた。よって嫌な予感は的中した。ブン太は、一斗を河川敷の奥にある高架下に連れて行くと、今までの鬱憤（うっぷん）を晴らすかのように殴りかかった。その後に続きＢＮＴＧのメンバーたちも、なだれるようにおしかけ、容赦なく殴る蹴るの暴行を加えた。

いつもなら、こんなピンチの時にはヒロが現れてくれたが、この日だけはいくら待っても一斗の中のスーパーヒーローは、姿を現すことはなかった。

どれだけ殴られ続けたのだろうか、気を失っていた一斗が目を覚ました時には、辺りはすっかり真っ暗になっており、ブン太たちもいつの間にか居なくなっていた。

一斗の顔は腫れ鼻血も出ていたと思われるが、時間が経ってしまったおかげで血は鼻の周りで固まっている。体中も傷だらけになって見るも無残な姿だった。

その傷だらけの体を引きずり、夜道を独り歩き続けた。

「ヒロくんの嘘つき……何がずっと守るだよ」

一斗は珍しく愚痴をこぼした。その初めてともいえる愚痴が、事もあろうかヒロに対しての愚痴だった。

次の日から、また【いじめ】という地獄の日々が始まった。

一斗はもう希望すら持っていなかった。ひどい仕打ちを受けても無表情のままその場に立ち尽くし抵抗すらしなかった。抵抗しないのをいい事に、ブン太やそのＢＮＴＧのメンバーたちはひどい暴行を加えた。

一斗はいつものように学校が終わると、独り肩を落としトボトボと自宅の方へ歩いていた。丁度、遠くに河川敷が見えてきた所で、ずっと遠くの方からブン太たちの声が……一斗は逃げるどころかその場に立ち止まりため息をつくと、自分からブン太たちの方向へと歩きだした。

「はぁ～、また殺られるのか……どうせ……逃げられないや」

その時、一斗の腕が後ろの方に強く引っ張られた。

六　スーパーヒーロー再び

「何やってるんだ？　早く逃げるぞ！」そこにはパジャマ姿のヒロの姿があった。

「なんで？　ヒロくんその恰好は？」

「説明は後からだ！　ゆっくり話してる場合じゃないだろ」

ヒロは一斗の腕を引っ張り全力で走った。その走り去る二つの影に気づいたブン太は、拓海や他のメンバーに追いかけるように指示を出した。

「おい、お前ら奴らが逃げたから追え！　一斗、ヒロ！　逃げるだけ無駄だぞ」

逃げても逃げてもしつこく追いかけてくるＢＮＴＧ。

ヒロと一斗も後ろを振り返ってはブン太たちとの距離を確かめ、追いつかれまいと休む事なく全力で走り続けた。

河川敷沿いから離れ住宅街に入ると、更に走り続け、細い道を右に左にとまがって逃げ続け住宅街を出た。そこには山が立ちはだかっており、その山沿いの道には昭和感満載の古い家が立ち並んでいる。その山の中にはいくつもの畑があり、ここはその畑で働いている農家の方々が多く住んでいるのだが、農家の後継ぎが減ってきたために、空き家になっている建物も多く存在している。そんな古民家が立ち並ぶ山沿いの道をどのくらい走っただろうか？　ヒロが何かを思いついたかのように、突然山中の舗装されていない道へと入りその奥へと走りだした。その山の少し奥に入った所に古い小屋が見えた。その小屋の扉を2人でこじ開けると、いたるところに蜘蛛の巣が張っており、中には使わなくなったであろうビーバーやチェーンソーなど、他にも農機具などが乱雑に置かれていた。2人が部屋の奥へ歩くと、歩く度にほこりが舞い上がった。そんな事は気にしていられない2人は、急いでその小屋の奥へ逃げ込んだ。一斗がヒロを見ると、その顔は真っ青になり息もすごく乱れていた。

「ヒロくん大丈夫？」

ヒロは激しく咳きこんでいたが、西日の入る窓から力を振り絞って外を覗いた。

「ここなら……ここなら……絶対……大丈夫だ」

外を見ると、遥か遠くの方でBNTGが2人を捜し回っている姿が見えた。

「そうじゃなくて、顔色悪いし」

「ごめんよ一斗……俺がこんなんで……また苦しい思いさせたな」

「ヒロくんごめん。おれヒロくんのこと疑ってた。具合悪いの？」

「ずっと黙っててごめん……俺……ずっと体調悪くて……心臓が悪いみたいで」

ヒロは、3枚ほど重なって置いてある、ボロボロの畳の上に横たわった。ヒロのしか

め っ面を見ればどれだけ苦しいかが見て取れる。

「だから？　だから空手も辞めて、それじゃあ学校休んでたのも？」

「ずっと心臓が苦しくて……検査入院してたんだ。でも、嫌な予感がして……心配で病院抜け出してきたら……やっぱりあいつら一斗が1人になるの待ってやがった」

「なんで？　無理してまで来なくていいよ」

「だって、俺が一斗の事をずっと守るって約束しただろ？」

「苦しいでしょ？　もう喋らなくていいよ。救急車呼ばないと。俺、携帯持ってないからちょっと貸してね」

一斗は、ヒロのズボンのポケットをさぐり携帯電話を取り出した。急いで電話をしようとするも繋がらない。事もあろうか運悪く電波が入らない状態になっていた。

「電波が全然入らない。どうしよう」

一斗は右往左往しながら完全にパニクっていたが、そのまま危険を顧みず急いで小屋を飛び出すと、すぐ目の前に拓海と広岡翔がいた。この広岡は、元々ハートブラックに所属しており、拓海の右腕と言われている男である。身長170センチ程度でトレードマークは金髪坊主頭にバンダナである。その元ハートブラックのトップ2人がすぐさま一斗の行く手を塞いだ。

「一斗、もう逃がさないからな」

一斗はすごい形相で拓海を睨み付け、勢い任せに飛びかかった。

「うるせえ！　お前と遊んでる暇なんかないんだ」

体当たりされて拓海が倒れこむと、一斗は馬乗りになり拳を振りかぶった。

そしてその拳を振り下ろした……その拳は拓海の目の前で止まっていた。

「殴れよ。俺の事むかつくだろ？　早く殴れよ」

一斗は大粒の涙をこぼした。

「拓海くん。お願い、ヒロくんが……お願い……あそこの小屋に……携帯……電波」

拓海は、一斗の様子を見て、ヒロが胸を押さえ、しかめっ面になっていたあの時の様子が頭をよぎった。すると、勢いよく馬乗りになる一斗を突き飛ばした。

「携帯？　電波？　ちゃんと説明しろよ」

一斗は小屋の方向を指差して泣くばかりで、ちゃんとした説明ができない状況だった。

拓海は一斗の指の方向をゆっくりと目で追うと、山の奥に小屋の屋根が少し見えた。

「あの小屋に行けばいいんだな？」

一斗はゆっくりと頷(うなず)いた。拓海が携帯を取り出すと「電波障害が生じてる」との通知が出ていた。

「拓海くん、俺……きゅうきゅ……」

拓海と広岡は小屋をめがけて走り出した。拓海は走りながら一斗がいる方へと振り返ると、大きなジェスチャーで「行け！」と合図しながら怒鳴りつけた。

「何やってるんだ！　早く救急車呼んでこい！　ヒロの事は俺らに任せろ」

その言葉を聞いた一斗は、すぐに立ち上がりがむしゃらに走り出した。

拓海と広岡の2人が小屋に着くと、ヒロは胸を押さえ呼吸も激しく乱れていた。

「ヒロ！　もしかしてお前心臓が？　だから喧嘩の時？」

ヒロは、咳き込みながら苦しそうに口を開いた。

「拓海……」

「ヒロ、分かったから喋るな！　話は後から聞くから」

ヒロは、か細い声で拓海に話しかけた。

「拓海……俺は大切な一斗をあんな目に遭わせたお前らが本当に憎い……でも一斗は毎日あんな目に遭っても……ブン太の事もお前の事もこれっぽっちも恨んでいない」

ヒロの咳は、喋るたびにひどくなっている気がした。

「ヒロ、もう喋るな」

それでもヒロは話し続けた。

「一斗は……優しすぎるから……あそこまでされても……ブン太や他の奴らの事も、お前の文句も……一回も言ったことがない」

ヒロの声はどんどん小さくなっていく。

「拓海……一斗の事嫌いか？　肌の色が気に食わないからいじめてるのか？」

拓海は気まずそうにうつむいた。

「違う……本当は……」

「ブン太はそう言ってた……目の色が違ったって肌の色が違ったって……俺らの体には同じ赤い血が流れてるんだぜ。同じ人間だぜ」

「俺もその理由でいじめに参加してたけど……本当のところはそんなんじゃねえよ！　ただ……」

　ヒロは苦しそうに顔をしかめた。それでも力を振り絞り話し続けた。

「分かってるよ……昔、拓海たちが東津平町の族と喧嘩になった時……途中から奴らの仲間がどんどん集まりだして……拓海たちが殺されかけた時……ＢＮＴＧに助けられた……だから……その恩があるからブン太には逆らえない」

　拓海は、悔しそうな表情を浮かべ軽く頷いた。

「知ってたのか……お前にはあの事件の真相は知られたくなかったから黙っていたんだけど……」

　ヒロの呼吸はどんどん乱れている。それでもヒロは苦し紛れに話を続けた。

「ブン太が一斗を嫌ってるから……拓海も嫌わないといけない……そんな法律なんてない……昔、一斗と仲良くしてくれてたじゃないか……無理に相手に合わす必要なんてない……」

　ヒロは目を開けられないほど苦しそうにしている。顔をしかめ最後の力を振り絞って必死に話を続けた。

「このままブン太にくっついていたら……いつか何かしらで……犯罪に巻き込まれ、お前も犯罪者になるぞ。そうなると将来もクソもなくなる……拓海……お前ブン太より喧嘩強いじゃないか……あいつ止められるの、もうお前しかいない。頼む……俺の大切な……大好きなダチの一斗を守ってくれ……弱い者を守るそれが本当の強さだ……頼む親友。って言うか……いじめダセえんだよ！　バーカ！」そう言うとヒロは意識を失った。

「ヒロ！　ヒロ！　起きろ！」

拓海が何度も呼びかけるもヒロの反応がない。それを見て広岡はそっと立ち上がった。

「俺は行くぜ？　今頃、一斗がブン太に捕まっているかもしれない。よりによってこんな時に携帯も電波障害か……」

「駄目だ！」拓海は、小屋から出ようとする広岡の腕を引っ張った。

広岡は、自分の腕を引っ張る拓海の手を振り払い、怒鳴りつけた。

「ここまで言われて！　お前はまだブン太の機嫌を取る気か！　お前それでも元ハートブラックのリーダーか？　しっかりしろよ」

拓海は、首をグルグル回しながら、指の関節をポキポキッと鳴らした。

「お前じゃ無理だ俺が行く。俺はな元じゃねえ。今もハートブラックのリーダーだ。お前はヒロを山の下へ連れて行け。頭（リーダー）からの命令だ」

広岡は元の姿に戻った拓海を見て、安堵の表情を浮かべ、力強く頷いた。

その頃一斗は、近くの民家に飛び込み電話を借りて病院に電話をしていた。

それから数分後、救急車はヒロを背負った広岡の元へ到着した。救急車到着から数分後、一斗がようやく戻ってきた。しかし、そこには広岡がひとり立ち尽くし救急車はもう病院へと走り去っていた。一斗はずっと走っていたせいで呼吸が激しく乱れていた。

「ショウくん！　ヒロくんと拓海くんは？」

広岡は遠く町の方を指差した。

「ヒロは総合病院に……拓海は一斗を探しに行ったけど」

一斗は広岡の話そっちのけで、病院のある方へと走り出した。しばらく走り続けて行くと、拓海たちとは別行動で一斗を探していた、事情を知らないBNTGと遭遇した。一斗は案の定すぐに囲まれた。その軍団の後ろから、ブン太がゆっくり笑みを浮かべながら距離を詰めてきた。

「お前の事も気に食わないが、ヒロの事はもっと気に食わない。お前をボコボコにすれば必ずヒロが現れる。今日は誰に止められようが、決着つけて、もう二度と逆らえないようにしてやる」

そう言うと、一斗の胸ぐらを掴み殴りかかった。いくら殴られようが蹴られようが、もう一斗の中のスーパーヒーローは助けにきてくれない。

その時だった、一斗を探し回っていた拓海が走ってきた。その拓海に気づいたブン太が叫んだ。

「拓海、いいとこに来た！　お前もこいつを殺れ」

拓海にはもうブン太の声は聞こえていない。走ってきた勢いでブン太を殴り倒した。

〈親友ごめんな。元の俺に戻してくれてサンキュー。後は……一斗の事は俺に任せてゆっ

くり休んどけ〉

新たなスーパーヒーローが助けにきた。ブン太はただただ呆然としていた。

「拓海、お前……」

ブン太は我に返り拓海に殴りかかった。拓海はいとも簡単にそれを避けた。

「拓海、今してる事がどういう事か分かってるんだろうな?」

拓海は表情ひとつ変えず、冷静な口調で語りながら、ブン太を殴り続けた。

「お前らのしてる事（いじめ）よりマシな事をしてるまでだ。もうこんなのやめだ。気に食わないなら俺を殺（や）れよ」

そこから拓海は、今までの虚しさと、後悔の感情だけでブン太を殴り続けた。

「一斗、いいから早く行け」殴り続けながら拓海が叫んだ。

一斗は拓海の豹変ぶりに戸惑いつつも、病院のある方へと走り出した。

七　その代わり

それから数十分後に一斗は病院に到着し、急いで受付カウンターに行った。

「ヒロくん……ヒロくんが！　夜咲……救急車で……」

受付の女性は、パニクる一斗を落ち着かせて丁寧に説明した。

どうやら集中治療室に入っているらしい。急激な運動による心臓発作らしく、意識不明の重体。

それから一斗は待合室で待たされた。何時間待ったか、時計の秒針の音だけが院内に響き渡る。その時計の針はもうすぐ19時を指そうとしていた。その静かな院内に沢山の足音が聞こえてきた。

ようやく拓海や広岡が駆けつけてきたのだ。その後ろにはボロボロになったブン太の姿もあった。そして、少し時間を空け、ヒロの家族や親戚が病院に到着した。

看護師の案内で、最初に家族らが部屋に通された。その後、時間を空けてから一斗らが部屋に通された。通された部屋には、冷たくなり変わりはてたヒロの姿がベッドの上に横たわっていた。

「ヒロくん……そんなの嫌だよ……嘘でしょ……嘘だよね？　嘘って言ってよ！　ね？起きてよヒロくん！　ずっと一緒って……ずっと守るって……絶対いやだよこんなの」

一斗は膝から崩れ落ち泣き叫んだ。泣いても叫んでもヒロは目を開けてくれない。

「ヒロくん……起きてよ……ヒロくん……いやだって！　お願い……ヒロくん！　またカラオケ行こうよ？　UFOキャッチャーでもいいよ？　ね？　キャッチボールしようよ！お願いだから……ね？　嘘だよね？　お願いだから……嘘って言って……ヒロくん」

どれだけ泣き叫んだか。何回『ヒロ』の名前を叫んだか。一斗の頭の中で走馬灯のようにヒロとの思い出がフラッシュバックされる。その後、一斗は魂が抜けきったかのように放心状態になっていた。

　拓海は、放心状態の一斗を支え必死になだめた。一斗は立ち上がると、冷たくなったヒロの手をいつまでも握り続けた。

　拓海は、一斗の気持ちを落ち着かせるため病院の屋上へと誘った。屋上に行くと外はすっかり暗くなっており、月明かりが屋上をぼんやりと照らしていた。

「一斗、俺らのせいでヒロが……」

　一斗は、弱々しい握力で拓海の胸ぐらを掴んだ。拓海は静かにうつむいた。

「一斗ごめん……許してもらえないのは分かってる……けど謝らせてくれ」

　一斗はその場に崩れ落ちた。その一斗を見て拓海は気まずそうに話を続けた。

「ヒロに最後に言われたよ……もういじめみたいなダサい事するのはやめろって……今更反省しても……こんなんじゃ許せないよな」

　それから少し遅れ、ブン太も屋上にやってきた。

「拓海から話は聞いたよ。俺も謝る……ごめん。俺が一斗をいじめてなかったら……あの時、俺らがヒロと一斗を無理に追っかけていなければ……ヒロもこんな事に」

　一斗は、抑えていた感情を爆発させた。

「今更……今更！『していなかったら』とか『していなければ』とか……そんな、たらればを付けて後悔しても、ヒロくんは戻ってこないんだ！」

一斗はゆっくりと立ち上がり、屋上から遠くに見える町明かりを見つめ、涙を流し続け、心の中でヒロに問いかけていた。

（ヒロくんならどうする？　辛いけど……憎いけど……俺は許そうと思う。だけど怒らないでね？　怒らないで……言ってくれる？『一斗らしいな』って。また、そう言って頭撫でてくれる？　ヒロくん……お別れしたばかりなのに……もう会いたい。強くならなきゃね。俺、絶対変わってみせるよ……）

一斗は、何かを吹っ切ったように、ゆっくり深呼吸をした。気持ちを落ち着かせ、しばらく考えてから、涙を服の袖で拭きながらゆっくりと2人に近づき、口を開いた。

「親族の気持ちもあるけど……目の前の事を恨んでも……復讐を考えても……誰も幸せになんてなれない。俺は許すよ。その代わり……」

3人は、その場で男と男の約束を交わした。その約束はこの3人以外誰も知らない。

八　井の中の蛙大海を目指す

それから1カ月が過ぎた位だろうか、一斗は墓の前でヒロに話しかけていた。

「ヒロくん天国（そっち）は楽しい？　俺はヒロくんのおかげで、今は学校生活楽しくやってます。

今の現状を変えるきっかけを作ってくれてありがとう。こんなきっかけは嫌だけどね。でも、本当に何かのきっかけでガラッと変わるもんだね。最後まで俺の事を思ってくれて、最後まで俺の事助けてくれて、ヒロくんはやっぱり俺の中のヒーローだよ」

一斗は、墓を背にして独り歩きだした。

〈これからは死にたいなんて言いません。やりたい事とか夢とかもあるのに、未来に希望をもって生きていこうと決めているのに、それでも生きたくても生きられない人がいるから。これからは強く生きます。

そして、1人でも多くの人を守って、1人でも多くの人の笑顔を作って、1人でも多くの人を幸せにできる……そんな人間になります。

そのためには強さと熱い正義感が必要です。だから、ヒロくんのその強さと正義感を分けて下さい。その強さは必ず弱い者を守るために使います。

だけど、俺はヒロくんみたいに強くないから、ずっと俺の事を守るっていうあの時の約束は忘れずに……天国から見【守って】て下さい〉

一斗は、天国にいるヒロに心の中でそう話しかけ、天国のヒロへ敬礼をした。

「井の中の蛙は、ただいま井戸を這い上がり飛び出しました。これから色んな景色を見てきます……ヒロくんが見られなくなった分の景色も一緒に」

そのとき、心地よい風が一斗の体全体を包み込んだ。その風は一斗の頭を撫でてくれているようにも感じた。

「ヒロくん。ここに来てくれてるんだね？　苦しいけど……哀しいけど……寂しいけど……こんな状況なのに、すごくワクワクするよ。生き抜いてみせるよ絶対」

一斗は、その心地よい風に夜咲広夢の存在を感じていた。

九　『3つ』の約束

登校中の一斗。

「へぇー、こんな所にこんな綺麗な花咲いていたんだ？　あっ！　あのおじいちゃん毎日同じ道散歩してるけど、今日は違うルートで散歩してる」

そのおじいちゃんは、ある施設の玄関の前で止まった。そして、その建物の中からおばあちゃんらしき人が出てきた。２人は笑顔で喋っている。

「そっか、ここ福祉施設なのか。今日はおばあちゃんと面会の日だからルート違うのか。２人とも嬉しそうだな」

そんな、ほのぼのする光景に、一斗は完全に癒されていた。

今までは、誰かに襲われる恐怖に怯えて生活していたが、心に余裕ができてきたのか、少しずつではあるが、一斗は周りの景色も見えてきていた。

「ヒロくんが言った通り、井戸から這い上がったら、色んな景色が見えてくるな～」

心にゆとりが持てるようになったのも、ヒロのあの事件の後に、一斗と拓海とブン太と3人で3つの約束を交わしたからだった。

いじめられていた時の一斗は、なるべく遅く登校し、教室にも立ち寄らずそのまま屋上に直行していたが、心にゆとりができ始めてからは早めに登校していた。

「あの時は学校行くのが嫌でいつもギリギリに来てたけど、早く登校するのもいいもんだな」

「おはよう一斗。今日も早く来たのか？」そこに拓海も登校してきた。

「おはよう。何となく早く来てみた。拓海くんって昔からこんな早く学校来ていたの？」

そこに、ブン太も登校してきた。

「みんな早いじゃねえか」

今までの一斗は、拓海やブン太の存在を避けてきたが、今はあの時と違う。積極的に拓海とブン太と会話するようになっていた。それはもう怯えなくていいからだ。

何故なら、1つ目は【全てのいじめをやめる】という約束を交わしたからだ。

その約束通り、今までと打って変わって、拓海もブン太も一斗とは普通に会話している。

拓海の右腕としていつも一緒にいる広岡は、まだ3つの約束の事を知らないが、拓海とブン太が「もう、いじめをやめた」と発言している事に対して、「今日、明日でそんなにも変わるものか？」と半信半疑だった。広岡の心配もよそに、1日が驚くほどに平和に過ぎていった。そして放課後、拓海は一斗に声をかけた。

「今からみんなでカラオケ行くけど、お前も行くよな？」

「あっ、拓海くんごめん！　俺、行かないといけない所あるから、また誘ってね」

その返答に拓海はつまらなそうにしていた。

「なんだよ一斗の野郎。せっかく誘ってやったのに」

一斗は足早に学校を後にして、とある場所に向かっていた。

〈ヒロくん。俺、強くなるために東津平町にあるキックボクシングのジムに通い始めたんだ。誰かに必要とされるために自分磨きをする第一歩として。変える勇気と変わる努力だよね〉

そう心の中で、ヒロに話しかける一斗の表情はにこやかだった。

そこのジムはもちろん月々お金を取っているが、一斗が今までの生い立ちから家庭環境の話、そしてヒロとの事を説明したら、その純粋な一斗の人柄と、ちょっとした同情で出世払いをOKしてくれたのだ。それだけではなく、会長がやせ細った一斗を見て、体力をつけさせるためにと、昼夜問わずご飯もご馳走してくれた。

ジムに着くやいなや、細マッチョでスキンヘッドの50歳になりたての、その会長がさっそく一斗に大声で指示を出してきた。

「おっ！　一斗、ちゃんと今日も来たな？　体力ねえから3日持たないと思ってたけど、頑張ってるじゃねえか、それじゃ～今日もロードワークからスタートだ」

　一斗はジャージに着替えると、首にタオルを巻き付け気合を入れた。

「会長、意地でも辞めないよ！　それじゃあロードワーク行ってきます！」

　そう力強く言うと、一斗は駆け足でジムを飛び出した。

〈ヒロくん。キック始めたけど、さすがにまだ体力がないからロードワークだったり、筋トレ中心で、まだパンチもキックも教えてもらってません。早く強くなりたいけど、急がば回れ！　慌てず自分を磨いていきます〉

　その言葉通り一斗は、ジムでもプライベートな時間も、真面目に且つひたむきにロードワークや筋トレに励んでいた。ただただ強くなるために。

　翌日、一斗がジムに向かっている途中、フッと路地裏に目をやると、他校の制服の生徒が複数人で1人の男を囲んでいた。みんな茶髪や金髪に染めており、いかにもヤンキーの匂いがプンプンとする。

　一斗は、その複数人の生徒が何を囲んでいるのか、遠くから角度を変えながら覗きこむと、その生徒らと同じ制服ではあるが、あきらかに背格好からして一年生くらいの男の姿が見えた。その男の顔は腫れ上がり流血もしている。これは明らかにイジメであると判断した一斗は、それを止めに入ろうとした時だった。反対の路地裏から聞き覚えのある声が。

「おい、おい。弱い者をいじめるなよ？　いじめダセえんだよ！　バーカ！」

一斗はその方向に視線を送ると、ブン太だった。

ブン太は1人だったが、その集団の元へと歩み寄ると、次から次にそのヤンキーたちを殴り倒していった。それを見た一斗は「さすがＢＮＴＧのリーダーだな」と感心した。

ブン太は、いじめられっ子の男の子を引っ張り起こし、優しい言葉をかけると、何事もなかったかのようにその場を去って行った。

そしてまた別の日には、一斗がフラッと散歩をしていると、昔ながらの商店街の所で、何やら20歳前後の若者たち複数人が、背の高いヒョロッとした体形の男から金を巻き上げようとしていた。

「おい、お前アンガールズの田中だろ。貯金が確か億近くあるんだろ？　金出せよ」

どうやらアンガールズの田中がロケをしていて、その合間に近所を散歩していたところ不良に絡まれたらしい。アンガ田中は、手をバタバタしながらいじけだした。

「だから不良は嫌いなんだよ。すぐこうやって、もみあげ、じゃなくて、おみやげ、じゃない、カツアゲ……ジャンガジャンガジャンガジャンガジャジャガジャガ～」

「おい田中。ジャンガジャンガより早く金出せよ！」

そのジャンガジャンガに食いつかず、苛立っている不良の前に救世主が現れた。

「弱い者いじめか？　いじめダセえんだよ！　バーカ！」

そこに現れたのは拓海だった。

拓海は、数人で一気にかかってくる卑怯者の不良たちを、ほんの数分でフルボッコにした。その不良たちは拓海の喧嘩の強さにビビり、ドタバタと逃げて行った。

　アンガ田中は嬉しさのあまり、お礼として会心の「ジャンガジャンガ」をプレゼントしたが、ジャンガジャンガが終わり横を見ると、拓海の姿はとっくに消えていた。それに対して、アンガ田中は長い手足をバタバタさせていじけていた。

「え〜。せっかくジャンガジャンガしたのにいないじゃん？　なんか、どこの誰か知らないけどありがとう」

　アンガ田中は、喜びのあまり下顎（したあご）にヨダレをいっぱいに溜め、ロケへと戻って行った。

　そう、２つ目は、【弱い者が強い者に圧をかけられていたら徹底的に守る】という約束だった。見えない所でも、拓海やブン太たちが約束を守ってくれている事に喜びを感じ、胸を躍らせている一斗だった。

十　何よりも大切な用事1

　数日後、拓海はこの日も一斗を遊びに誘うも、案の定断られていた。

「一斗、俺の事やっぱり恨んでるだろ？　全然相手してくれないじゃん」

　一斗は、みんなにはキックボクシングの事を内緒にしていたので、言い訳を探すのに必死になっていた。

「違うよ。前も言ったじゃん？　恨み続けても誰も幸せになれないって」

「まあ、そりゃ分かるけどさ、たまには誘い乗れよ」

一斗は拓海のその言葉に、会心の笑みで頷いた。

拓海は、一斗の行動に引っかかるものがあるのか、やるせない気持ちになっていた。

その表情を横で見ている広岡は、長年にわたり拓海と過ごしてきた【勘】なのか、少し嫌な予感がしていた。それは、ブン太も例外ではなかった。ブン太も一斗を遊びに誘うが毎回断られていた。その姿を目にしていた拓海がブン太に近づく。

「あれはないよな？　こっちはよかれと思って誘ってるのによ」

拓海とブン太は、納得のいかない様子で去って行く一斗の後ろ姿を睨み付けていた。広岡は、その様子にどんどん不安が増すばかりだった。

そんな日が何日も過ぎて新しい月へと突入した。そして、新しい月に入った最初の週末に、拓海は無表情で広岡に話しかけた。

「今日は先に帰っててくれ。これから、何よりも大切な用事があるからよ」

「何よりも大切な用事？」

「そう、何よりも大切な用事。まあ、お前には関係ないけどな」

そう言い残し、拓海はウォーミングアップをするかのように、腕をグルグルと回しながらその場を離れた。広岡はしばらく拓海の後ろ姿を目で追っていると、拓海は教室の前の方に居る一斗に怒鳴り叫んでいた。

「一斗！　後から例の場所にちゃんと来いよ！」

　拓海はそう叫ぶと、シャドーボクシングをしながら教室を後にした。それを見ていた広岡の拓海に対する不信感は更に強くなっていた。広岡はリーダーの命令でもあり、拓海を信じてこの日は帰路についた。

　その後、一斗は帰りの支度を終わらせると「例の場所」を目指して歩いていた。どこかで見た事のある景色を横目に、どんどん迷う事なく進む。

　それから数十分歩き、とあるポイントに着くと、一斗は急に山道に入って行った。

　その山道を少し奥へ進んで行くと、そこにはあのボロボロの小屋があった。

「例の場所」とは、ヒロが一斗を命懸けでかくまっていた、あのボロ小屋だった。

　一斗はその小屋の前で立ち止まると、空を見上げそっと目を閉じた。静寂した時間がゆっくりと流れる。そこに、小屋の中からいきなり罵声が飛んできた。

「ゆっくりしてる暇ないぞ！　早く入れよ！　ビビってるのか？」

　その声の主はブン太だった。その横には、気合を入れてシャドーボクシングをする拓海の姿があった。一斗は、そのシャドーボクシングをする迫力のある拓海を見て、不安げな様子で小屋の中へと足を進めた。一斗が拓海の前に立つと、拓海は意味深にニヤリと笑みを浮かべた。

「自分の墓場をここに選ぶとはな」

その数分後。拓海とブン太が小屋から出てきた。

「拓海が相手だと、さすがに1分もたなかったな」

「ブン太相手だと1分は持つかもな」

「俺の喧嘩の実力バカにしてるだろ?」

2人は高笑いをしながら小屋を去って行った。その小屋の中には……ボコボコにされ、ボロボロになった一斗の姿があった。一斗はボロボロになった体を必死に動かし、なんとか寝返りを打ち蜘蛛の巣だらけの天井を眺めた。

「ヒロくんこれじゃあの時と同じだね……もっと強くならなきゃ」

十一　疑いの目

それから、土日があっという間に終わり、月曜日となった。

広岡は普段通りに学校に登校してきた。自分のクラスに向かう途中、さりげなくB組をチラ見すると、早くに登校してきている一斗の姿が見えた。その時、広岡は二度見をしその目を疑った。そこには傷だらけになった一斗の姿があったからだ。

「お前!　その傷どうしたんだよ?」

「あっ、広岡くんおはよう。自転車で転んだだけだから心配しなくても大丈夫だよ」

　そう笑顔で話す一斗を見て、広岡はその笑顔がなにか訳ありで、無理に作っている笑顔にしか見えていなかったが、一斗の気持ちも察して深くは探ろうとはしなかった。

「そっか。でもなんかあったら俺に言えよ」

　それから、何事もなく平和に一日が過ぎ、放課後の時間に一斗は拓海から遊びに誘われるも、定番になってきているあのセリフが。

「拓海くんごめん！　今日も時間ないから先に帰るね」

　そう言うと走って校門を飛び出した。その一斗の態度に、拓海はいつにもまして苛立っていた。

「人がせっかく仲良くしてやってるのによ」

「まあまあ落ち着けよ、また今週末に発散しろ」

　その横でブン太が拓海を必死になだめている。

　広岡は、そのブン太の「今週末発散しろ」がずっと頭の中に引っかかっていた。

　そんな周りの事は知る由もなく、一斗はみんなに内緒で始めたキックボクシングのジムに真面目に通っていた。ジムの会長が一斗の傷だらけの体に気づいた。

「一斗その傷？」

「あっ、会長さんお疲れ様です。この傷は自転車で転んだだけです」

　そう言うと、会長との話もそこそこに、日課になったロードワークをするためすごい勢いでジムを飛び出して行った。

一方の学校では、広岡の心配もよそに、平日が何事もなく過ぎていく。そして金曜日の放課後に拓海が広岡に話しかけてきた。

「今日も大切な用事あるから先に帰っててくれ」

あの日と同じ【大切な用事】が、広岡の心にずっと引っかかっている。

そして、また当たり前のように月曜日がやってくる。広岡は登校するや否やB組の前に行き教室を覗きこむと、この1週間でたいぶ一斗の顔の腫れも引き、ケガも落ち着いてきていたのに、また真新しいアザや傷が出来ていた。

「一斗お前……」

「あっ、広岡くんおはよう。今週も楽しく過ごそうね」

そう笑顔で返してくる一斗を見るのが、広岡は辛くなってきていた。

しかし、普段の学校での一斗は、拓海やブン太と行動を共にし【いじめ】をしている奴を見かけると、そいつらをとことん追い詰め、いじめ撲滅に励んでいた。

放課後は例のごとく、一斗は拓海やブン太の誘いを断り続けている。広岡の頭の中は混乱していた。

一斗は傷だらけになりながらも、それでも毎日ジムに通っていた。ジムの会長も一斗のその傷をずっと気にかけていた。

「また傷が増えてないか?」

「会長さんお疲れ様です。これは自転車で転んだんです」

そう言い、いつものようにロードワークに出かけた。会長は一斗に向かって叫んだ。

「キックの練習より自転車の練習した方がよくないか？」

ジムの外に出る時、一斗は振り向く事なく会長に向かって高々と拳を突き上げた。

「あの突き上げた拳はどういう意味なんか？　自転車の練習を頑張るって意味か？」

会長も広岡と同様に頭の中が混乱していた。そして、例の金曜日の放課後、またしても拓海のあのセリフが……。

「今日も大切な用事あるから先に帰っててくれ」

「拓海、お前ヒロとの約束守ってるよな？」

「一斗の件だろ？　当たり前だろ？　もうヒロを裏切るような事はできねぇからよ」

広岡は、その拓海の言葉を信じるしかなかった。

十二　何よりも大切な用事２

広岡は、この日たまたま学校に遅くまで残っており、いつもより少し帰りの時間が遅くなっていた。

「チッ。せっかくの週末なのに帰りが遅くなっちまった」

　週末に帰りが遅くなってしまった事に、広岡はすごく苛立っていた。

「明日休みだし、気分転換に別な道から帰ってみるか」

　広岡は気分転換に、いつもとは違う道から帰ることにした。

「この道通るの久々だな。ヒロを背負ってここまで来たよな……よく俺も背負ってここまで来れたな？　火事場のクソ力ってやつか？」

　ブツブツ独り言を言っていると、聞き慣れたあの声が、広岡の耳に飛び込んできた。

「拓海、もうちょっと手加減しないとあれはサンドバッグ状態だったぞ」

「俺はかなり手加減してるぞ」

「手加減してる割には今日も秒殺だったな？」

「秒殺だったか？　やる度にタフになってない？　倒れるまで5分以上は経ってただろ」

　そんな会話をする2人の姿を見てしまった広岡は、居ても立っても居られず拓海とブン太の前に飛び出した。

「拓海お前もしかして？」

「広岡お前どうしてここに？」

　広岡は、拓海のその質問に答える事なく、山道へと走り出した。

「例の場所ってここか！」

　広岡の目の前に飛び込んできたのは、ボロボロになった一斗の姿だった。

拓海とブン太は、すぐに広岡を追った。広岡は後ろを振り向くと、追ってきた拓海に近寄り胸ぐらを掴んだ。

「お前どこまでクズなんだよ！　よりによってヒロのここで？　一斗を？　大切な用事って、こんな事だったのかよ！　これが何よりも大切な用事か」

罵声を浴びせる広岡に、力のない声で一斗が呼び止めた。

「ショウくん……違うの」

「何が違うんだよ！　ボロボロじゃねえか」

「俺が拓海くんに頼んだの……今、拓海くんが実質トップだから……そのトップに俺の存在認めてもらいたくて。同情とかじゃなくて、本当に仲間として認めてもらいたくて……俺がタイマン持ちかけたんだ……本気でタイマンで勝負してもらって、認めてもらいたくて……この場所も、ヒロくんに強くなった俺を見てもらいたくて」

広岡は、めいいっぱいの力で掴んだ拓海の胸ぐらを、そおっと離した。

「拓海。俺お前を完全に疑ってた……マジごめん」

拓海は広岡の肩に手を回した。

「俺にとって、ヒロが命を張って守った一斗のお願いは、何よりも大切な用事なんだ」

３つ目は【一番強い拓海と拳を交え、拓海が納得したら自分の存在を認める】といった意外な約束だった。

かつてヒロが拓海に「いじめはやめろ」と命令できたのも、拓海がヒロの強さと存在を認めていたからこそ、その命令を受け入れた訳であり、一斗もトップに認めてもらえれば、色んなお願いを聞いてもらいやすくなると考えていた。

【いじめ】をなくすには、自分の存在を認めてもらえれば、もしいじめに遭遇しても、一斗がトップに「いじめをやめて」とか「あの人を助けてあげて」とお願いすれば、そのお願いが通る環境になるんじゃないか？と前々から考えていたのだ。

そして、一番強い拓海に認めてもらえれば、イコールして周りにも自然に認めてもらえると思い、タイマンを持ちかけたのだった。

ブン太は見届け人として拓海に付き添っていただけだった。その説明に広岡も納得し、それからは広岡も見届け人として、あの小屋に顔を出すようになった。

それから一斗は、何週にも亘り拓海とタイマンを張り続けた。平日は内緒でジム通い、週末は拓海とタイマン。そんな日々が続いていた。

そんなある日。ジムでも少しずつ変化が出てきた。会長のＯＫが出て、基礎トレーニングもしつつ、それ以外の練習の許可も下り、パンチの仕方やキックの仕方も教わりだした。最初はサンドバッグにキックやパンチを打ち込み、ベテラン格闘家がそれを見て、一斗に一からパンチのフォームやキックのフォームをアドバイスする、そのメニューが追加され、より一層練習に熱が入る一斗だった。

一斗の強くなりたい純粋な気持ちは、自分自身への成長へと繋がっていき、最初はサンドバッグに打ち込む音も鈍い音だったが、徐々にではあるがするどい音へと変わっていった。その成果もあってか、拓海とのタイマンにも変化が見えてきた。最初はボコボコにされるだけだった一斗も、当たりこそしないものの、攻撃もできるようになっていた。

そんな週が幾度となく流れ、ジムでの一斗は、対人相手に技術を磨くために行うスパーリングにも挑戦していた。ジムに来て、ロードワークや筋トレをこなし、その後、サンドバッグ打ちやミット打ちをした後、スパーリングもこなすといったように、練習内容も濃くなってきた。

一斗は一心不乱に練習をし、プライベートでもあの蔵の中で宅トレに励んでいた。その成果もあり、ジムの会長もビックリするくらいに成長していた。

一方のタイマンでも、一斗は攻撃をしかけるだけではなく、拓海の攻撃も徐々に躱せるようになってきていた。

十三　とうとう来たなこの時が！

それから月日が流れ、気温もだいぶ高くなってきたある週末、拓海はいつものように一斗をあの小屋へ呼んだ。一斗は最初の頃と打って変わって、傷やアザの量も減り、体つきもたくましくなっていた。気合を入れた一斗は、昔いじめられっ子だった事を忘れさせるくらいの目つきで拓海を睨み付けた。

一方の拓海は、相変わらず冷静な立ち振る舞いで、このタイマンに挑んでいた。

そしていつもの様にタイマンが始まると、お互いに攻撃をしかけては、その攻撃を避ける。しかし、それでも拓海の攻撃は定期的にクリーンヒットする。

今までだったらすぐに倒れこんでいた一斗も、倒れる事なく、踏ん張っては体勢を整え、攻撃をしかけている。その攻撃も今までは躱されて終わりだったが、防御こそされるものの当たり始めてはいた。一斗は拓海のボディーをさかんに攻めた。

これは一斗がいじめられていた時に、一番攻撃されて苦しかった経験からの事だった。そのボディー攻めに、拓海のガードが徐々に下がり始めてきた。

その時だった。一斗が無意識にハイキックの態勢に入ると、そのキックは拓海の頭部にクリーンヒットした。よろめく拓海の顔面めがけ殴りかかった。

その拳も、見事にこめかみの辺りにヒットした。拓海は体勢を整え、そこからは一斗を滅多打ちにした。その数分後、殴り続ける拓海をブン太と広岡が止めに入った。一斗は気絶し動かなくなっていた。拓海は我に返ると、一斗を起こさないようにそっと背負った。

一斗を背負ったまま外に出ると、拓海は小屋の入り口から、当時ヒロが意識を失った場所一点を見つめていた。

「ヒロ。ちゃんと見ていたか？　一斗、強くなっただろ？　俺に2発も入れやがったよ。

この俺にだぞ。これはちゃんとこいつの存在認めないとな」

ブン太と広岡が一斗に目をやると、ボロボロになって辛いはずの一斗は、どこかにこやかな表情をしていた。

その激しい決戦の金曜日が過ぎ去り、日は月曜へと移り変わった。

この日、拓海が一斗の元へ歩みより「遊び行こうぜ」といつものように誘った。

「そうだね。今日ジムの会長さんが人間ドックの日でジム休みだし……遊び行こう」

笑顔でそう答えると、拓海はしばらくにこやかだったが、何かに気づいてしまった。

「うん？　待てよ……ジムってなんだ？」

「あっ、しまった」焦って口を両手で押さえる一斗。

「俺に内緒でジム通ってたのか？」指をポキポキと鳴らして一斗に近づく拓海。

「ごめん！　別に内緒にしてた訳じゃないよ」

「嘘つけ！　あの一斗ごときに俺が2発もらう訳ないんだ！　おかしいと思ったぜ」

「あれは俺の元々の実力で……2発入れた訳で」

そう言うと、一斗は気まずそうに走って逃げ始めた。それを必死に拓海が追っている。

「実力だと？　もう一回タイマンするか？　今度は気絶どころじゃすまないぞ」

「勘弁してよ」

そのまま走って校門の外に飛び出す一斗を、拓海はひたすら追っかけて行った。

その様子を、ブン太が笑いながら見ていた。

「もしかしたら次タイマンしたら、一斗が勝つんじゃないか?」

その横で広岡は、微笑ましい表情でブン太に中指を立てた。

「ブン太さん。ハートブラックのリーダーを舐めないでもらえます?」

「広岡くん、BNTGのリーダーも舐めないでもらえます?」

ブン太は広岡に中指を立て返した。

「ブン太、今度は俺らがタイマン張るか?」

「あいにく俺は、一斗に弱い者いじめはやめろと言われてるから、その挑戦状は却下させてもらう」

ブン太はそう言うと、巨体を揺らしながら走り始めた。

「弱い者いじめ? 俺らはタイマンもまだしたことないのに、弱いって決めつけるな」

広岡は全力でブン太を追っかけた。

「広岡、拓海と一斗のとこまで競走だ! それでどっちが強いか決める」

この競走は、余裕でブン太が負けたのは言うまでもない。

十四　デビュー

一斗は今日までの事を報告するために、ヒロの実家を訪れて線香をあげていた。

ヒロの母は美容室をしており、実家は1階が美容室で、2階が住居となっている。

「お母さん、こんな事になってすみません」

ヒロの母は、まだどこか吹っ切れていない寂しそうな表情をしているが、少しずつヒロの【死】を受け入れるようにはなってきていた。

「一斗くんが悪い訳じゃないの、元々病気もあったし、ただ運が悪かっただけ……でも一斗くんの事を毎日のように私に話してくれて、あの時の表情は今でも忘れないわ。自分の事のように楽しそうに話してた。将来一斗とコンビ組んで俺がボケで一斗くんがつっこみと言ってたわ」

一斗はやるせない気持ちだったが、そのエピソードにほっこりもしていた。

「やっぱりボケ取られるの嫌だったんだね」

その時、ヒロの母が立ち上がった。

「一斗くん。ヒロの遺品欲しいならあげるわよ」

「でも、大切なんじゃゃ？」

「大丈夫よ。あの子も一斗くんが貰ってくれた方が喜ぶわ。私はあの子がつけていた腕時計だけあれば十分形見になるわ」

そう言うと、母はヒロの部屋から遺品が入った段ボールを持ってきた。その段ボールを開けると、ヒロの【大好き】が沢山詰まった夢の箱だった。

2人は時間を忘れ、ヒロの存在を思い出すかのように遺品を一つ一つひろげた。

ヒロの大好きなストリートブランドの衣服や、装飾品、お笑いの雑誌やＤＶＤ、一斗と撮った写真などいっぱい出てきた。一斗は大粒の涙を流しながら、この服はあの時着ていただとか、この服はどこどこ行った時着ていただとか、この写真はカラオケ行った時のだとか、キャッチボールした時の写真だとか……ヒロの母と２人、堪え切れない涙を流しながら思い出に浸っていた。

そして数日過ぎたある日の事、一斗は、満面の笑みで学校の屋上へ上がってきた。

「拓海くん、やっぱりここに居たんだ」

「おっ？　なんだその気持ち悪い笑顔は？　それより髪の毛めっちゃ切ってるし、しかも染めてるじゃねえか！　いよいよ本格的にストリートデビューか？　似合ってるぞ」

今までも、髪の毛を切ってもらえるタイミングは何度もあったのだが、一度無料で切ってもらった時に、あの民子ババアが「そんな事したら私が散髪代をケチってるみたいに思われて、ろくに近所も歩けなくなるじゃないか」と怒鳴られ、布団叩きでお尻叩きの刑をされたトラウマがあったため、今まで切っていなかったが、一斗はこれを機にボサボサだった髪の毛をバッサリと切って、髪の毛も染めてもらっていた。

「うん。やっぱ強くなるためには、ヒロくんや拓海くんみたいに髪の毛染めないとね」

「確かにヒロも俺も髪の毛染めてるけど、喧嘩の強さと髪の毛の色は関係ねえよ！　それより髪切るお金あったのか？」拓海が一斗のお金の心配をしている。

「ヒロくんのお母さんが、無料で切って染めてくれたんだよ」と笑顔で答える一斗。

「よかったじゃん？　俺もそろそろ染め直さないとな」

「それより、俺、チーム作ったんだ」拓海の髪色なんてどうでもいい感じで報告した。

「チーム作ったんだ？　俺に言えばハートブラックに入れやったのに。何人いるんだ？チーム名とか決まってるの？」と興味津々で前のめりで質問する拓海。

「リーダーってのに憧れて、拓海くんのチームに入ったらリーダーになれないしね。チーム名は俺の名字の桜田を取って、桜田POLICEにした。【弱い者いじめ撲滅】をかかげるパトロール隊は現在2名入隊しています」

　一斗はビシッと敬礼をしてみせた。

「なんか、一斗らしいチーム名じゃん。ん？　2名ってあと誰だ？」

「俺とヒロくんの2人」

「ヒロを入れるとこもお前らしいな。でもよ、実質1人じゃねえか。寂しいだろ？　そうだ、連合組むか？　BNTGとハートブラックと桜田POLICEで。それなら自分のチームも持てるし、みんなとも活動できるし」

「なんかすごそうだね？　拓海くんがリーダーでブン太くんが副リーダーかな？」

「バーカ！　リーダーは一斗だよ。俺らをここまでまとめてくれたのは、なんだかんだで一斗とヒロだからな」

「まあ、確かにヒロくんが居なかったら、みんな気持ちも何もかもバラバラだったしね。ヒロくんの存在にみんな助けられて、ヒロくん繋がりだから、まるで夜咲連合だね」

「その連合の名前いいな。夜咲連合に決定だな」

「でも、ブン太くんたちがなんて言うか……」

「今更アイツは、何も言ってこないし反抗なんてしねぇよ」

その後、ブン太や広岡にもその事は伝えられ、他のメンバーも喜んで承諾した。

この瞬間に、ヒロの存在を残すためと、ヒロの正義感溢れる気持ちを受け継いで、ＢＮＴＧ総勢約30名、ハートブラック総勢約25名、桜田ＰＯＬＩＣＥ2名が連合を組み、初代夜咲連合がここに結成された。

ここから、各メンバーはそれぞれのチームの活動をしつつ、弱い者いじめ撲滅にも積極的に参加した。弱い者いじめ撲滅の活動は、その名の通り【いじめ】をしている奴の徹底排除、他にいじめ問題にこだわらず、カツアゲ問題や、その辺の喧嘩の仲介などに困っている人を助ける活動をしている。

一斗は平和的解決を心がけているが、拓海やブン太のチームは元々武闘派のギャングチームのため、暴力的な解決になってしまうところは根本的に変わっていなかった。

そんな活動が続いたある日、月1でやっている夜咲連合の集会で、ある人物が話題にあがった。噂によると名前は八保狭海と言うらしく、そのパンチ力の凄さで「あの世界的ボクサーのマイク・タイソンみたいだ！」と恐れられ、大迫町に住んでいる事から、大迫のタイソンとも言われている。しかし、その喧嘩の様子を誰も見ていないのであくまでも噂にしか過ぎない。その八保が親父狩りを頻繁に繰り返していると言う。

拓海はその噂に首を傾げる。

「なんか噂では、喧嘩50万戦無敗とか言ってるらしいぞ？」

一斗は、ビックリし過ぎて身震いした。

「50万戦無敗は凄すぎる」

「お前バカか？　分かりやすく言うと、２０２１年の1月の集計で、あの世界的に有名な東京の渋谷でさえ人口約23万人だぞ。こんな小さな町でどんだけの奴と喧嘩したらそんな数が出るんだ？　50万人と戦ってる割には、俺はまだ一度も対戦してねえぞ」

拓海は爆笑しながら一斗にそう説明した。一斗はその説明を聞いて首を傾げていた。

「ふかしって事？」

ブン太もその話に大爆笑していた。

「ふかしに決まってるだろ。タイソンって言うかフカソンだな」

「今後は、親父狩り撲滅にも力を入れよう」拓海はフカソンのボケをシカトした。

「俺のフカソンのボケどうなんだよ？」ブン太が拓海の胸ぐらを掴んだ。

「冗談言ってる場合か？　フカソンとかどうでもいい」拓海がブン太に説教している。

「すまん。つい調子に乗ってしまった」掴む胸ぐらを放し反省するブン太。

拓海は、真剣な顔で今後の活動内容を発表した。

「今後の活動は、そのフカソンは噂では強いらしいから、見かけたら絶対に無理せず連絡を取り合ってフカソンに挑むぞ」

「めっちゃフカソン気に入っているじゃねえか」ブン太が前のめりにつっこんだ。

そのとき一斗は恥ずかしそうに話を切り出した。

「連絡って言っても……おれ携帯持ってない」

その時、ブン太が一斗の頭をナデナデしながら、携帯をポケットから取り出した。

「安心してこの携帯使え」

「ありがと！　いいの？　これで俺も携帯デビューできる」

ブン太は、ウィンクしながらその携帯を一斗に手渡した。

「お礼なんていらないって！　遠慮なく使えよ」

そのブン太の言葉に、後ろからつまらなそうな顔で言葉をかけてきた人物がいた。

「これはこれはブン太さん。いかにも自分の手柄のように言いますね？」

そこに現れたのは、センスのいいメガネをかけ、制服もスッと着こなし、サラサラヘアーはアッシュグレーに染めており、いかにも頭の良さそうなインテリチックなヤンキーだった。ブン太は頭をポリポリかきながら紹介した。

「ヒカルそう怒んなよ！　こいつ2年の二階堂光だ。こいつの親父、ＩＴ関係の社長しててな、他にもアパレルとか不動産業とかしてるみたいで金持ちなんだ。そんでよ、一斗のこと色々話したら気に入ってくれてよ、一斗の人間性に免じて色々援助してくれるってよ。俺の援助も頼んだけど即答で断られたよ。一斗は特別だとよ」

　一斗はその話を聞いて、嬉しそうに二階堂に握手を求めた。

「ヒカルくんありがと。このお礼は必ずいつか……」

　二階堂は握手すると、クールな表情で淡々と話した。

「お礼とかはいらないですよ。僕があなたの人柄に惚れこんで勝手にしてる事だから。携帯代以外にもちゃんと面倒みるので、困った事があったら言って下さいね」

　拓海は、一通りそのやり取りを見て手をパンパンと叩いた。

「ハイハイ、今日の集会はお開き。後はそれぞれで活動して、さっき言ったようにフカソン見かけたら連絡な」

　ブン太はふてくされながら、拓海のお尻めがけて軽く蹴りを入れた。

「『連絡な！』じゃねえよ。夜咲連合の頭は一斗だぞ。いかにもお前がしきってるみたいじゃねえか」

　そのブン太の言葉で少し険悪な空気になってきた。そこで一斗は、その場の空気を和ませるため、すました顔で手をパンパンと叩いた。

「ハイハイ、今日の集会はお開き。後はそれぞれで活動して、さっき言ったようにフカソン見かけたら連絡な」

拓海は、一斗の頭にガッチリとヘッドロックをかけた。

「俺をイジッてるだろ？」

「イジッてないって！　痛いから放して」一斗の狙い通りその場は笑いに包まれた。

そんな感じで、夜咲連合の集会は幕を閉じたのであった。

十五　ＶＳ大迫のタイソン

その後、各チームは各々の活動を始めた。

ブン太率いるＢＮＴＧが、夕方の18時ごろ近所のコンビニにたむろしていると、そのコンビニから出てきたサラリーマンに、声をかけている男が見えた。

声をかけているその男は、いかにも「ヒサロで焼きました！」と言わんばかりに黒々しており、ブン太に負けないくらいガタイがよく、Ｔシャツから覗く腕から手首まで、刺青がビッシリ入っている。年齢は40前後くらいであろうか？　その男がそのサラリーマンをコンビニの裏の方へと連れて行った。ブン太は、その様子が気になったのか、コンビニの裏が見えるくらいの位置に歩いていくと、既にそのサラリーマンは胸ぐらを掴まれていた。

ブン太は、手で電話の形を作りチームの１人に「電話しろ！」とジェスチャーで伝えた。

黒光りしている男の口から、かすかに「大迫のタイソン」と聞こえてきたのだ。

そのタイソンは、サラリーマンから財布を取り上げ、なにやらその財布の中身を物色している。そしてその財布から札を抜き取っている光景をブン太は見逃さなかった。

そうこうしている内に、一番近くにいたハートブラックが到着した。まだ一斗は到着していなかったが、このままだと逃げられると察知したブン太と拓海は、タイソンであろう男に近づいていき、ブン太が声をかけた。

「お取り込み中すみません。貴方もしかしてあの有名なタイソンくん？」

その声掛けに、タイソンはまんざらでもない表情で答えた。

「有名とかそんなんじゃねえけど、俺様があのタイソンこと八保狭海だけど何か？」

拓海は八保に近寄ると、眉間にシワを寄せ睨み付けた。

「ぼく、親父狩りはいけないよね？　家族のために一生懸命働いている人から、お金巻き上げていいのかな？」

その拓海の態度を見て、八保は対抗するように睨み返した。

「テメエらに関係ねえだろ。俺に喧嘩売ってんのか？」

拓海の後ろから、金髪坊主にバンダナを巻いた、広岡の顔がヒョコと出てきた。

「その喧嘩買っちゃおうかな、いくらかな？　お金ないから安くしてね」

しかし、八保もその挑発にひるむ様子はない。

「お前ら誰に喧嘩売ってんの？　俺の事知ってるんだろ？　50万戦無敗だぞ」

タイソンの殺し文句が飛び出したところで、ブン太ごしに誰かが話してきた。

「あれ？　この町の人口は確か1万2千弱くらいなんだよね？　それなのに俺たちまだ対戦したことないんだけど」

ブン太の大きい体の後ろから顔を覗かせたのは、遅れてやってきた一斗だった。

拓海はメンバーが揃ったことを知ると、ブン太と一斗の間に入り胸の前で腕を組んだ。

「初代夜咲連合ここに参上」

八保は、拓海の所まで歩み寄りドスの利いた声で威嚇してきた。

「夜咲連合だと？　なんだその連合？　俺とお前らがまだ戦ってないのはお前らが弱いからだ。弱い奴とはやるだけ無駄だから後回しにしてるだけなんだよ」

拓海は、一斗の肩に手を回して笑みを浮かべ八保を挑発した。

「それなら、今日俺らもその無敗記録に貢献してあげるよ」

八保は拓海の挑発に「フンっ」と鼻で笑い、何やら訳の分からない事を提案しだした。

「いい度胸じゃねぇか。だがな俺はリングに上がらねえぞ。ストリートだったらやってやってもいいけどな」

ブン太は赤く染まる夕方の空を眺め、少し考えてからゆっくり口を開いた。

「誰かがリングでって言ったか？　もちのろんストリートで勝負なんだけど」

「フンッ！　スパーリングと喧嘩は違うんだよ。路上での喧嘩だったらいいぞ」

ブン太は、辻褄の合わないこの会話に苛立っていた。

「スパーリングの『す』の字も出てねえだろうが。路上の喧嘩に決まってるだろ」

八保は不敵な笑みを浮かべている。

「リングに上がったらお前らが有利だろ？　ストリートならいつでもやってやるよ」

ブン太は、苛立ちを通り越してため息しか出てこなかった。

「ストリートってさっきから言ってるだろ？　お前負けるの怖くて言い訳して逃げてるだけだろ？」

「それなら証拠見せてやろう。俺に喧嘩売った事を後悔するなよ。お前俺とタイマンだ！　逃げんじゃねえぞ」と八保はニヤニヤしながら指差した。

八保が指差したのは、ここにいるヤンキーの中では、小柄で一番弱そうな一斗だった。

拓海は「待ってました！」と言わんばかりに、一斗の背中を強く前に押した。

そう、一斗の強さを一番知っているのは紛れもなく拓海なのだ。

「一斗、まともな喧嘩デビューがついにやってきたな。しかも50万戦無敗の男だぞ、平和主義もいいけど、万が一のためにも喧嘩慣れは大切だ」

そう言われた一斗は、屈伸運動をしたり、アキレス腱を伸ばしたりと準備運動を始めた。

それを見た八保は腹を抱えて爆笑していた。

「このガキすっかりその気になってやがる。こんな奴倒すのに俺は準備運動なんて必要ない！　時間ないからさっさとするぞ！」

そう言うと八保は、一斗をめがけて物凄い勢いで突進をし始め拳を振りかぶった。

いきなり始まった喧嘩に、一斗は準備もまだ出来ていなかったが、その場に立ち止まったままの状態で拳を振りかぶり、八保のパンチを躱すとカウンターで八保の鼻に拳をめり込ませた。

八保はその場に倒れこみ、白目を剥いて気絶した。たった3秒の出来事だった。

一斗や拓海らは勝った事に何の喜びも感じていないのか、落ちている財布を拾い上げ、サラリーマンにそれを渡すと、八保の話題には全く触れず、「昨日の夜ご飯はなんだった？」とか「昨日テレビなに見た？」などのどうでもいい世間話をしながらコンビニを後にした。

「時間がない！」とほざいていた八保は、目を覚ましてから、この喧嘩が3秒で終わった事で喧嘩にそこまで時間を使わずに済んだ事を感謝したかどうかは不明だが、近くにいた目撃者の話によると、「時間がない！」と言っていた割には、1時間弱気絶していたらしい。

十六　拓海の過去

コンビニのタイソン事件について誰も触れることなく、ブン太や拓海、そして一斗らはそれぞれの日常を過ごしていた。

　一斗は、この日キックボクシングが終わった19時半ごろに、ヒロとキャッチボールをしたあの思い出の公園に来ていた。

「あー、ヒロくんとまたキャッチボールしたいな……この公園でヒロくんにどんだけ励まされたか。井の中の蛙か……俺は今、井戸から出たつもりだけど、本当にちゃんと出られているのかな？」

　そこに、たまたま拓海が通りかかった。

「おっ？　一斗じゃねえか。今日はひとりか？」

「あっ！　拓海くんここ通るの珍しくない？」

「まあな、ちょっとヒロの事を考えてたらここに来たくなっちまってよ」

「えっ？　拓海くんもヒロくんとの思い出の場所ここなの？」

「ヒロは、俺の事一斗に何にも話してないんだな？」

「うん。俺が拓海くんとブン太くんの事トラウマになってたから、気を使ってなのかも？　だから2人の話はあまり聞いてない」

　拓海は持っていた缶コーヒーを飲み干すと、自分の過去について語りだした。

「俺とヒロは元々親友だった。あの頃の俺は誰にでも喧嘩を売ってた。あるとき俺は2人組のヤンキーに絡まれてフルボッコにしたんだよ。そしたら、そいつらが復讐するために待ち伏せしてやがって……俺じゃなくて、ハートブラックのメンバーがやられちまってよ。

俺も仕返しをしてやろうと情報を探ってたら、ある暴走族のメンバーだって事が分かった。その当時、その族は大所帯で有名だった。だから俺はヘルプでヒロに声をかけた」

「それでヒロくんは？」

「アイツは、『仕返しなんてやめろっ』て手を貸さなかった。その前に一緒にチーム作ろうって話してたのにハートブラックへの誘いを断ったのもあってよ、俺は苛立っててその場でアイツを思いっきりぶん殴ってやったよ」

「なんでヒロくんはチームの誘い断ったんだろ？」不思議そうな一斗。

「ヒロは仲良くつるんでいるだけのそんなチームで良かった。だけど俺はどのチームよりも強いチームでありたいと思って、喧嘩だの制圧だのってチームの規模に拘ってた。完全に方向性の違いだった。そんな俺に手を貸す訳ないよな……」

　拓海は持っていた空き缶を、ゴミ箱の中に思いっきり叩きつけた。

「だから俺は自分のチームのメンバーだけ連れて仕返しに行った。最初は俺らが優勢だったけど……相手の人数が徐々に増え始めて、手が付けられない状況に追い込まれて、殺される……そう思った時に、その当時敵対していたＢＮＴＧが通りかかった」

「ブン太くんたちに助けられたの？」

「まあな。敵対してたけど……同じ学校の奴らが負けてるの見てプライドが許さなかったんだろうな？　助けた理由は分かんないけど救われたよ。それから俺らはＢＮＴＧに逆らえない状況になった」

「そうだったんだ？　俺、もう拓海くんにずっと嫌われてるのかと……」

「そんなんじゃない。ヒロがずっと可愛がっていたお前を、あんな状況に追い込んでしまって死ぬほど辛かった……」

「拓海くん気にしないで、他の人も同じ状況なら拓海くんと同じ行動とるよ」

「俺を恨んでないのか？」

「ヒロくんにもそれ聞かれたよ。でも、恨みからは良い事は何も生まれない。誰も幸せになれないんだよ」

「ありがとな。ヒロの言う通り一斗は優しいな。これからは何が何でも仲間だぞ」

「当たり前だよ。あっ、こんな話ししてたらもうこんな時間だ。そろそろ帰ろうか？」

　時間を見ると、もうすぐ21時になろうとしていた。

「そうだな。途中まで一緒に帰るぞ」

　２人は途中まで帰る方向が同じらしく、一緒に帰ることにしたようだ。

　裏通りにある公園を抜け大通りに出た時に、爆音を轟かせ遥か遠くの方から、数十台のバイクが近づいてきていた。アクセルとクラッチを細かく使い分け、音色を奏でる暴走族特有の【コール】が、夜中の街に不気味に鳴り響いていた。

　その方向に２人が視線を送ると、ヘッドライトが徐々に近づいてくる。拓海は一斗の腕を引っ張り路地裏に逃げ込もうとしたが時すでに遅し。２人はあっという間に、赤い特攻服を身にまとったバイクの集団に取り囲まれていた。

一斗が拓海の方向に視線を送ると、拓海が珍しくひどく怯えていた。その状況を見て、一斗はすぐに理解し、この状況の説明などいらなかった。

「拓海くん……」

「噂をすればってやつだぜ。なんでこの時間帯に走ってるんだ？　ここは勝ち目がないから話し合いに持ち込むしかない」

その時だった、ごつい黒光りしている塊が、路地裏からすごい勢いで飛び出してきた。

そう、どこからどう見てもあの大迫のタイソン八保だった。

「夜咲連合参上！」そう言うと、猛ダッシュで族の集団に飛び込んで行った。

拓海は唖然としていた。

「あのバカ！　いつから夜咲連合になったんだよ！　入れた覚えないぞ」

八保は走ってきた勢いで、バイクから降りていた族のメンバーの1人に的を絞り、拳を振りかぶった。族のメンバーの1人はそれを軽くかわした後に、振り向きざまに回し蹴りをかました。その回し蹴りは見事に八保の腹部にヒットし、そのまま八保は白目を剥いて気絶した。3秒の出来事だった。

しかし、その八保の攻撃が合図となり一気に乱闘が始まったのだが、拓海はこの乱闘が始まる前に一斗にあるお願いをしていた。

それは、「俺が相手を引きつけている間に、路地裏に逃げ込んでブン太に連絡しろ」と言うものであった。

拓海は乱闘が始まると、路地裏とは逆の方向へと走り出した。その拓海を追っかける族のメンバー、八保はもう地面だと認識されているのか？　大勢の族のメンバーは八保を踏みつけながら拓海を追いかけて行った。

拓海に気を取られている間に、一斗は急いで路地裏に入り電話をかけた。

ブン太には多くは語らず、場所だけを伝えた。電話を切ると一斗はすぐに大通りに出て他のメンバーを挑発した。

「みんなまとめて俺が相手してやる」

その言葉に族のメンバーの一部が振り向き、一斗の方向をめがけ走ってきた。

一斗は、手を大きく左右に振り大きな声でストップをかけた。

「ま、待て！　ここは、1人ずつタイマンで勝負だ」

その言葉を聞いて、族は意外と素直に立ち止まった。その族の1人はかなり高身長……だと思われたが、足元には八保がいた。完全に八保は踏み台にされていた。

事もあろうか、一斗もその族も八保が下にいる事に気づいていなかった。

一斗の作戦としては、ブン太が到着するまでタイマンで時間を稼ぐつもりのようだ。

族たちは「1人ずつタイマン」に納得がいかないのか、激しく苛立っており、近くにあるものをとことん蹴散らした。看板や三角コーンや自転車、そして物として扱われているのか、八保は必要以上に蹴られ続けた。そんな族に一斗は必死に説得している。

「大勢で1人をやったらすぐ終わってつまらないだろ？　だからタイマンで勝負した方が

面白くない？　俺が倒れたらその時点でみんなでかかってくればいいよ」

その説明に納得したのか、族の1人が立候補してきた。

「お前ごときがタイマン？　俺が秒殺してやるぜ」

そう言うと、その族は、ゆっくり一斗の元へと歩み寄ってきた。一斗の目の前に止まると、その族は大きく腕をふりかぶり顔面を殴りつけた。一斗が体勢を崩すと族の男は次々に殴る蹴るの暴行を加えてきた。その攻撃に一斗が何かに気づいた。

〈あれ？　全然痛くない？〉

一斗は、ブン太や拓海らからいじめられていた時、トップクラスの実力を持つブン太や拓海からひどい暴力を受けていたおかげか、そこら辺のヤンキーの攻撃はさほど苦にはなっていなかった。

〈これなら何とかなりそうだ〉

一斗はそう思いながら体勢を整えると、得意とするボディーブローを連発し、その族のガードが下がってきたところで、ハイキックをぶちかまし見事にクリーンヒットさせた。

男がよろめくと、そこで休むことなくその男の顔面めがけ右フックを決めた。そのまま倒れこむ族に馬乗りになると鼻をめがけて拳を振り下ろした。その拳はギリギリの所で止まっていた。一斗はニヤリと笑った。

「これ以上やったら大けがをすると思います。負けを認めて降参するか、このまま続けるか選んで下さい」

「悔しいけど俺の負けだ」

族の男はこれ以上やっても結果は同じと思い、降参した。

その言葉を聞いた族の他のメンバーが「次は俺だ」と言わんばかりに騒いでいるが、その後ろから、首を左右に振り首の骨をポキッポキッと鳴らし、身長が180くらいで筋肉質の、赤い髪のモヒカン男が出てきた。

「お前らじゃこいつに敵わねえだろうから、俺が自らタイマンを引き受けよう」

そう言うと、一斗の前で背中を見せてきた。その赤色の特攻服の背中には、金色の刺繍で堂々と《10代目総長　龍魔鬼》と書かれていた。一斗はゆっくり読み上げた。

「じゅうだいめ、そうなが。りゅう……ま……おに？」

「お前わざとだろ？　わざとだとしたらぶっ殺すぞ！　俺は10代目龍魔鬼(たつまき)の総長、赤木大輝(あかぎだいき)って者だ。その10代目総長がわざわざ相手になってやろう」

一斗は特攻服の漢字を凝視すると、納得している様子ではあった。

「なるほど、たつまきって読むのか。でもわざわざ相手しなくても大丈夫ですよ」

「テメエがタイマンの案を出したんだろうが！　屁理屈言ってる暇があったらさっさとタイマン始めようぜ」

その時、他の族のメンバーを引きつけていた拓海が、死に物狂いで帰ってきた。

なんと、追ってきたメンバーを1人で倒していたのだ。激しく肩で息を切らす拓海。

「赤木、俺たちはお前と揉めるつもりはない」

「これはこれは木村くん。お久しぶりですね？　私の事覚えててくれて嬉しいよ」

そこに、ブン太率いるBNTGも到着した。それを見て赤木はご機嫌のようだ。

「懐かしい顔ぶれだな。テメエらお揃いで俺らを倒そうと？」

拓海は首を大きく横に振った。

「いや、俺らは変わったんだ。そこに居る一斗と死んだ仲間のおかげで、本当の強さとは何か気づかされたんだ……俺らはもう縄張りとかどっちが強いかとか、そんなのどうでもいいと思ってる。弱い者を守る……それに尽きるんだ。赤木、もう暴力で制圧する時代は終わってるんだ。俺らは弱者を守るために連合を組んだ。その連合……夜咲連合にお前らも入ってくれないか？」

拓海は、一斗の人間性の事を赤木に詳しく話し、連合加入の話を持ちかけた。

赤木は、後ろに居るメンバーを見てしばらく考えていた。

「そんなくだらない事に俺が付き合うと思うか？」

それだけ言い残し、バイクでコールを奏で去って行った。他の龍魔鬼のメンバーはすぐにバイクに跨る（またがる）と、赤木を追いかけて行った。

拓海らは、龍魔鬼が見えなくなると、八保が倒れている事すら気づかずに、背中を踏みつけその場を後にした。

その場にいたギャラリーの一部の話によると、八保は1時間弱気絶していたそうだ。

その数日後、夜咲連合は、フルメンバーでパトロールと称して街に繰り出していた。

夜咲連合の噂は、小さな町、大迫界隈ではすっかり広まっており、徐々にではあるが、平和な日々が訪れようとしていた。大迫町のパトロールを終え、メンバーは次のパトロール場所として東津平町へと向かっていた。

その途中で、すっかりお馴染みとなったバイクのあの「コール」が聞こえてきた。この威圧感たっぷりのコールは、紛れもなく赤木のバイクの排気音だった。

拓海は、音の鳴る方向をジッと見つめていた。

「まだ昼過ぎだと言うのに、こんな時間から集会か？　こっち来るか？」

拓海の予想とは裏腹に、バイクのコールは近づいてくる気配がなかった。まるでその場にとどまっているかのように、排気音は一定を保っていた。夜咲連合のメンバーは、そのバイクの音がする方へと足を進めて行った。

数十分歩いた所で、ようやく赤木の姿が見えてきた。赤木は1人の男を中心にしてバイクでグルグル回っているようだ。

もっと近づいて行くと、見慣れない不良が立ち尽くしている。赤木はその不良を中心にして、グルグルと回り雄叫びを上げていた。

「オラオラオラ！　全財産出せよ！　お前の金で俺のバイク激シブにしてやっからよ！　早く金出さねえと轢いちまうぞ」

拓海は、やるせない表情で赤木を睨み付けていた。

「あれだけ説明しても所詮は暴走族。弱い者いじめはやめないか」

「弱い者いじめがどれほどダセえか俺が分からしてやる」ブン太も呆れていた。

拳の骨をポキポキ鳴らすと、ブン太は赤木の方向へと歩き始めた。その時、近くにいた、体が線のように細く、おかっぱ頭でいかにも弱そうな青年が近づいてきた。

「違うんです！　あの方わたしを守ってくれて。私がカツアゲされてるの見て助けに入ってくれたんです。わたし実は毎週のようにあの不良にカツアゲされてて……」

拓海はその青年の言葉を信じられず、疑いの目で赤木を見つめていた。

〈あの、悪魔の血が流れていると言われている赤木が？〉

赤木は、まだ夜咲連合の存在には気づいておらず、どんどん罵声を浴びせている。

「弱い者から金を巻き上げるとかダセえ事するなよ！　どうせ強い奴見たらビビって腰抜かすんだろ？」

その不良も、プライドがあるのか赤木に応戦している。

「たかが暴走族が！　お前らも1人で何もできないから群れてるんだろ？　お前が今やってる事も弱い者いじめじゃないのか？　強い奴見たら腰抜かすのお前だろ？」

赤木はバイクを停めエンジンを切った。そして、ゆっくりと不良の目の前に立った。

「だったらお前の知り合いで一番強い奴ここに連れてこい。何日でも待ってやるからよ。ハッタリじゃねえとこ見せてやろうじゃねえか」

赤木のドスの利いた殺し文句にビビったのか、不良は後ずさりをし全力で逃げた。

「お前その言葉覚えとけよ！　必ず迎えに来てやるからよ」

赤木は、ゆっくりとバイクに跨りエンジンをかけた。

「そうやってほざいとけ負け犬が」

赤木がアクセルを回し立ち去ろうとした時、拓海が赤木の腕を掴んだ。

「赤木お前？」

赤木は拓海と視線を合わすと、すぐに後ろを振り返った。そこには笑顔で赤木を見つめる夜咲連合のメンバーがいた。ブン太も赤木のところに歩み寄っていった。

「おまえ悪魔のような男だけどよ、人間らしいところもあるじゃねえか」

「そんなんじゃねえよ。勘違いすんなっ」

素っ気ない態度で吐き出すその言葉には、以前のような毒はなかった。

「夜咲連合か……クソ上等だ！」

そう吐き捨てる赤木は、中指を立てエンジンをふかしまくると、その場を立ち去った。

遥か遠くの方で赤木が奏でているコールは、いつもと違い、威圧感や不気味さはなく、どこか夜咲連合を受け入れたかのような、心地のよいコールに聞こえた。

一斗は満面の笑みを浮かべ、体の前で軽くガッツポーズをした。メンバーたちもジャンプしながら喜んだ。それから、大迫町方面に帰るメンバーたちの表情はずっとにこやかだった。

十七　一番弟子？

その次の日の学校。

一斗は授業をさぼり屋上で寝ていた。すると、屋上の扉が開く音で目が覚めた。

寝たまま見ずに話しかけたが反応がない。扉の方向から足音はゆっくりと一斗の方向へと向かってくる。その足音はやがて一斗の真横へ来た。一斗は横目で見ると、その足は止まることなくどんどん前へ進んでいった。

「拓海くん？　それともブン太くんかな？」

やがて、屋上の約3メートルほどある、落下防止の金網の前で止まった。

一斗は上半身を起こしその場であぐらをかいた。その位置から金網の方向に視線を送ると、背丈が一斗と同じ位の男子生徒が、ゆっくり金網を登り始めた。

直感で何かを感じとった一斗は、すぐさま立ち上がり、その男子生徒の方向へと走り出した。その男子生徒は一斗に気づいておらず、どんどん金網をよじ登り、ちょうど金網の頂上に手が差しかかった時、一斗が金網に飛びつき、その男子生徒を引きずり落とした。

「何してるんだ！　気は確かか」

その呼びかけに耳も貸さず、男子生徒はもう一度金網に手をかけた。

一斗は、その生徒の後ろから両腕を回し、ガッチリとロックをかけた。

「何してるんだ！　何でもいいから話してくれよ」

「俺、今から死ぬから邪魔しないでもらえます？」

「バカ！　どんな事情があるか知らないけど死ぬな！」

「おれ、実はいじめられてて……辛くて」

「な〜んだ。そんな理由で死のうとしてたのか？」

「そんな理由とはなんだよ！　俺にとって深刻なんだぞ」

「君何年生？　名前は？」

「2年の大迫武尊。って言うかあんたに関係ないでしょ……」

「武尊くん。死ぬ前に少しだけ俺と話さない？　少し話したら次は止めないから」

そう言うと武尊は納得し、金網を背もたれにしてその場に座り込んだ。

一斗もその場にあぐらをかいて、武尊と同じ目線で話せる態勢を作った。

「おれ三年の一斗。よろしくね」

一斗は、武尊が不安を感じないように笑顔で話を続けた。

「武尊くん。俺も実は数カ月前までひどいいじめを受けてて、死のうと思ってた」

「えっ？　そうなんですか？」

「うん。毎日、毎日ひどい暴力を受けて生きる気力もなくなった」

「自殺しなかったの？」

「俺の唯一の友達が命を張って助けてくれた。その友達はそのせいで死んじゃったけどね」

「そうなんだ……」

「その友達が言ったんだ。もっと先に楽しい事が待ってるから生きろって」

「先なんてないよ……今日も、明日もその次も……どうせまた……」

「俺もそう思ったさ。でも友達に言われたよ。俺らは井の中の蛙だって」

「井の中の蛙？」

「そう、井の中の蛙大海を知らずってね。井戸の中の蛙は井戸の中の事しか知らない、その外にある大海の事なんて知らないんだよって。俺らも自分の周りとか現状だけで全てを決めつけてる……苦しいかもしれないけどその井戸から出れば違う世界が広がってるってね」

「でも明日も……」うつむいて不安げな武尊。

「いじめられるかもね」それとは裏腹に笑顔の一斗。

「どうして笑ってそんな事言えるの？」

一斗は近くにヒロを感じながら、ヒロになりきって語り続けた。

「どうあがいても成るようにしか成らない。でも、明日は明日の風が吹くってね。もしかしたら、何かのきっかけで明日から景色がガラッと変わるかもしれない。でも……死んだらそこで終わり。変わるものも変わらない。生きてれば変わるチャンスも変えられるチャンスもある。だから絶対生きろ！　絶対死ぬなよ！　そう言われて何とか必死に生きたけど……いじめは続いた」

　武尊は、一斗の話をずっと不安げに聞いていた。

「いじめは続いたけど友達もずっと俺を守り続けた。結果的にそのせいで持病が悪化して死んじゃったけどね」

「もう、守ってくれる人がいなくなった？」

「いなくなったけど……友達が命を張ってそのきっかけを作ってくれて、俺をいじめから解放してくれた。その日からバッタリいじめはなくなったよ」

「良い友達に出会えたね。でもね、あいにく俺には親友はおろか友達も1人もいないんだ。きっかけもなければ守ってくれる人もいない」

「居るじゃないか」

「えっ？　どこに？」周りをキョロキョロ見渡す武尊。

「武尊くんはひとりじゃない！　俺がずっと守ってあげる」一斗は笑顔で自分を指差した。

「有り難いけど……一斗先輩みたいなちんちくりんがどうやって俺を守るのさ？」

「ちんちくりんはちょっとひどいな。しかもどの口が言ってるんだ？　武尊くんも背丈俺とあんま変わらないし」

　一斗が苦笑いをしていると、屋上の扉が勢いよく開いた。

「武尊ここに居たのかよ？　息してるって事はまだ死んでねえな？　その横にいるちんちくりん誰だよ？　仲間か？」

「お前らまで俺をちんちくりん扱いするなよ」顔を真っ赤にして怒る一斗。

その横で、武尊はオドオドしながら立ち上がりゆっくり後ずさりを始めた。武尊と同級であろう2年のヤンキー4人組が、ゆっくりと一斗と武尊に近づいてくる。一斗は武尊にウィンクすると、ヤンキー4人組に自ら近づいていった。そのとき武尊が叫んだ。

「先輩逃げて！　そいつら強すぎるよ」

その瞬間に一斗は1人を回し蹴りで倒し、もう1人はボディーに膝を突き立て、後ろに居るもう1人を裏拳で倒した。最後に残った1人がこの中のボスらしい。

「ちんちくりんのくせに生意気だぞ」2年のボスが中指を立てる。

それでも一斗はその挑発に対して冷静を保った。

「先輩に対して、ちんちくりんって言う方が生意気だぞ」

そう言いながらボスのボディーに一発かますと、ガードが下がった所を狙いハイキックを決めた。その流れるような攻撃に4人は這いつくばりながらも逃げて行った。

「先輩……強い」武尊は一斗を憧れの眼差しで見つめていた。

「少しは頼りになるかな？」胸を張ってドヤ顔をする一斗。

「頼りになりすぎます先輩」完全に一斗に惚れてしまった武尊。

「だから、俺がずっと武尊くんを守るから死なないでね？　生きたくても生きられない人がいっぱい居るから命粗末にしたらダメ！　分かった？」

「ハイ！　師匠！」

「師匠は大袈裟だよ。おれ桜田ＰＯＬＩＣＥってチーム作ってるんだけど入るよね？」

「桜田ＰＯＬＩＣＥ？」

「俺は桜田って名字だから桜田ＰＯＬＩＣＥ。弱い者いじめ撲滅運動してるんだ。いじめをしている人がいないかパトロールするチーム」

「へー。なんかかっこいいですね」

「今の時代は喧嘩で武勇伝作るより、誰が誰をどんだけ助けられたか？の武勇伝の方がよっぽど武勇伝になるし、かっこいいと俺は思う」

「自分もそう思います！　でも……俺、喧嘩弱いし」

「正義感があればオーケーだよ！　それに強くなる方法あるんだ」

「そんな方法あるの？」

「実は俺キックしてるんだ。武尊くんもこんど一緒にジム行こうよ。見学だけでもいいし。興味ない？」

「絶対行きます！　すごく楽しみです。よし！　俺も強くなってあいつらに仕返ししてやる！」

　その武尊の言葉に、一斗は眉間にシワを寄せた。

「仕返しするために強くなったらダメ。恨みからは何も生まれないの！　だから、もしあいつらがピンチの時は逆に助けてやらないとダメだよ」

　一斗のその説教に、武尊は納得いっていない様子だったが小さく頷いた。そして、一斗と武尊はその場で携帯番号を交換し、日を改めてジムに行く約束をした。

さっきまで死んだ魚の様な目をし自殺を考えていた少年は、一斗がきっかけを作ってくれたおかげで、仕返しの願望は叶わなそうだが、強くなれる事に関して希望が持てたのか、水を得た魚のように活き活きし瞳をキラキラと輝かせていた。

十八　予期せぬ出会い

最近の天気と言ったら雨ばかりで、そんな日が続くと「夜咲連合の活動ができない」と一斗は、自分の部屋の蔵からまゆげをへの字にし空を眺めていた。

そんな日が何日か続き、ある日のこと、空は久しぶりに青空が広がっていた。

灼熱の言葉が似合う今日この頃、一斗は元気よく蔵を飛び出し、拓海やブン太と待ち合わせた場所へ向かって行った。久しぶりの活動とあって、3人は少し遠くまでパトロールをしに来ていた。

どれだけ歩いただろうか、大迫町の河川敷沿いの道を延々と歩いていると、何もないまま、気づけば隣町の東津平町の境まで来ていた。

河川敷の広場では、少年野球のチームが熱い戦いを繰り広げている。その光景は、まさに平和そのものだったが、そこに予期せぬ光景が目に飛び込んできた。

気づかない内に、変な物体が3人に近づいてきていたのだ、よく見ると、ローラースケートを履いていて年齢が40過ぎくらいの男性だった。その男性はハーフパンツを穿き、上半身は裸で髪の毛は金髪にしていた。

野球少年が熱い戦いを繰り広げている中、その河川敷の広場の土手を登った所にある、小さな道でも熱い戦いが繰り広げられようとしていた。

まず仕掛けてきたのはローラースケート男だった。そのローラースケート男は3人の前に立ちはだかると、いきなり3人にメンチを切り始めた。

「お前ら見ねえ顔だけど大迫町の奴らだな？」

ブン太はその男の恰好を見てまともでない野郎と判断し、おちょくり始めた。

「なんだ？　この予期せぬ変な出会いは？　おまえ見ねえ顔だけど東津平の奴だな？」

するとローラースケート男は、ブン太の前まで滑ってきて、目の前で止まるとブン太にメンチを切ってきた。

「まずは俺の質問に答えろデブ！　俺を舐めんじゃねえぞ」

「デブ？　お前喧嘩売ってるのか？」ブン太が顔を斜めにし睨み付けた。

「喧嘩する前に自己紹介してやる。俺は田原川警備隊ってギャングチームの元リーダー大山（おおやま）敬語（けいご）と言うものだ。喧嘩のどうこう言う前にお前ローラースケート滑れるのか？」

拓海はその大山の言葉に呆れ返っていた。

「勝手に自己紹介始めてるんじゃねえよ。それでよ、ローラースケート？　今は関係ねえだろ？　こっちは喧嘩するかしないか聞いてんだろ？」

大山はポケットからタバコを取り出すと、１００円ライターで火を点けようとカチカチやっているが、オイルが切れているのか全然火が点かなかった。すると何もなかったかのようにライターとタバコをポケットの中に入れ、気を取り直し拓海とブン太を睨み付けた。

「俺は喧嘩する前に、ローラースケートができるかできないか聞いてるだろ！　ローラースケート滑れねえで喧嘩できるのかよ？　男は黙ってローラースケートとビート板だろ！」

拓海は、大山の近くまで歩いて行くと、その場に屈み込みローラースケートをポンポンと叩きながら大山を見上げるようにガンを飛ばした。

「ローラースケート滑れなくても喧嘩できるだろうが？　お前何言ってんだ？　ローラースケートとビート板？　スケボーとサーフィンみたいな言い方してんじゃねえよ！」

ブン太は眉間にシワを寄せ、鬼のような形相で睨み付けた。

「ローラースケートはともかく、ビート板はダセェーだろ！　まあ、ローラースケート滑れねえでも喧嘩できるところ見せてやっからかかってこいよ」

大山はスピードスケートの選手のように体勢を低くし、スタートの合図を待っている。

「ローラースケートで勝負だ」

ブン太は、相変わらず鬼のような形相で睨み付けている。

「どんだけローラースケートにこだわってるんだよ！　早く喧嘩するぞ」

大山はローラースケートをうまく使いこなし、バックしながら距離を離していく。

そして、ポケットから携帯を取り出し躊躇なく警察に電話した。

「もしもし？　今不審者に喧嘩売られてるので、4丁目3番地まで来てもらえますか？」

その電話にブン太はブチ切れた。

「お前から話しかけておいて警察に電話してばっくれる気か？」

「あっ」そのとき、一斗が遠くの方で、見覚えのあるショートの女の子を見つけた。

その言動に拓海が反応し、一斗の視線の方向をゆっくり見てみると、そこには可愛らしい女性の歩く姿が見えた。

「一斗の女か？」

「違うよ！　ただどこかで見たことある娘だな？と思って」

さっきまで激しく苛立っていたブン太も、一斗の女事情に興味津々になっていた。

「一斗はあんな感じの娘が好みなのか？」

「もう！　ブン太くんまで！　俺はただ『あっ』って言っただけじゃん」

ドSの血が騒いだのか、ブン太は赤面している一斗を見ておちょくり始めた。

「あんまり見えねえから、近くまで見に行くぞ」

「ブン太くん待ってよ」

「話しかけないから、近くに行くくらいはいいだろ？」

照れくさそうにする一斗を見て、ドSの感情がくすぐられるブン太だった。

大山は徐々に遠のく3人に、聞こえないくらいの声で話しかけている。

「お〜い！　ローラースケート勝負しないの？　俺の事はほったらかし？」

それから数分後、パトカーのサイレンが大山のいる方向に近づいてきた。そして大山の前で止まると、運転席と助手席から警官が降りてきた。警官は2人がかりで上半身裸で、ローラースケートを履いた大山敬語を取り押さえ、パトカーの方へ力ずくで引っ張り始め、その内の警官の1人が胸についている無線で本部に連絡を入れた。

「連絡のあった不審者をただいま確保」

大山は、その言葉を聞いて必死に説明をした。

「俺は不審者じゃない！って言うか俺が連絡したんだけど？」

警官は不審な恰好をした大山の言葉を1ミリも信用せず、躊躇なくパトカーに押し込み警察署がある方向へと走り去った。

一方の一斗たち3人組は、美羽を遠くから尾行して、気づけば河川敷の通りから出て、小さな町の通りまで来ていた。

「拓海くんもブン太くんもやめようよ？　もう見たでしょ」

ブン太は悪代官のような顔をし、美羽への距離を詰めていった。

「ここまで来たら話しかけようぜ？」

「ブン太くん話が違うよ！　一回会っただけだから向こうも覚えてないと思うし」

　ブン太のその言葉に一斗は困惑するも、意外に拓海はノリノリだった。

「ブン太お前が声をかけろ！　一斗あの娘の名前知ってるのか？」

「俺は女の扱い慣れてないから、拓海お前が声かけろ」とブン太がすまし顔で言う。

「名前は美羽ちゃんって言うんだけど……拓海くんもブン太くんもやめようよ」

　３人が揉めるその声が聞こえたのか、美羽が振り向く。

　拓海とブン太は、近くにあった喫茶店の看板の後ろにとっさに隠れたが、一斗は隠れる間もなく美羽に見つかった。美羽は一斗を見るとにっこりと微笑んだ。

「あれ？　あの時のＵＦＯキャッチャーの？」

「あっ！　えっと……その……ゲーセンの……えっと」

　美羽は笑顔のまま一斗の近くまで歩み寄ってきた。美羽がつけている香水の香りが辺りに漂っている。それをクンクンと隠れながら嗅ぐ拓海とブン太。一斗は香水の匂いを嗅ぐ余裕すらなく、顔を真っ赤にして棒立ちになっていた。

「あー、やっぱりね！　髪切って染めて前より可愛くなってるじゃん、でも一回見たら忘れられない顔ね。こんな所で何してるの？」

　一斗は女性とまともに話したことがないので、ずっとパニクった状態だった。

「あっ……えっと……散歩って言うか……パトロールって言うか」

　美羽は空を眺め、しばらく考えてからクスッと笑った。

「パトロール？　何それ？　意味分かんないし。君面白いね。わたし待ち合わせで急いでるから又どこかで会おうね」

　美羽はそう言うとスカートを翻し、その場から走り去って行ったが、数メートル走った所で立ち止まり振り返った。

「君、名前なーに？」

「あっ！　えーっ……一斗……です」名前を聞かれただけなのにパニクっている一斗。

「一斗くんね。又、見かけたら話しかけてね」

そう笑顔で手を振る美羽に、一斗もうっとりした表情で手を振り続けた。

拓海は、一斗の頬を何回も叩いた。

「おい一斗！　おいって。美羽ちゃんだっけ？　もう行っちゃったよ」

その呼びかけに、ようやく一斗は我に返った。

「一斗お前やっぱ好きなんだな？」ブン太はずっとニヤニヤしている。

一斗は気持ちのやり場を失い、とっさに走って逃げた。

拓海とブン太は、一斗の行動の理解に苦しみながらも必死で追いかけ始めた。

「一斗待て！　どこ行くんだよ」

一斗は細い裏路地に入り一心不乱に走り続けた。ブン太と拓海は必死に追いかけるが、途中で見失ってしまった。

「ブン太！　お前がおちょくるからこんな事になるんだぞ」

「お前もノリノリだっただろ！　同罪だぞ」

走り続けた一斗は、急に立ち止まり、すっかり暗くなった空を不安げに見つめ、隣街の行った事もない路地裏をひとりさまよっていた。

〈必死に走って来たけど……ここがどこだか分からないよ〉

「まいったな。どうしよう」

一斗は、迷路みたいな細い路地裏を右に行ったり左に行ったりと、探り探り歩いていた。しょんぼり歩いていると古臭い隠れ家風のカフェが目に飛び込んできた。

そのカフェの看板には「スターバックズ」と書かれていた。どこか聞き覚えのある名前だが少し何かが違う。この裏路地のこの通りにはカフェはこの1軒だけで、一斗は、このカフェを帰りの目印にしようと頭の中に叩き込んだ。

その他はと言うと、赤や黄色に青と色とりどりの似たようなスナックやバーの看板が並んでおり、目印にするには難しそうだった。

その裏道をずっと先に突き当たると、少し開けた通りに出てきた。一斗は恐る恐るその道を出て、右に左に視線を振ると色んな色のネオンがチカチカと光っていた。

高いビルには、これまた色とりどりの看板が長く縦に連なっており、スナック、バーと言った文字がぎっしりと書かれていた。引きこもってばかりいた一斗にとって、この街のこの光景はまるで竜宮城のような華やかで刺激的な場所だった。

「わーっ、東津平にこんな所があったんだ？　旅行会社のパンフレットで見た東京の歌舞伎町みたいだ」

一斗は物珍しそうにキョロキョロと周りを見渡すと、スーツを着た若いホストであろう男性が、若い女性と手を繋ぎ店に入って行く姿や、スカートの短いドレスを着た若い女性がおじさんと料亭に入って行ったりと、後は仕事帰りであろうスーツ姿のサラリーマンやチャラチャラした若者が入り乱れていた。

スナックやバーが連なった高層ビルがある向かい側には、ダンスクラブらしきお店の看板も見える、その建物はレンガ作りで壁にグラフィティーがぎっしりと描かれており、それが影響してなのか不気味な悪い空気を作り出してした。

そのクラブの中からは、洋楽のヒップホップが流れており、それが外にまで漏れてきていた。一斗は恐る恐るその店の前を横目で見ながら通ると、入り口の近くにはごつい黒人の用心棒らしき男が1人立っていた。

一斗は歩くスピードをゆるめ、興味本位でダンスクラブの中を見ると、若いインテリやくざチックな男が立っていた。その男は笑顔で何かを受け取っている。

中は薄暗く何を渡しているのかハッキリとは見えなかったが、目を細め見てみると何やらお札らしきものだった。その手渡している人をさりげなく見ると、なんと美羽だった。

美羽はその男にお札らしき物を手渡すと、小走りで出口の方へと走ってきた。

一斗は、そのダンスクラブの隣にある、さびれた雑居ビルの中に慌てて隠れた。

その後、美羽は振り向くことなく足早にその場を去って行った。

一斗は、予期せぬ場所での予期せぬ出会いに戸惑いを隠せず、魂が抜けたような表情で来た方へと戻って行ったが、帰る方向を完全に見失っていた。

一斗は取り敢えず、最初にすれ違った男性を呼び止めると、大迫町へと帰るルートを聞いた。

「すみません。大迫町に帰るにはどの道を行けば……」

道を尋ねられた男は、ローラースケートを履いた上半身男の大山敬語だった。

「ここの道をまっすぐ行って、右に曲がれば大通りにすぐ出られるから、そこからは分かるだろ？って、お前さっきの奴じゃねえか！　おかげでさっき俺が警察に連れていかれて、危ないとこでローラースケート押収されるとこだったんだぞ！　それよりお前はローラースケート滑れるのかよ？」そう言いながら前を見ると、一斗の姿は既になかった。

その数分後、パトロールで路地裏を回っていた先ほどと違う警察官が、ひとり上半身裸で喋る大山を見て、躊躇なく不審者と断定し、警察署に連行したのは言うまでもない。

十九　偵　察

この日一斗は学校を遅刻してやってきた。遅れて入ってくる一斗を見て、ここ最近では珍しく拓海が苛立っていた。

「おい、一斗。もう4時間目だぞ。昨日も途中いなくなるしよ」

その拓海の問いかけに、一斗は完全に上の空だった。

昨日の美羽の行動が気になって仕方がないようだ。一斗は自分の席に着くと机に顔を伏せうなだれた。拓海はその様子を見て呆れながら一斗の隣の席に座った。

「お〜い、一斗ちゃん。俺らがおちょくったから不機嫌なんですか〜？」

一斗は、机に顔を伏せたまま首を横に振った。

「今日おれ、弁当持ってきてないから食堂行くけど、一緒に行く？」

一斗は顔を上げる素振りもせず、顔を伏せたまままもう一度首を横に振った。

拓海は諦めた様子で、隣のクラスのブン太を誘いに行った。

5時間目も、6時間目も、一斗は机に顔を伏せたままだった。拓海はそんな様子の一斗の頭を教科書で軽くポーンと叩いた。

「俺もう帰るからな？　今日なんとかって後輩ジム連れて行くとか言ってなかった？」

その言葉に、さっきまでうなだれていた一斗は急に立ち上がった。

「すっかり忘れてた！　2年の教室まで迎えに行かなきゃ！　拓海くんまた明日ね」

そう言うと、一斗はカバンも持たずに教室を飛び出して行った。

「一斗の野郎……あれは完璧に恋の病だな」

そんな独り言を言っていると、B組の前の廊下からブン太の罵声が飛んできた。

「拓海！　早くしないと置いて帰るぞ」

「おい、待てよ！」キムタクの真似をする拓海。

ブン太はその「おい待てよ」のセリフに、ずっとニヤニヤしていた。

「さすが大迫のキムタクこと木村拓海くん」

拓海は廊下に出るや否や、ブン太につっこみの代わりに飛び蹴りをかました。

「言うてる場合か！　早く帰るぞ！　今日俺んち来るか？」

「オーッいいね」

拓海とブン太は、各チームのメンバーをゾロゾロ引き連れて学校を後にした。

一方の一斗は、３年の校舎の向かい側にある2年の校舎へと急いでいた。

一斗が、３年と2年の校舎を繋ぐ渡り廊下に差しかかった頃に、２年校舎から武尊が歩いてきた。

「あっ！　一斗先輩、遅いですよ？」

「悪い！　ちょっと東大に行くための勉強してたから遅くなった」

「もうちょぃマシな嘘ついて下さい！　嘘バレバレですよ」

「勝手に嘘って決めつけるな！　本当だったら失礼だろ」

「嘘って分かるから失礼にはなりませんよ」

「でも遅くなって悪いね。ジャージ持ってきた？」

「勿論です。いつでも着替えられるように制服の下に着てます」

「準備万端だな。よし気合入れて行くぞ」

2人は気合を入れ、トレーニングがてら走ってジムに行くと決めたようだ。

「先輩、ところでカバンは？」

「あっ！　東大目指している俺がよりによってカバンを忘れてきた」

「もう、その嘘につっこむのめんどくさいです」

「めんどくさいって言うな！　よしっ！　ジムまで競走だ」

そう言い放つと、一斗は猛ダッシュで走り出した。

「あっ、俺ジムの場所分からないからズルいっす」

そんなこんなで2人はジムに着き、一斗が事情を話すと「一斗の後輩なら」と会長も喜んで入会させた。

この日の一斗は、入会初日の武尊に付き合って、久しぶりに基礎体力作りのメニューをこなした。ジム初日が終わった頃は19時を回っていた。時間が遅いという事もあり、武尊は母に迎えに来てもらっていた。

「先輩、良かったら車乗って行きます？」

その有り難き誘いを、一斗は迷う事なく断った。

「今日は用事あるから大丈夫だよ」

すると、武尊の母親がエプロン姿で運転席から降りてきた。

「いつも武尊がお世話になってます」

「いいえ、こちらこそ仲良くして頂いて助かってます」

　一斗は、少しでも早く美羽の偵察に向かいたいが、武尊の母の話がやたら長かった。

「ついこの間まで引きこもっていた武尊が、一斗くんと出会って嘘のように生まれ変わって、我が家は家族そろって喜んでいます」

「そうですか？　それはそれはこちらとしても光栄です」

　一斗は、時間をチラチラと確認するが話は終わりそうにない。

〈確かあの日は19時頃だったよな……〉

「今夜はジムデビューでめでたいから、赤飯にしようかしら？」

「ハハハハッ！　赤飯がいいですね。めでたいですもんね」

「おかずはから揚げかな？」

「それはいいですね。俺は最近から揚げ食べてないので羨ましいです」

「から揚げで思い出したけど、日本ではニワトリはコケコッコーだけど、アメリカ人が聞けばクックドゥードゥルドゥらしいわよ」

「そんな話よく耳にしますよね。不思議ですよね」

〈そんなのどうでもいいから早く解放してくれ！　いつまで続くんだこの話〉

　愛想笑いで頬がつりそうな一斗は、適当に相槌を打ちながら、心の中で必死に武尊に救いの手を求めていた。

〈この気持ちが届いているのか？〉とそっと武尊の方を見ると、武尊は携帯アプリゲームに夢中になっていた。

そんなこんなで、話が終わった頃には19時50分になっていた。一斗は慌ててあの路地裏に入り込んだ。

一斗はいじめを受けていた時、逃げ道やブン太たちを避けるために、色んな道を瞬時に覚える力を習得していた。その甲斐あって、一回来たこの路地裏も迷う事なくすり抜け、あの少し開けたネオン街に到着できた。あのダンスクラブの入り口の前には、相変わらずごつい黒人の用心棒が立っている。

さりげなくクラブの前を通り、チラッと中の様子を窺ったが、薄暗くあんまり中の様子が見えなかった。

入り口にいた黒人の用心棒は、一斗が歩く方向をずっと目で追ってくる。相変わらず洋楽のヒップホップが中から漏れており、その音楽の効果もあってか、その黒人の用心棒の迫力が増していた。一斗は駆け足で逃げる様にその場を通り過ぎた。しばらく歩くと、その歩いてきた道はずっと先までネオン街が続いていた。

その繁華街には、多くの客、ホストやキャバ嬢たちが入り乱れ、次々にスナックやキャバクラが入ったビルの中へと消えて行った。

「こんなに広くて人も多いと、美羽ちゃん見つかるはずないな……」

愚痴を漏らしながら歩くジャージ姿の一斗は、18歳という若さもあって、この繁華街ではひどく浮いていた。そのせいですれ違う人たちが一斗の事をジロジロと見ている。

〈これじゃー逆に目立って美羽ちゃんにバレちゃうな〉

そんな事を思いながら10分くらい歩いただろうか、一斗は途中で左の路地へ入っていった。一歩入った路地も、表通りに負けず劣らずスナックやバーの看板が連なっていた。すると、前の方から聞き覚えのある声が聞こえてきた。一斗は慌てて雑居ビルと雑居ビルの狭い隙間に入り込み身をひそめた。

その雑居ビルの隙間には、空調やガス、水道の配管が壁に張り巡らされており、少し奥には汚れきったポリバケツが3つ置かれている。その一体は残飯の臭いが漂っていて、その上には油まみれのダクトが飛び出してる。そこから出ている熱風で残飯の臭いが一斗の居る所まで流れ込んできていた。そんな悪条件の場所から早く抜け出したい一斗だったが、鼻をつまみなんとか悪臭に耐えながら、ビルの隙間からそっと外の様子を覗き込むと、やはりその声の主は美羽だった。

美羽の恰好はいつもの制服の時の雰囲気とは一味も二味違い、化粧をばっちりと決め、露出の高い服に短いスカート。足元は高いハイヒールを履いており、その汚い雑居ビルの隙間とは裏腹に、一歩先にいる美羽は華やかだった。その華やかな美羽の姿は、一斗でさえも【夜のお店で働く女】とすぐに分かった。

その時、ヒロがあの時、美羽に対して言った『でもあの娘遊んでそうな顔してたよな』の言葉を思い出して、なんともやるせない不安と緊張が入り乱れ、初めての感情が一斗を襲った。そんな事は知る由もなく、美羽はスーツ姿の年配の男と「ナイトクイーン」と看板に書かれたお店の中へ消えていった。その光景を目の当たりにした一斗は、混乱する頭で色々と推理していた。

〈美羽ちゃんは学生、明日も学校があるしそんな遅くまで働かないはず〉

そんな推理をしながら待つも、美羽は中々出てこない。そんな状況に一斗は徐々に不安になり被害妄想が膨らみ始めている。

〈あのおじさんと、お店の中であんな事やこんな事していたらどうしよう〉

居ても立っても居られない一斗は、我慢の限界がきてその場を立ち去ろうとした。そのタイミングで、お店からあのスーツ姿のおじさんだけが出てきた。

時間を確認すると、1時間ほどの来店だった。時間は21時半を過ぎ、それから22時まで待ったが美羽は中々出てこない。帰ろうにも帰れない状況が続き、長時間いる事であの残飯の悪臭にも少し鼻が慣れてきたのは、丁度23時の頃だった。

それから、ほんの少し時間が過ぎ23時を少し回ったところで、ようやく美羽が出てきた。この後、美羽があのダンスクラブに行くと推理していたが、美羽はクラブがある表通りには出ず、そのまま路地裏へと入っていった。

このままだとストーカーに間違われてもおかしくないと思い、一斗も帰路についた。次の日も、ジムが終わり偵察に行くと、やはり23時過ぎに美羽はお店から出てきて、帰路についていた。その事から美羽は23時に仕事が終わる事が分かったが、中々インテリやくざがいるダンスクラブの方へは行かない。

後は定期的に偵察に来て、ダンスクラブに行く瞬間を狙うしかないと、その後も根気よく偵察を続けた。

二十　どうする？

そんなこんなで、この月の最後の週末が訪れとうとう月末になった。

「今日もジム？　暇ならカラオケ行くんだけど、行く？」と拓海が一斗を誘う。

「今日もジムなんだ。いつも誘ってくれるのにごめんね」と気まずそうな一斗。

「ジムなら仕方ないな。俺らみんなでカラオケ行くからジム終わったら電話しろよ」

「うん。とりあえず行く行かない関係なく電話するね」

そんな会話を交わし2人は別れた。拓海とブン太は、お互いのチームのメンバーを、いつものようにゾロゾロ引き連れて校門を出て行った。

一方の一斗は2年の校舎に武尊を迎えに行き、そのままジムに向かった。

この日から、武尊は基礎体力をつけるトレーニング以外に、キックやパンチの練習も始めることになった。その武尊のセンスを見て会長はかなり感心していた。

「ほぉ～、武尊、中々良い筋してるな？　絶対伸びるからジム真面目に通うんだぞ」

「ハイ、会長ありがとうございます。先輩に追いつけるように努力します」

その意気込みに、会長も明るい未来を見据えていた。

「追いつくも何も、もう抜いてるかもな」

その会長の言葉を聞き、一斗は武尊に見せつけるようにシャドーボクシングを始めた。

「抜いてるかどうか勝負してみる？」

その一斗の挑発に武尊は勢いよく首を横に振った。その武尊の謙虚な姿勢に、一斗もご機嫌だった。そして、何事もなくこの日も無事にトレーニングが終わった。

「武尊くん、今日も用事あるから親に迎えにきてもらいなよ」

「えっ？　また用事？　ここんとこずっと用事ありますね。たまには一緒に帰りたいっす」

「今度一緒帰ろう。本当にごめん」目を閉じ両手を合わせ謝る一斗。

謝罪を終えると、一斗は足早にジムを後にした。あの裏通りに入る前に一斗は建物の陰に隠れジャージから私服に着替えた。ヒロの形見として貰ったストリート系の服だ。

ヒロとは少し身長差があったため、一斗が着ると少し大きめだが。

〈最近はオーバーサイズで着るのが流行っているし、ジャージに比べたらその辺のチャラい兄ちゃんたちに溶け込めると〉とショーウインドーに映る自分の姿を見て惚れぼれしていた。そんな自画自賛の一斗は、時間を気にしながらいつもの路地裏へと入っていった。

〈時間は19時20分。まだ時間あるな〉

一斗は時間を潰すため、以前目印にしていたスターバックスに入った。

夜はお酒も取り扱っているらしく、仕事帰りのサラリーマンがちらほら見える。

一斗はカウンターに座り、目の前に居たマスターにカフェオレを注文した。

昼間の時間帯と打って変わって、夜の時間帯は若い客が一斗だけで、その状況に一斗は勝手に気まずくなり、なるべく周りと視線を合わさないように、ゲームやSNSをする訳でもないが、携帯を操作するふりをしその場を過ごしていた。そして、カフェオレが出来上がり、一斗の目の前に置かれた。

〈マスターと目が合えば話しかけられる〉とこれまた勝手な被害妄想を抱き、一斗は視線を上げず軽く会釈だけし、時間を潰すためチョビチョビとカフェオレを飲み始めた。

〈時間は19時40分。カフェオレだけでは持たないな。どうする？〉

一斗は視線を落としたまま、マスターにフィッシュバーガーを注文した。一斗は怪しまれないために視線を落としているが、それが逆に怪しさを増していた。

怪しい怪しくないはただの一斗の被害妄想なだけで、マスターも他のお客さんも別に怪しんだりしてはおらず、なんの疑いもなくマスターも仕事をこなしていた。

その後も、お酒目当てに来店する客が居てそのお客さんの対応もあってか、フィッシュバーガーが来るのが意外にも遅かった。フィッシュバーガーが届き、冷静に時間を確認する一斗。

〈時間は20時ジャスト……20時ジャスト？〉

一斗は、先ほどの冷静さを忘れさせるほどの慌てっぷりで、大きく口を開けフィッシュバーガーにかぶりついた。一口が大きかったせいかバーガーが喉に詰まっている。

一斗は手元のコップを力強く握りしめカフェオレで流し込もうとするも、残りわずかなカフェオレでは流し込みきれなかった。

それを見ていたマスターは「ホホホホッ」と独特な笑いかたをしながら、一斗の目の前に水を置いた。その水でバーガーを一気に流し込み急いで時間を確認した。

〈時間は20時10分……まずいな。どうする?〉

「マスターお会計お願いします」

一斗は、マスターに怒られる覚悟でフィッシュバーガーを残した。

その慌てている様子を見たマスターは、スターバックスと大きく書かれたテイクアウト用の袋を一斗に手渡した。

「待ち合わせかい?　勿体ないから持って帰りなさい」

「ありがとうございます。バーガーもカフェオレも美味しかったので、また絶対来ます!

その時はまたフィッシュバーガーとカフェオレでお願いします」

一斗はお釣りがないようにお金を渡すと、勢いよく扉を開けカフェを飛び出した。

慌てて開けた通りに出て、その道を真っすぐ突き進み左に曲がりそのままの勢いで例の雑居ビルと雑居ビルの間に入り込んだ。相変わらずの悪臭だが、回収車が中身を持っていったのか?　それとも臭いに慣れたのか?　一斗はこの臭いも案外平気になっていた。

〈時間は20時28分。美羽ちゃんもうお店に入ったかな?　来てない可能性もある〉

二十一　命を張る漢たち

その後、一斗は雑居ビルと雑居ビルの定位置で1時間近く見張り続けた。

そこを通るほとんどの人が、白い目でチラチラと見ているが、一斗はそれが気にならないほど集中し、美羽が働いているキャバクラの扉を睨み付けていた。

〈もう入店したのか？　まだ入店してないのか？　それとも休み？〉

その間にも、若い男性や年配の男性などがお店の中に吸い込まれては出て行く。

お客さんと一緒に外に出てくるキャバ嬢を1人も見逃すまいと、まばたきする事さえも忘れ、ナイトクイーンの扉を睨み付けていた。そこに、どこかで見た事のあるおじさんがお店から出てきた。

〈あれ？　あのおじさん。この間美羽ちゃんと一緒にいた……〉

そのおじさんが立ち止まり、店の中に向かって手を振っている。その数秒後に美羽が姿を現した。

〈あっ、美羽ちゃんやっぱりもう入店していたんだ〉

時間を確認すると、既に22時になっていた。

〈あと1時間か……長いな〉

一斗が困惑していると、いつもより早めに美羽がお店から出てきた。

〈次のお客さんを迎えに行くの？　あれ？　でも私服に着替えている〉

雑居ビルの隙間で、一斗が困惑している事を美羽は知る由もなく、あの大通りへと小走りで向かって行った。

一斗は美羽が向かった方を確認すると、バレないように距離を取り尾行を始めた。

美羽は、道の突き当たりの所を右に曲がった。

〈いつもの道じゃない。クラブがある方だ〉

一斗は、美羽の行く方を見てどうやら確信したようだ。

〈やっぱりクラブのある方だ〉

一斗は、その道の突き当たりに着くと、ビルの角からそっとダンスクラブがある方を覗き込んだ。やはり美羽はダンスクラブの前で立ち止まっていた。

一斗は、電信柱や看板などに隠れながら、少しずつ美羽との距離を詰めていった。

美羽は、どうやら前とは別の男と話し込んでいる。その男性はスーツで身を固めサングラスをかけており、見た目はいかにもやくざ感満載だった。

〈どう見てもやくざだよな？　やっぱりやくざに使われてるのかな？〉

一斗は怒りや悲しみといった感情が入り乱れ、冷静ではいられない状況だった。

その数分後、重圧感たっぷりの黒いベンツがクラブの前に停まった。その運転席から、あのインテリやくざ風の男が降りてきた。

美羽は笑顔でインテリやくざ風に近づくと、ポケットからなにやら取り出した。

以前見た時は、クラブの中で薄暗くはっきりと見えていなかったが、今回は外でやり取りしているため、ネオン街の明かりのおかげで手元がハッキリと見えた。

美羽がポケットから取り出したものはやはりお金だった。

美羽が差し出す1万円の束をインテリやくざ風が受け取ると、指を舌でペロッと舐めお札の数を数え始めた。やがて数え終わると、美羽の頭を軽くポンポンとし、そのまま美羽を助手席に乗せた。

「ジョンソン、後はしっかり頼んだぞ」とインテリやくざ風が誰かに声をかける。

声をかけた相手は、あのクラブ前にいつも立っていた用心棒の黒人男性だった。どうやらこの外国人の名前はジョンソンらしいのだが、一斗にとって今はそんな事どうでもよかった。

一斗は、このままだと撒かれると思ったのか、車が発進する前に勢いよく走り始めた。やがて車もエンジンをかけ走り始めた。車は繁華街の入り口にある信号を左折して行った。一斗も懸命に走るも、車に勝てるはずがなくどんどん距離が離れて行く。それでも走り続ける一斗だったが、その時、偶然にもカラオケに居るはずの拓海やブン太率いる夜咲連合の面々が前から歩いてきた。

いつもなら大迫町にあるカラオケ店に行くのだが、この日は龍魔鬼の集会もあり、その龍魔鬼の走りを見る名目で、東津平町のカラオケ店に来ていたのだ。その集団の先頭にいた拓海がすぐに一斗に気づいた。

「あれ？　一斗じゃないか？　お～い！　一斗お前電話するって……」

「拓海くん！　今それどころじゃないんだ」拓海の目の前でアタフタする一斗。

「何があった？」事情を知らない拓海が冷静な口調で聞く。

「前の車！　美羽ちゃんが」車の方を何度も指差す一斗。

その焦る一斗の表情を見て「ただ事ではない」と感じたメンバーたちは、説明を聞く間もなく一緒に車を追い始めたが、その焦る気持ちと比例して車はどんどん離れていく。全力で走る一斗たちはさすがに疲れが見え始めてきた。

遥か遠くの信号で、あの重圧感たっぷりのベンツは停まっている。頑張れば何とか距離を縮めることが出来そうだが、みんなさすがにダウン寸前だった。

もうダメかと思われたその時、遥か後方からあの美しきコールが聞こえてきた。

どうやら龍魔鬼のメンバーたちが走り始めたようだ。そのコールは徐々にこっちの方向へと近づいてくる。やがてそのコールは一斗たちの集団の横でピタッと止まった。

龍魔鬼の【特攻隊長】の刺繍が入った特攻服を着た男、一条英二（いちじょうえいじ）が龍魔鬼の集団の真ん中の方に向かって大声で叫んだ。

「総長！　この集団って敵じゃなくて夜咲連合の奴らっすよ」

その呼びかけに、総長の赤木がバイクを走らせ前の方に出てくる。そうしている間にも信号は青へと変わり、あのベンツは遠慮なく走り出した。

「ダイキくん！　あの車」一斗は無我夢中に叫んだ。

なんの事だかさっぱり分からない赤木だったが、急ぎである事は伝わったみたいだ。

赤木はバイクを少し走らせ一斗の横につけると、親指で後ろのシートを指差した。

「後ろ乗れよ」赤木のその言葉に龍魔鬼のメンバーがざわめく。

〈赤木さん、自分のバイク誰にも触らせた事ないし誰も乗せた事ないのに……〉

一斗はそんな赤木のバイク事情なんて知っているはずがなく、言われるがまま躊躇なく後ろのシートに飛び乗ると、赤木がエンジンを吹かし始めた。

「しっかり掴まっとけよ」その赤木の言葉に一斗は無言で頷いた。

次の瞬間、赤木のバイクはすごい勢いで走り出した。これが赤木名物のロケットスタートだ。赤木の運転するバイクはどんどん加速していく。しかし、元々ベンツまでの距離があったため中々追いつく事ができない。それでも赤木は、一斗のためだとフルスロットルで走り続けた。まだまだ距離はあるが、徐々に車の色や形がはっきり見える位置まで近づいてきた。赤木はその車に見覚えがあるのか、なにやら様子がおかしくなってきた。〈あの車もしかして……〉と嫌な予感が脳裏をよぎり、赤木の顔が青ざめた。

やがてベンツは、大通りから少し細い道へと左折をして行った。

赤木はベンツの行方を見て何かに気づいたのか、急にバイクを減速させ始めた。

〈あの道に入ったって事はやはり……〉とその予感は確信へと近づき、赤木は何か思い当たるふしがあるのか激しく動揺していた。

「ダイキくん！　どうしたの？　バイク故障？」

赤木は、その問いかけに反応できないほど動揺していた。一斗は何かの異変に気づきバイクを降り赤木の顔を見ると、その顔は青ざめ冷や汗で額はびっしょりと濡れていた。

一斗は、赤木が何故そんな状況に陥っているのか想像がつかないでいるが、良い状況ではない事はすぐに感づいた。

「ダイキくんありがと。後は自分でなんとか行くよ」

赤木は、一斗がベンツが曲がった方向に行く事を阻止しようとしたが、完全に体が固まって阻止する事さえもできなかった。

しばらくすると、拓海やブン太を後ろに乗せた龍魔鬼のメンバーが追いついてきた。他のメンバーが赤木を囲むようにバイクを停めた。拓海は前を走る一斗を見つめ、赤木に問いかけた。

「一斗どうしたんだ？　赤木は何で行かないんだよ？」

拓海の問いかけに反応がない事にしびれを切らせ、ブン太も苛立っていた。

「おい？　なんとか言えよ？」

他の龍魔鬼のメンバーも唖然としていた。

一斗は時間をかけ、ようやくベンツが左折した道に到着し、躊躇する事なく左へと入っていった。その光景を見て特攻隊の一条も青ざめた。

「総長！　あっちの方向……ヤバいんじゃ？」

その一条の問いかけに、赤木は少し冷静になれたのかようやく我に返った。

「悪いけど俺らはここまでだ。お前らも行くのはやめた方がいい」

拓海は、一斗が消えていった方向を指さした。

「なんでだよ？　そう言われても一斗もう行っちゃったじゃねえか」

赤木はすっかりうなだれていた。

「たぶん大丈夫だろ。あの屋敷を見ればバカでも恐ろしさが分かるはずだ。感づかれないように一斗を迎えに行ってやれ」

拓海は、赤木の顔をしばらく眺めていた。

〈あの悪魔の血が流れている赤木が魂を完全に持って行かれちまってる？　そんなに恐ろしい場所なのか？　それなら早く一斗を……〉

夜咲連合のメンバーがバイクから降りると、拓海はそのメンバーに歩み寄った。

「大勢で行けば逆に危険かもしれない。だから俺とブン太と広岡で迎えに行く。お前らは途中で待機しててくれ」

拓海がそう言うと、夜咲連合は恐る恐るゆっくりと動き出した。赤木の指示通り感づかれないようにゆっくりとそのポイントの場所まで来ると、夜咲連合のメンバーをそこに残し、拓海たちは作戦通り3人で一斗が行ったであろう方へと進んだ。

一方の一斗は、左折したあとはあのベンツがないか探り探り歩いていた。

左折してから10分ほど歩いていると、遥か前方で車のテールランプが光っているのが見えてきた。一斗はそのテールランプを目指し徐々に近づくと、やはりあのベンツだった。

そのベンツが停まっている前の車庫のシャッターがゆっくりと自動で上がっている。やがてシャッターが上がりきると、ベンツはその車庫の中へと入っていった。

その様子を見て、一斗は民家の塀に隠れては前へ進み、次の民家に隠れては前へと進み、その車庫がはっきりと見える位置まで来た。その車庫の横には和風の立派な門がそびえ立っている。その門の扉の横に木製の大きな看板が掲げてあり、その看板には達筆で【龍鬼組(たつきぐみ)】と堂々と書かれていた。

〈龍鬼組？　やっぱりやくざだよな？　美羽ちゃんがやくざに拉致られた？〉

門の前には、スーツを着たイカツイ男が2人門番をしている。どうあがいても入る隙がなく、危険である事くらいは極道界隈に詳しくない一斗でも十分に分かっていた。

拓海たちは、ようやく一斗の姿をとらえた。門番に気づかれないように、隠れながら一斗に徐々に近づき、拓海は聞こえるか聞こえないかくらいの声で一斗を呼んだ。

「おい？　一斗」

「わっ。びっくりした」その声に一斗がびくついた。

ブン太は人差し指を口の前に立て、ジェスチャーで「静かにしろ」と伝えた。

その一斗の声に、門番の男が気づいたのか？　もう1人の門番の男とずっと一斗たちがいる方向を見て何か話している。

「今、あっちから誰かの声きこえなかったか？」一斗たちの方を指差すやくざ。

「気のせいじゃないか？」

「まあ、念のため見てくるか」指差した方のやくざが一斗たちの方へと歩き出す。

徐々に一斗たちがいる民家の方に近づいてくる。万事休すと思われたその時。

「ニャーオ。ニャー。ニャー。ニャーオ」

「なんだ？　猫か？」その鳴き声に門番の男らは苦笑いをしていた。

なんと、その猫の鳴き声をしていたのは広岡だった。広岡のファインプレーのおかげで
なんとか最初のピンチを脱した。拓海はその広岡の特技に唖然としていた。

「広岡、お前そんな特技あったのか？」

広岡は猫の鳴きまねを続けると、門番をしている1人が、唇を尖らせて舌を「チュッ
チュッ」と鳴らし、猫をおびき寄せようとしてきた。その門番の「チュッチュッ」に引き
寄せられ、広岡は塀の外に出ようとしたが、ブン太が広岡を必死に止めた。

「お前、本物の猫じゃねえんだから行くなよ」

そのブン太のつっこみに拓海は必死に笑いを堪えていた。そして、何とか笑いを堪えた
拓海は素に戻り、門の横に掲げている看板を見つめ生唾を飲んだ。

「龍鬼組って日本で一番でかいやくざじゃねえか」

一斗は、その拓海の言葉に不安が増し涙目になっていた。

「拓海くん。美羽ちゃんを乗せた車があの中に……」

「なんでまたあの中に？」

「分からない」

「乗り込もうにも組員が居るし下手したら殺されるぞ」門を指差す拓海。

「でも美羽ちゃんが……何されているか……」涙目で訴える一斗。

「行くっきゃないだろ？」ブン太は怖い者知らずとあって乗り込む気満々である。

その時、住み込みの新人やくざだろうか？　上下ジャージを着た若い2人の組員が姿を現した。そのジャージの新人2人の組員が門の所に来ると、なにやら最初に門番をしていたスーツ姿の男2人と話し始めた。

拓海は、ここしかないであろうこのタイミングを見逃さなかった。

「よし、チャンスかもしれない。もしかしたら門番が新人に変わるぞ。スーツの組員が完全に屋敷に入ったタイミングでしかけるぞ」

ブン太は親指を立て「グッド」のサインを出した。一斗と広岡も静かに頷く。

2分ほど話し込んだ組員たちは「じゃあ後は頼んだぞ」と言い交わし分裂し始めた。

拓海は、3人の前に手のひらを出し、待ての合図を示した。

「まだ慌てるな？　完全に中に入ってからだ」

3人は息を殺しそのタイミングを待った。緊張の時間が続く。我慢の時間が続く。

その時だった。誰かの雄叫(おたけ)びが屋敷周辺に響き渡った。

「やくざクソ上等だ！　夜咲連合舐めんなよ！」

その怒号の後、一斗たちが居る民家とは違う別な民家の敷地から、黒い塊がすごい勢いで門をめがけ突っ込んで行った。なんと大迫のタイソンこと八保だった。

　拓海は今どうなっているのか、その状況がまったく呑み込めないでいた。

「あのバカ何でここにいやがる！　夜咲連合に入れた覚えもねえし余計な事しやがって」

　八保はそのまま、ジャージ上下の新人やくざをめがけ突進した。

「夜咲連合の50万戦無敗のタイソンに今から殺される事を光栄に思うんだな」

　その八保の動きを見て、新人やくざはゆっくりと歩き始め拳を振りぬくと、その拳は八保の鼻にクリーンヒットし、八保は白目を剥きその場に倒れ込んだ。３秒の出来事だった。

　その騒動に気がついたのか、中から組員がゾロゾロと出てきた。

「監視カメラもあちこちあるし、見つかるのも時間の問題だ！　もう行くしかない！」

　拓海は、やけくそになり「ＧＯ」の合図を出した。

「どうせ見つかるならこっちから当たって砕けてやる！」とブン太が叫び走り出した。

　夜咲連合のメンバーたちが、屋敷周辺の動きが激しくなってきた事を確認し、あの曲がり角の方向から全力で走り始めた。それを遠くからただただ黙って見つめる赤木。

〈どうする俺、悪魔の血が流れてるんじゃねえのか？　何ビビってるんだ……〉

「総長……」と呟きながら赤木を見つめる一条。

　赤木は、一条の居る後ろを振り向く事なく話し始めた。

「英二、俺は今日死ぬかもしれないからよ。後のチームの事はお前に任せたぞ」

「総長どういう事ですか？　まさか？」

「元いじめられっ子の小僧が命張ろうとしてんだ。天下無敵の赤木様がブルっちまって何もできないって恥ずかしいよな。一斗か……面白い小僧だ。英二、お前らは帰れ」

すると一条は、後ろにいるメンバーが居る方を振り向くとゆっくりと頷いた。それを見たメンバー全員がゆっくりと頷き返した。その瞬間に数十台にものぼるバイクのエンジン音が一気に轟きだした。

「総長。水くさいっすよ。俺らみんなで龍魔鬼じゃないっすか。そして、俺は龍魔鬼の特攻隊長です。だから俺が先頭きって行くっす！」

そう言うと、一条はバイクのエンジンを吹かし、フルスロットルで走り始めた。

「それに続け」と言わんばかりに、次々に龍魔鬼のメンバーが走り始めた。

その集団の、一番後ろに居たケツ持ち担当のバイクを赤木は静かに見届けると、バイクを軽く吹かし、ゆっくりと徐行しながらバイクを前に進めた。

〈お前ら粋(いき)な事してくれるじゃねぇか。お前らの……龍魔鬼の総長である事を誇りに思うぞ。お前らと一緒に死ねるなら、それが……俺の……俺にとっての本望だ〉

次の瞬間、赤木のバイクは急加速し、次々にメンバーのバイクを追い抜いて行った。

グングン前へ出ると、あっという間に先頭の一条に追いついた。赤木はそのまま一条のバイクを抜くと、バイクにつけているラッパのスイッチを【ON】にした。

ラッパの曲は「ゴッドファーザー」だった。

龍魔鬼の集団はそのまま左へ曲がり、走る夜咲連合の集団を抜き去った。

一方の一斗たちは、組員たちと激しいバトルを繰り広げていた。

拓海が、はるか先で聞こえるゴッドファーザーの音色と、バイクの排気音に気づく。

「一斗。赤木たちが来るぞ！　ここは何とか食い止めるから、お前は隙を見て行け！」

一斗も組員に応戦しながら、その指示に大きく頷いた。

そんなやり取りをしている頃には、赤木率いる龍魔鬼のメンバーも到着していた。その数分後、夜咲連合のメンバーが到着。現在の状況としては、一斗たちのメンバーがざっと50人は超えているのに対して、組員たちは今のところ30人程度だ。その中の1人が赤木の前に歩み寄った。

「お前ら龍魔鬼か？　どうなっても知らねえぞ」

赤木はその組員の胸ぐらを掴み、グイッと自分の方へ引っ張りガンを飛ばした。

「俺の仲間全員が命張って闘ってるんだ。俺は命の1個や2個捨てる覚悟できてんだよ。早く今すぐどうにかしてみろよ」

その組員は、胸ぐらを掴まれた状態で赤木を殴りつけた。赤木の頬の辺りに拳がヒットするが、赤木は微動だにせず笑みを浮かべたと同時に、赤木の拳が一瞬で組員の顔面にめり込んだ。組員は吹っ飛ばされ、未だ誰にも気づかれず倒れている八保の上に落下した。

その時、道の先の暗闇から誰かの声がしてきた。

「おい！　お前ら邪魔だ！　どけよ」

それは、ローラースケートで滑ってくる上半身裸の大山敬語だった。

どんどん加速してやってくる大山に対して、乱闘している集団はそれを見て、大山を避けるように右半分と左半分に分かれ、道を開けた。その時、拓海が一斗に合図を出した。

「一斗、今しかないぞ！」

一斗はその掛け声に素早く反応し、門を潜(くぐ)り屋敷がある敷地の中へ飛び込んだ。

一方の大山は、そのまま組員が開けた道をすり抜けたが、その組員に襟元(えりもと)を掴まれ止められた。

「テメエ何しに来たんだ？」組員がドスの利いた声で大山に聞く。

「テメエとはなんだ？　お前、俺に喧嘩売ってるのか」大山が組員を睨む。

「上等じゃねえか。殺(や)ってやるよ」組員の口調が荒れだす。

「おまえ喧嘩する前にローラースケート滑れるのか？」すました顔で大山が問いかける。

「ローラースケートと喧嘩とどう関係あるんだよ？」

「やくざがローラースケート滑れねえでどうすんだ」大山はローラースケートを指差す。

「やくざとローラースケート関係ねえだろ」やくざは大山の指差す方に視線を落とす。

「ローラースケート滑れねえ奴が喧嘩できる訳ねえだろ。出直してこい」

「滑れなくても喧嘩くらいできるだろうが」組員がたまらず拳を振りかぶる。

それを見た大山は、すぐにポケットから携帯を取り出し警察に通報した。

「もしもし？　警察ですか？　今、乱闘に巻き込まれて暴力うけそうに……」

電話を切って数分後、すぐにパトカーが到着した。乱闘している集団は警察を見て乱闘を中断し、警官の行方を見守っている。

大山は勝利の一服と言わんばかりに、襟元を握られた状態にも関わらず、ポケットからタバコとライターを取り出しタバコに火を点けようとするも、ライターのオイルが切れているのか火が点けられずにいた。その後、大山は何事もなかったようにタバコとライターを静かにポケットにしまった。

パトカーから降りてきた警官は、八保が倒れている事に気づかず、八保を踏みつけながら無言で大山の元へ来ると、その大山の襟元を握る組員の手を力ずくで振りほどき、大山の腕を強引に引っ張りパトカーの方へ歩き出した。

「おい！　何で俺を連れて行くんだよ？　やくざが目の前で乱闘してるだろうが」

その言葉は残念ながら警官の耳には届かず、大山はそのまま警察署へと連行された。

パトカーの回転灯が見えなくなると、何もなかったかのように乱闘が再開された。

二十二　美羽の真実

門の外では激しい乱闘が続いている。

一歩門の中へ入ると、日本庭園を彷彿（ほうふつ）とさせる綺麗に手入れされた庭が広がっていた。

その庭の横にある、数メートルの石畳の道の先にある玄関を目指し、一斗は全力で走っていた。玄関の前に無事に到着すると、大きな引き戸の玄関は閉まったままだ。

一斗がどうやって中に入るか悩んでいると、騒ぎを聞きつけた別の組員が、外の様子を見ようと玄関を開けた。

このチャンスを逃すまいと、一斗はその組員に得意のハイキックをぶちかました。組員が倒れ込むと一斗はその組員の上に跨り、屋敷の中への侵入に成功した。

しかし、中から次々と組員が駆けつけてくる。そんな事に動じる様子のない一斗は、土足のまま無我夢中で屋敷中を駆け回った。

組員たちもだてにプロをしている訳ではない。一斗を捕まえると何度も殴りつけ屋敷中を引きずり回した。一斗もその組員の手を強引に振りほどき、ジムで覚えた技を繰り出すが、一斗ひとりに対し組員は数十人はいる。一斗はあっと言う間に羽交い締めにされた。

その時、騒ぎを聞きつけた龍鬼凛が奥の部屋から歩いてきた。

「何の騒ぎだ？　他の組が乗り込んできたのか？」

その問いかけに、組員たちが気まずそうに首を横に振る。

「若、すみません。クソガキたちが集団で押し寄せてきやがりまして……」

龍鬼凛は無表情にも関わらず、こめかみの辺りの血管が大きく膨れていた。

「こんなガキに乗り込まれるとは、お前らやくざ失格だな」

「若、すみません。この件に関しては後からしっかりけじめを取らせて頂きます」

一斗は「やくざ失格」の発言に、インテリ風やくざも本物のやくざと確信した。

〈やっぱりこの人もやくざだったんだ。って事は美羽ちゃんは……監禁されてる？〉

一斗は抵抗してその場を凌ごうとするも、完全に押さえ込まれ全く身動きが取れない状態だった。一斗は、ただただ龍鬼凛を睨み付ける事しか出来なかった。

その様子を黙って見ていた凛が、ゆっくりと口を開いた。

「お前ら誰に頼まれて龍鬼組に乗り込んできた？」

「誰にも頼まれてない！　それより美羽ちゃんをどこに監禁してる？」

「美羽を監禁？　なんの事だ？」

「とぼけるな！　ダンスクラブの前で車に乗せるところ見たんだぞ」

「何の事だ？　しかしな、ここまで暴れられちゃ黙っておれんな」

凛はそう言うと、スーツの内ポケットからチャカを取り出した。

そこに、拓海、ブン太、赤木の3人が屋敷内に上がってきた。どうやら人数で上回っている夜咲連合と龍魔鬼が応戦している隙に、屋敷に侵入する事に成功したようだ。

凛はひとりひとりの顔をゆっくりと確認し、そして、赤木の特攻服の刺繍を見つめた。

すると凛は、ゆっくりと持っていたチャカを赤木に向けた。

「【10代目】の龍魔鬼総長さん。俺が誰だか分かるよね？」

「分かってます」と赤木はゆっくり頷いた。

「知り合いか？　赤木話せよ」拓海が赤木に問いかける。

赤木は龍鬼凛の様子を窺いながら、恐る恐る口を開いた。

「龍魔鬼創始者、泣く子も黙る……【初代】龍魔鬼総長の龍鬼凛……さんだ」

凛がその赤木の説明に補足を入れる。

「龍鬼組の龍鬼の【龍】と【鬼】の間に【魔】を入れると?」

「龍鬼……龍魔鬼……なるほどそういう事か」拓海は一気に血の気が引いた。

銃口は依然とし赤木に向けられていた。この張りつめた空気に組員の手も緩んでいた。

その隙に一斗は組員を蹴り倒し、赤木の前に両手を広げ立ちふさがった。平然とした顔で凛はチャカの引き金をゆっくり引いた。

「面白い。死んでも後悔できないぞ」

「大切な仲間を守って死ねるなら後悔なんかしない」と強い口調で言う一斗。

赤木は一斗越しに、凛に向かって話しかけた。

「凛さん、こいつ一斗はこういう奴です。喧嘩を売ってる訳でもなんでもなく、ただ純粋に誰かを守るためにしか動かない。ここに来た理由も、もうお気づきなんですよね?」

凛は銃口を向けたままゆっくりと一斗の方へと歩いていくと、チャカを持った逆の手で一斗を殴りつけた。

「邪魔だガキ。俺は10代目に用事があるんだ」

凛がそう言うと、一斗はすぐさま立ち上がり、銃口と赤木の間に体を入れた。

「龍鬼凛クソ上等だよ。やるなら早く撃ちな。一発で仕留めないと俺はお前を本気で殺す。どんな手段を使ってでも」一斗が珍しくブチ切れた瞬間だった。

銃口を一斗の頭に完全にくっつけ、さっきまで無表情だった凛がニヤリと笑った。

「お兄ちゃんやめて」

みんなの視線がその声の方に集中する。そこに立っていたのはなんと美羽だった。

その美羽の言葉に、一斗は呆然としていた。

「お、お兄ちゃん？」

美羽は凛の方に駆け寄ると、凛の手からチャカを振り落とした。

「お兄ちゃん、この人わたしの知り合いなの。って言うか一斗くん何でここに？」

「何でって……美羽ちゃんが……あの……拉致られて……えっと……監禁」

「一斗くん。拉致とか監禁とか何言ってるの？　ここ私の実家で龍鬼凛は実のお兄ちゃんなの。私の名前は龍鬼美羽。だから拉致とかそんなんじゃなくてただ家に送ってもらっただけなの」

「てっきり……その……美羽ちゃんが……やくざに使われて……その……シノギって言うの？　少ないから……その連れて行かれたのかと」

「シノギ？」美羽は頭が混乱していた。

「あのダンスクラブで……えっと……その……大金を……手渡していた」

美羽は大爆笑した。

「あれはシノギとかじゃなくて、お兄ちゃんに卒業してから行く専門学校の入学金のお金借りてたから、それを返済してただけよ」

そのやり取りを聞いていた凛も、思わず爆笑していた。

「そういう事か。美羽を守るために日本トップの龍鬼組に乗り込んだのか？　お前大した根性してるな？　龍鬼組の次期組長の俺に【殺す】って言った奴もお前が初めてだ」

一斗は勘違いしていた事にすごく申し訳なさ感じて、ずっとうつむいていた。

凛はなにやら笑いが止まらないようだ。

「日本トップのやくざが高校生に乗り込まれて乱闘？　龍鬼組も落ちぶれたもんだな」

「何か色々すみません。美羽ちゃんがキャバクラで働いていて……大金を定期的に……渡してたから……ついシノギのために使われているものだとばかり思ってました」

「あっ……一斗くん？　それはね……えっと」美羽は気まずそうにしている。

その一斗のある言葉を聞いて、凛はなにか引っかかっていた。

「美羽。キャバクラってどういう事だ？　カフェで働いているって言ってたじゃないか。あれだけキャバクラでは働くなと言っただろ。この付近のシマは全部龍鬼組が仕切っていて、他の組との争いとか変な揉め事に巻き込まれるかもしれないから関わるなとあれだけ言っただろ？」

「えっと……あっ！　そうだお兄ちゃん。もうこんな時間だし一斗くんを玄関まで送って来るわね」そう言うと美羽は、一斗の腕を引っ張り逃げるように玄関の方へ走って行った。

それに拓海とブン太も続いた。今、凛の目の前には赤木だけが残っていた。

「龍鬼凛さん。挨拶遅くなりました。自分が10代目の赤木です。ここはちゃんとけじめを取らせて頂きます」

　凛は落ちたチャカをゆっくりと拾い上げた。そのチャカを見つめる赤木はもう迷いも恐怖もなく覚悟は決まっていた。凛はそのチャカを組員の1人に渡した。

「撃鉄を引いた状態だ。このままだと暴発の恐れがある。しっかりと処理して例の場所にしまっておけ」

　組員はチャカを受け取ると、その場から去って行った。

「10代目赤木か。気合入ってるな。悪魔の血が流れている赤木……噂は聞いている。一斗とか言う名前だったか？」

「私の名前を知っててもらえて光栄です。一斗がどうかしましたか？」

「面白い奴だな。大した根性だ。美羽の事はアイツに任せても間違いないな。赤木？」

「ハイ。何でしょうか？」と深々と頭を下げる赤木。

「何かあったら一斗とか言う小僧を死ぬ気で守ってやれ。アイツを守れば……美羽を守る事にも繋がる。一斗とか言う男は、将来、美羽にとって必要な男になり兼ねない。初代からの命令だ必ず守れ。守れなかった時がお前が本当にけじめを取る時だ」

「有り難き命令です。分かりました。命捨ててでも守ります。では失礼致します」

　それから数分後、奥の部屋で寝ていた組長の龍鬼忍（たつきしのぶ）が目を覚まし、鞘（さや）から日本刀を抜き身構えながら出てきた。

「凛。何か騒がしいようだが何かあったか？　よその組が乗り込んできたのか？」

凛は、美羽に手を引っ張られる一斗の背中を見て、ニヤリと笑った。

「いいえ、何でもありません。ただ俺の友達が遊びに来て騒いでいるだけです。親父はゆっくり寝ていて構いません」

「そうか。それなら構わんが。あんまり騒ぐなよ」

そう言うと、抜いた日本刀を鞘にそっとしまい、奥の部屋へと戻って行った。

一方の外はというと、人数で上回っていた夜咲連合は何とか耐えていたが、やはり相手はプロの集団という事もあり、夜咲連合のみんなはボロボロになっていた。

乱闘はまだ続いていたが、美羽の「ハイ、そこまで！」の一声で乱闘はピタッと止んだ。さすがは組長の娘だけある。その後、美羽が組員に経緯を説明すると、組員も渋々納得し、一斗や拓海を含む夜咲連合は美羽に見送られ無事に帰路についた。

その頃、気絶していた八保はようやく目を覚ましたが、そのタイミングで凛からチャカを預かっていた組員が、そのチャカ片手に外に出てきた。

手間暇かけて処理するのが面倒だったのか、引き金を引いたままの状態のチャカを誰もいない方へ向けると、その弾を手っ取り早く処理するために、躊躇なく発砲した。

その弾丸は【Uターン禁止】の標識の鉄柱に当たると、そのまま跳ね返り、弾がUターンする形で八保の方向に飛んで行った。その弾は意識を取り戻したばかりの八保の太もも付近に命中し、八保は痛さに堪え切れず気絶した。意識を取り戻してから3秒の出来事だった。

その後、丸二日に亘り門の横に倒れていたのにも関わらず、どの組員にも気づかれなかった八保は、当然二日間なにも食べておらず飢えていたためか、力が入らず歩くどころか立つ事もできないでいた。しかし、偶然にもすぐ横に落ちていたフィッシュバーガーを鷲掴みにすると、無我夢中でむしゃぶりつき、そのおかげで力が湧いてきたのかなんとか立てるまでになり、テイクアウト用の袋を無造作にポケットに詰め込むと、痛む足を引きずり、民家の塀づたいに無事に？帰って行ったと組員の中で話題になっていたとか、なっていなかったとか……。

二十三　デート？

厳しい残暑が続く今日この頃、放課後の教室の後ろで拓海と、3年校舎に遊びに来ていた二階堂が話し込んでいる。そこに、教室の前の扉から一斗が教室へとカバンを取りに入ってきた。

「おーい一斗！　今日俺んち来ないか？」と拓海が遠くから叫ぶ。

「今から美羽ちゃんと会う約束してるんだ」一斗は残念そうな表情を浮かべている。

「いつ俺の誘いに乗るんだ？　9割断られてるじゃねえか」拓海はふてくされている。

しかし、一斗と美羽が会う約束をしている関係性に、拓海は興味津々になっていた。

「デート？　お前ら付き合ってるのか？」

「そんなんじゃないよ。この間の事で謝りたいとか……」

「それを口実に一斗をデートに誘ってたりして？」

「だから、そんなんじゃないって」

「それより、どこでデート？」

「だからデートじゃないよ。ついてくるから拓海くんには言わない」

その事を横で聞いていた二階堂は、一斗のお金を心配していた。

「一斗さん。デート代は男が出さないとかっこがつかないですよ」

「だからデートじゃないし！　ヒカルくんまでそんな事言わないでよ」

二階堂は、真面目な顔で話を続けた。

「それでも、男が出してあげないとダメです。お金ないならいくらか渡しますけど」

「心配ありがとう。でも東津平町のスターバックスズは値段安いから足りると思う」

「スターバックスズね？　了解しました」拓海は一斗のその発言を聞き逃さなかった。

一斗は慌てて自分の口を両手で覆うも手遅れだった。拓海は一斗の肩を優しくポンポンと叩いた。

「一斗、心配するな。邪魔はしないから安心してデートしてこい」

「だから……あっ、もうこんな時間！　行かなくちゃ。拓海くん絶対来ちゃダメだよ」

そう拓海に釘を刺し、一斗はその場を後にした。

一方の美羽は、友達の雫とスターバックスに居た。

「美羽、この間大変だったみたいね？　例の一斗くんたちが乗り込んできた件」

「まあね、お父さんが寝てたおかげで大惨事にはならなかったけどね」

「それで、美羽は一斗くんの事どう思ってる訳？」

「どうもこうも……ただの友達よ。会ったばっかだし」

「でも可愛い顔してるし、美羽のタイプなんじゃないの？」

美羽は少し慌てた様子で、自分の髪の毛をクシャクシャとかきむしり、誤解を解こうと必死になっている。

「タイプとかそんなんじゃなくて……だから、ただの友達だってば」

「ほら、美羽が髪の毛クシャクシャってしてる時は、本当の事がバレないように必死に誤魔化してる証拠よ。美羽が付き合わないなら私が一斗くんと付き合おうかな」

「もう、すぐそんな事言う。それより雫は卒業したらどうするか決めたの？」

「うーん。とりあえず東京に行こうかな？って思ってるけど。美羽は？」

「大阪の美容専門学校に決まったの」

「良かったじゃん。昔から『ヘアーメイクの仕事したい！』って言ってたしね」

「うん。大変だろうけど頑張る」

「あっ！　もうこんな時間。私バイトあるから行くわね。美羽は？」

「私は一斗くんとここで待ち合わせしてるから、このまま残るわ」

「ほら、連絡先もしっかりと交換してるじゃん」

「あの件で色々迷惑かけたから、お詫びしたくて連絡先聞いといたの」

「あらそうなの？　まあ、デート楽しんでね」

「デートとかそんなんじゃないってば」

「せっかく私が一斗くんと付き合おうと思ったのにな〜」と美羽をからかいながら、雫は自分の代金を美羽に渡すと、足早に入り口の方へ走って行った。雫が出て数分後に一斗が入れ違いでやってきた。

〈美羽ちゃんはどこの席だ？〉

一斗が美羽が座っている席を探していると、どこか見覚えのある黒い塊が見えた。その黒い塊は、一心不乱にフィッシュバーガーを食べている。そう、大迫町のタイソンこと八保だった。

恐らく、龍鬼組の事件の時に口にしたフィッシュバーガーが気に入り、テイクアウト用の袋に書かれていた店名を見て来店したのであろう。

そこに、邪魔をしないと公言していた拓海が、平気で約束を破りブン太と広岡を引き連れスターバックスへ来ていた。そして、3人はカフェのガラス越しに偵察を始めた。

「ゲッ？　あれふかしのタイソンじゃねえか？　マジ邪魔するなよ」

一方の一斗も、その八保を見て拓海たちと同じ気持ちになっているようで、美羽に会える喜びでウキウキしていた表情は、八保を見たとたん一瞬で曇った。

〈あちゃー。何かめんどくさい人が目に入ってしまったな〉

一斗は、八保が座る席の奥に目をやると、そこに美羽が座っていた。

〈よりによってあそこのテーブルか……バレないようにしなきゃ〉

そんな事を思いつつ、一斗はゆっくり美羽の座るテーブルの方へ向かった。

八保のテーブルの横を通り過ぎる時に、一斗は横目でチラ見すると、八保の座るテーブルの上には、フィッシュバーガーが何個も積み重なっていた。それを見た一斗は二度見した後、思わずエセ関西弁でつっこんでしまった。

「どんだけフィッシュバーガー食うねん」

そのつっこみに八保が反応し、立ち上がりながら怒鳴りつけてきた。

「なんだとコラァ？」メンチを切る八保。

しかし、立ち上がった勢いで、天井から吊り下がっているお洒落な照明に勢いよく頭をぶつけ……そのまま気絶してしまった。怒鳴りつけてから3秒の出来事だった。

外からガラス越しに、その様子を見ていた拓海たちは、腹を抱えて大爆笑していた。

「おいマジかよ？　あれだけで気絶したぜ？　色んな意味で頭弱いな」

拓海たちが、外で爆笑し過ぎて死にそうになっているとも知らず、一斗は美羽の待つテーブルへと足を運んだ。

「あっ……えっと……その……待った……よね？」

「さっきまで友達と話してたし、待ってないわよ。ここのカフェ場所すぐに分かった？」

「えっと……あの……その……」

一斗がカウンターの向こう側に居るマスターを見ると、深々とお辞儀をされた。どうやらマスターは一斗の事を覚えているようだ。美羽が一斗にメニューを渡そうとした時、マスターはカフェオレとフィッシュバーガーをテーブルにそっと置いた。どうやらマスターは以前、一斗が帰り際に、「次来た時もカフェオレとフィッシュバーガー」と発言した事までも覚えていたようだ。美羽はそれを不思議そうに見ていた。

「まだ注文してないわよね？　もしかしてここの常連？」

「えっと……その……う～んと……」

「ねー、そのしどろもどろした話し方やめてくれない？」

「えっと……俺……その男子校だし……その……女の子慣れてないから」

美羽はくすりと笑った。

「まあいいわ。一斗くんこの間はごめんね。勘違いさせちゃって、本当はお兄ちゃんにはここのカフェでバイトしてるって事になってたんだ」

「あっ……そうなの？　……な、なんか……その……ごめん。キャバクラ……」

「いいのよ。お兄ちゃんにはちゃんと理由話して許してもらったから」

「あ、良かった……」カフェオレを飲みながら気持ちを落ち着かせる一斗。

「あ、もう1人のお友達も元気？」

その美羽の質問に、哀しい目をしてうつむく一斗。

「え……あ、えっと……俺を守って……天国に……」

「えっ？　死んだって事？」

一斗は相変わらずしどろもどろだが、美羽にそこまでの経緯を話した。

「そうだったのね。大変だったのね」溢れてくる涙をハンカチで拭く美羽。

「あ……えっと……俺が……いじめられてたから……」

美羽は必死に笑顔を作り、責任感を感じている一斗を慰めた。

「一斗くんは悪くないわ。言い方悪いかもしれないけど、そういう運命だったのよ」

「え、あ……運命？」

「そう、例えば右と左の分かれ道があって右に進んで落とし穴に落ちた人が、『左に行ってれば落とし穴に落ちなかったのに！』と悔やんでるとして、もし、その時に右を選ばずに、左に行って落とし穴に落ちたとしても『右に行ってれば落とし穴に落ちなかったのに！』と言うのよ。要するにその人は右に行こうが左に行こうが落とし穴に落ちる運命だったのよ。悲しいかもしれないけど、お友達のヒロくんも、一斗くんがいじめられていようがいじめられてなかろうが、遅かれ早かれ病気で天国に行く運命だったのよ」

猫舌の美羽は、新たに注文して頼んだコーヒーをフーフー冷ましながら、譬え話をし一斗の事を必死になだめた。

「あ……うん……寂しいけど……えっと……なんか……ありがとう」

一斗は暗くなっている空気を変えるために、笑顔を作り話を変えた。

「あっ！　その……この間……言ってた……あの……専門学校……えっと……何の？」

「美容専門学校よ。小学校の頃からの夢なの。一斗くんは卒業したらどうするの？」

「あ……えっと……その……まだ……」

「そっか～、まだ決まってないんだ？」

「まだ……その……悩んでる……」

「そうなんだ？　言えなかったら無理しなくていいけど知りたいな～」

「うん……」

「私と話す時まだ緊張する？　あのお兄ちゃんにあそこまで言えたのに」

「緊張……えっと……します。あの時……頭が……こんがらがって……いたから」

「ふ～んそうなんだ。まだ女を全然知らないなら無理もないわね。好きな人とかは？」

「えっと……いない……み、み、み、み、美羽ちゃんは？」

「もう、名前くらいはスムーズに呼んでよ。私は彼氏は何度かできた事あるけど……」

「やっぱり……可愛いしね」

「えっ？　今なんて言ったの？」

「えっと……その……」

その時、一斗は気持ちを落ち着かせるために、さりげなく外を見たら、隠れて偵察している拓海たちの姿を見つけてしまった。拓海は美羽の方を何度も指で差し、口パクで

「こ・く・は・く」と煽った。一斗はその煽りに大きく首を横に振った。一斗のその行動を不審に思った美羽は、後ろをとっさに振り向いた。

「後ろに誰かいるの？」

しかし、運よく美羽の位置からは、八保が積み上げたフィッシュバーガーが壁となり、そして、拓海たちもとっさに屈んで隠れた事もありバレずに済んだ。

「美羽ちゃん……えっと……い、今は……彼氏」

「いないわよ。私、まだ処女なの」

〈こんな可愛い娘の口から……処女って〉一斗は美羽のその発言にドキドキしていた。

美羽は天井を見上げ、切ない表情で話を続けた。

「1年前が最後だったかしら？　今まで何人かと付き合ったんだけど、その彼氏みんな、私の家に来たら蛇に睨まれた蛙みたいに動けなくなって、お兄ちゃんが外に様子見にきたら、ピョンピョンカエルみたいに跳んで逃げて行って、次の日にバイバイってね。まあ、家系上そうなるのは仕方ないんだけどね。それに比べて一斗くんは可愛い顔して凄いわよね。そのギャップにキュンキュンして惚れちゃった」

「ほ、ほ、ほれた？」一斗は美羽の言葉に顔を真っ赤にした。

外の拓海たちは、相変わらず口パクで「こ・く・れ」と大きくジェスチャーするも、一斗は感情が昂ぶっているせいか、拓海たちの大きなジェスチャーは全く視界に入っていなかった。

美羽は、一斗の「ほ、ほ、ほれた？」の問い返しに、顔を赤らめ、今の照れてる感情を誤魔化すかのように、自分の髪の毛をクシャクシャっとした。

「えっ？　何でもない。気にしないで！　私、用事あるからもう行くね。あっ、この間のお詫びじゃないけどここのお代は私が払うから」

「あっ……えっ……俺……その……ここ……その……えっと……ここは俺が払う！」

一斗がかっこつけて「ここは俺が払う！」と、ハキハキと言って前を向いた時には……美羽は支払いを済ませ店内には、もう姿形は見えなくなっていた。拓海たちは走り去る遠くの美羽の背中を呆然と見ていた。

一方の八保は気絶したままで閉店を迎え、マスターも八保が気絶している事に気づかずに店を閉めてしまった。

次の日、オープンの時間にマスターが店を開けると、八保はまだ気絶をしており、マスターはその時も気づいていなかったそうなのだが、パート勤務の65歳のおばさんが、開店準備の時、ボーッとテーブルを拭いていると、その時に何か手元に違和感を覚えたのでそっと下を見てみたら、テーブルではなく八保の頭を拭いていたそうだ。

そこでようやく、誰か（八保）が気絶してるという事に気づいたらしい。

二十四　夜咲連合ダイジェスト

活動しやすかった秋もあっという間に過ぎ、寒くなってきた冬も年末ギリギリまで夜咲連合は活動し、大迫町もその両隣の伊吹市、東津平町も、その活動の甲斐あって、平和な日々が訪れていた。年始に関しては夜咲連合フルメンバーで初詣に行き、これからの平和をみんなで願ってきた。

そんな一斗たち3年生は3学期に突入し、卒業までカウントダウンが始まり、学生生活も残りわずかとなってきていた。それまでの間、残された学生やこれから入ってくる新入生、そしてその下に控えた一斗たちよりもだいぶ下の世代が、不安なく青春時代を過ごせるように、夜咲連合はいじめ撲滅にラストスパートをかけていた。それは、今まで同様に自分らの高校だけじゃなく、同じ地区にある高校全体をパトロールし、徹底的にいじめ排除に努めていた。

夜咲連合の合言葉、ヒロが口癖にしていた「いじめダセえんだよ！　バーカ！」を引っ提げ、カツアゲをしている人、個々で特定の人をいじめている人、集団で1人をいじめている人、他にも学生だけではなく、親父狩りや町での若者同士の喧嘩、隣町の東津平町に関しては、酔っ払いの大人の揉め事の仲介にも積極的に入っていた。なるべく平和的解決に努めるが、世の中そんなには甘くもなく、めんどくさい喧嘩などに巻き込まれる事も多々あった。

平和的解決を望むメンバーたちだったが、相手のほとんどが不良のため、その不良みんなが「ハイ分かりました。すみません」とならない事の方が多かった。

相手が容赦なく攻撃してくる時は、わざと何発か殴らせておいて「正当防衛」と言う名のもとに、強引なやり方ではあるが、その先にある未来を見据えて、暴力的な解決で強行突破に踏み出すパターンも何度もあった。

しかし、それが抑止力となり、数カ月前、数年前よりも、遥かに「平和な町」になってきていた。満足しているメンバーも多くいるが、一斗にとっては井の中の蛙状態で、自分の住んでいる周辺は良くなってきているが、日本は……世界はとんでもなく広い。大迫町を飛び出してしまえばひどいものだ。伊吹市では、過去に比べてましにはなってきてはいるものの、未だに学生や若者のトラブルも頻発していた。

ひったくりやカツアゲは当たり前で、くだらない事で喧嘩を吹っ掛ける輩もいる。

その言葉通りに相手は高校生だけではなく、老若男女問わず年上相手にする事もあるため、一筋縄にはいかない時だってあった。そんな時は、一斗の純粋な人間性に惚れこんだ大物に力を借りる。

原付で２人乗りをし、自転車とすれ違う瞬間に、その自転車の前のカゴに置いてある手提げバッグをひったくる事件も多発しているのだが、そんな噂が広まってくると、そんな犯罪をも吹き飛ばす勢いで現れるのが龍魔鬼である。いちど龍魔鬼にロックオンされると、もう逃げる事は不可能に近い。

　赤木と一条のバイクでのコンビネーションは群を抜いている。２人でひったくり犯を追い詰めていくその先には、大所帯の龍魔鬼メンバーが待機しており、一度入ると抜け出せないアリ地獄ならぬ、龍魔鬼地獄の刑が待っている。その地獄を抜け出すには奪い取ったものを返す他ない。犯人が金品を全部返すと「被害者にそれを確実に返す！」といった事を徹底的にし、今までは町のみんなから嫌われていた暴走族である龍魔鬼も、最近ではヒーロー扱いされるようになっていた。

　誰も認めてないが、勝手に夜咲連合だと思い込んでいる大迫町のタイソンこと八保や、元田原川警備隊の大山も、それぞれ活動をしてくれていた。

　八保は「50万戦無敗」を切り札に、過去の親父狩りやカツアゲを反省し、そういったトラブル撲滅に努めるも、その活動を見てみると、98％の確率でその活動の結末は【3秒で気絶】で終わっていた。

　成功している2％の内訳は【小学生の喧嘩の仲介に入る】といった内容だった。

　一方の大山は、得意のローラースケートでの機動力を活かし、東津平町を中心に幅広くパトロールし、トラブルを見つけては迅速に警察へと連絡するが、１００パーセントの確率で警察に捕まるのは通報を入れたはずの大山だった。

　いじめやトラブルは、男の世界だけではない。ある意味女の世界は男の世界よりもたちが悪く、いじめや喧嘩も想像以上にえぐい。しかし、男が女に今までみたいに強引に暴力的に解決をする訳にはいかなく、交渉だけでなんとか解決しようと試みてきたが、さすがにそれにも限界があり、夜咲連合みんなの頭を悩ませていた。

そんなタイミングで、雫がいつものカフェで美羽に話を持ち掛けていた。

「ねえ、美羽。一斗くんたちの活動知ってる？」

「いじめ撲滅のやつよね？」熱いコーヒーをフーフー冷ましながら問いかける美羽。

「そうそう。女子側のいじめ撲滅に戸惑ってるみたいよ」

「私たちも何か協力できないかしら？」恐る恐るコーヒーを飲む猫舌の美羽。

「知ってるギャルサーの娘たちに声かけてみるから、美羽もお兄ちゃん経由で龍魔鬼とも交流のあるレディースに声かけてみてよ。私らもチーム立ち上げていじめ撲滅に貢献しようよ」

「あっ、それいいわね。お兄ちゃんに聞いてみる」

飲んだコーヒーが熱かったのか、未だにコーヒーをフーフーしてる美羽も、雫の提案にノリノリだった。という事で、美羽と雫がギャルやレディースをスカウトし、急遽（きゅうきょ）「天女（てんにょ）」というチームを結成し、女性周辺をパトロールし、いじめやその他のトラブル撲滅の活動を積極的にしてくれ、女性周辺も徐々にではあるがいじめが減りつつあった。

夜の町のトラブルと言うと、やはりお酒がらみの喧嘩などである。さすがに高校生では限界もあるので、そんな時は泣く子も黙る凛が若頭として率いている龍鬼組の出番がやってくる。そこはやっぱり全国トップのやくざであり、喧嘩や金銭トラブルなどのそんな龍鬼組が関わったトラブルは、スムーズに解決し、激しいトラブルもびっくりするくらいにピタッと止まっていた。

今までは、ただただ喧嘩の強さで伝説を作りたいと言う願望を抱き、不良に憧れたり、不良の仲間入りする人が多かったが、ここ大迫町界隈では、こんなヒーローヤンキーに憧れを持つ不良が増え【弱者(じゃくしゃ)を守る事こそが真のヤンキー】とみなされる風潮になってきていた。

各チームのトップ、一斗、拓海、ブン太、赤木は、卒業寸前までこの活動を続けていたため、その活動を見ていた下の世代が、それぞれのチームに憧れを抱き各チームの入隊希望者が続出していた。その現象を見て、一斗たちは安心して卒業できると喜んでいた。そんな、充実した日々を過ごしていると、あっという間にその卒業の日が訪れた。

二十五　卒　業

そんなこんなで、とうとう卒業式の日が訪れた。

一斗にとっては、いじめ、ヒロの死、拓海やブン太との和解、桜田ＰＯＬＩＣＥとしての活動など、良くも悪くも濃すぎる学生生活となった。

卒業式が終わると、一斗はいつもの屋上の定位置に立ち空を眺めていた。

〈ヒロくん、とうとう卒業したよ。一緒に卒業したかったけどね……無事に卒業できたのは紛れもなくヒロくんの存在があったからだよ。本当にありがとう〉

「とうとう卒業だな。ヒロも一緒に卒業したかったな」そこに拓海がやってきた。

「あっ、拓海くん。俺も今ちょうど同じこと考えてた」

そのとき、一斗と拓海の全身を心地良い風が包み込んだ。一斗は空を眺めながら静かに目を閉じた。

「ヒロくん来てくれたんだね？　ありがとう。不安もいっぱいあるけど……明日は明日の風が吹くだよね？　これからどうなっていくか怖いけど、すごくワクワクするよ」

一斗と拓海は、その風（ヒロの存在）を体全身で感じていた。心地よい風を浴びながら屋上から校庭を見下ろすと、ＢＮＴＧのメンバー、ハートブラックのメンバー、桜田ＰＯＬＩＣＥのメンバーが校庭に集合していた。

「一斗。みんな待ってるぞ」その拓海の言葉に一斗はゆっくり頷いた。

２人は屋上の扉を開けると、一気に階段を駆け下りみんなが待つ校庭へと向かった。

「一斗」ブン太がゆっくりと一斗に近づく。

「か〜ずと」広岡が笑顔で一斗を呼ぶ。

「一斗先輩」武尊が涙を流しながら一斗の胸に飛び込んでくる。

「一斗さん調子どうですか？」二階堂がクールに手を挙げる。

そこに、ゴッドファーザーのラッパ音と共に心地よいあのコールが近づいてきた。龍魔鬼のメンバーも勢ぞろいしている。赤木はゆっくりバイクから降りてきた。

「一斗……卒業……羨ましいぞこの野郎！　俺は中退だぞ」

その赤木の言葉にみんながクスクス笑う。拓海が赤木の肩に手を回し慰め始めた。

「中卒でも成功してる奴はいっぱい居る。そう落ち込むなって。そう言えば赤木は、これからどうするんだ？っていうか、いい機会だからみんなの夢とか聞かせてくれよ」

その問いかけにみんなモジモジしだし、その横で一斗も照れくさそうにしていた。

「夢って言われても……その……えっと……だから……言ったら……その……バカにされそうで……えっと……批判されそうで……だから……失敗したら笑いものなるし」

その一斗の言葉にみんなが頷く。拓海は一斗のお尻を蹴り上げた。

「どんだけしどろもどろなんだよ。バーカ！　夢ってのはなどんどん口に出していけよ。小さい子供らを見てみろよ。誰の目も気にせず恥ずかしがらずに、なんのためらいもなく、孫悟空になりたいだとかルフィになりたいだとか、プリキュアになりたいとか、人魚さんになりたいとか素直に口に出してるだろうが！　子供の方がよっぽど大人じゃねえか」

拓海は、目をギラギラさせながら熱く語り続けた。

「純粋な気持ちを吐き出すだけだ。夢を口にする事でくだらない逃げ道も作らなくなるしよ、自分を鼓舞する事だってできる。失敗どうのこうのより、やるかやらないかが大事なんだよ。本気で挑戦するなら口にどんどん出せよ」

そのとき、黒い塊が喋りだした。

「俺の夢は喧嘩で１００万戦無敗と記録を伸ばす事だ」

誰も気づいていなかったが、卒業とは何の関係もない、大迫のタイソンこと八保狭海が立っており、胸を張って堂々と夢を語った。その八保の横にこの寒いなか上半身裸のローラースケート男が勢いよく滑り込んできた。そう、大山敬語だ。

滑り込んできた勢いで、大山は八保と軽く接触してしまい、八保はその接触により気絶してしまった。大山は八保の心配をする事なく夢を語り始めた。

「俺の夢はローラースケートでオリンピックの金メダリストになって、その後は政治の世界に飛び込んで、小泉又次郎みたいな偉大な総理大臣にまで上り詰める事だ」

２人は大きな声でハキハキと夢を語ったのにも関わらず、誰も聞いちゃいなかった。いや、誰も聞いていないのではなく、誰にも気づかれていない！というのが正しいのかもしれない。大山が夢を語り尽くし満足気な表情をしていると、卒業式という晴れ舞台をより安全なものにするようにとパトロールしていた警官が、大山に近寄り躊躇なく連行していった。そして、その八保と大山のくだりはなかったものとみなされ、拓海の熱い語りを聞いたブン太が先陣をきった。

「俺は頭悪いしなんの取り柄もないけど、パワーだけは自信あるからよ、建築の勉強しながら鳶の仕事を極めて、それから独立して社長になる事かな」

そのブン太の発言でみんな吹っ切れたのか、次々に夢が飛び出してくる。

二階堂は親の後を継ぎ、更にでかい企業にしていく事。

武尊は、まずはキックのアマチュアの大会で優勝する事。

広岡は家が内装業をしているため、その手伝いをし、将来跡を継ぎたいらしい。

「赤木、お前なにやるんだよ？」拓海は改めて赤木に問う。

「俺はあれだな、整備士の資格とって車とかバイクの修理とかカスタムができる工場を作るよ。乗り物の救急センターってとこかな？　木村お前は何やるんだよ？」

「俺は家が建設会社してるからよ、見習いを兼ねて手伝いをするよ。田舎だけでは難しいらしいから、実は東京にも支社みたいのを作る計画立ててるから、取り敢えずまずは有限会社を株式会社にして、東京の方は任してもらえるようにしばらくはこっちで頑張るよ」

その後、他のメンバーも自衛隊、警察、公務員、普通の会社員で安定したいだとか、その他にもユーチューバーに、ラッパーやレゲエといったミュージシャン、色とりどりの大きな夢が沢山出てきた。

「みんないい夢持ってるじゃねえかよ」

そう言いながら、拓海が一斗の方をチラッと見つめると、一斗がゆっくり話し始めた。

「ヒロくんの夢が……芸人になって人気者になって、ＣＭとか出て、俳優にも挑戦して、自分の好きなファッションブランドの店出して、本を出版して大金持ちになったら宇宙旅行に行きたいって言ってたから、俺はヒロくんが見られなかった……見られなくなったその景色をヒロくんに見せるために、それを一つずつ叶えていきたい。だから、まずは芸人を目指そうと思ってる」

　拓海は空を流れる雲を眺めた。

「……ヒロらしい大きな夢だな。ヒロごめんな、俺がちゃんとしてさえいれば……でもな『たらればば』を使ったら一斗に怒られちゃうからよ……後悔しても遅いよな。それにしても……一斗もお前らしい夢だな。一斗なら絶対できるよ」

　一斗はニッコリと笑った。そして一斗が周りを見ると、一斗を中心に円を作り始めた。一斗の周りには、金髪にロン毛にスキンヘッドのギャングもいれば、特攻服を身にまとった暴走族もいる。つい数カ月前は同じ円の中なのに……その円の中にはひどい暴行を受けている一斗がいた。そんないじめられっ子だった一斗の周りには、今は一斗を思う仲間がいる。拓海が一斗に近づく。

「みんなお前の仲間だ。何かあったらどんな遠くにいても、すぐに駆けつける。だから……もう何も恐れる事なく突き進め」

　その頼もしい言葉に、一斗は顔をクシャクシャにして泣いた。

二十六　初恋の行方

　卒業式が終わり、共に青春時代を駆け抜けたメンバーたちは、しばらく夢の続きを語っていた。すると校門に数台のベンツが停まった。雑談中で誰も気づいていなかったが、それにブン太が気づき校門の方を指を差した。

「おい。あれって？」

「あっ、もしかしてあれ？」ブン太の指差す方を見て拓海がポツリと呟く。

「龍鬼凛……さん」赤木の顔が少し強張る。

　ベンツの助手席のドアが開くと、美羽がゆっくりと降りてきた。拓海はまだ雑談中の一斗の腕を引っ張り、笑顔で校門の方を指差した。

「行ってこいよ」

　一斗が校門の方へ視線を送ると、遠くの方で美羽が小さく手を振っている。一斗もそれに応えて手を小さく振り返した。その一斗の背中を拓海は強く押した。

「一斗、ラストチャンスだ。しっかりビシッと決めて来いよ」

　一斗は、緊張を隠せないままゆっくりと校門の方へと歩いて行った。拓海もある程度の距離を保ち、見守り役として一斗に付いて行っている。

　一斗と美羽の２人は近づくと、見つめ合いお互い照れくさそうにしていた。

「一斗くん卒業おめでとう」美羽は照れくさそうにうつむき上目づかいで言った。

「えっとその……美羽ちゃんも……卒業……えっと……おめでとう」照れる一斗。

「相変わらずしどろもどろね」クスッと笑う美羽はいつにも増して可愛く見えた。

「その……えっと」

一斗が後ろを振り向くと、拓海が口パクで「今しかないぞ！」と身振り手振りで大きくジェスチャーしている。一斗は意を決した様子で、当たって砕ける事を恐れず、力と勇気を振り絞り美羽の前に両手を突き出した。

「美羽ちゃん！　好きです！　あの……えっと……付き合って下さい」

「一斗くんありがとう。すごく嬉しいけど……」

美羽は顔を真っ赤にしうつむいたが、告白を断る時の定番【嬉しいけど】が美羽の口から出てしまった。

「あのね、この前も話したけど、私、美容の道に進むために大阪の専門学校行くの。その夢に集中したいから……今はごめん」

見事に当たって砕けてしまった一斗は、落ち込んではいるが美羽に気を使わせたくないと笑顔で受け答えをし、強がっているのは一目瞭然だった。

「だ、大丈夫だよ……えっと……夢……その大切だから……えっと……応援するよ……俺も東京に行くから……お互い……が、頑張ろうね」

「一斗くん東京行くんだね？　何するの？」

「えっと……あれ……その……芸人とか……い、言っちゃったりして」

頭をポリポリと掻きながら、照れくさそうに言う一斗。

「芸人？　意外！　でも、いつまでもそんなしどろもどろだと舞台にもテレビにも出られないぞ。でも、応援するから頑張って。私を一斗くんのファン第一号にしてね」

しどろもどろをいじりつつも、夢を応援する発言に一斗の背筋も自然に伸びた。

「あっ……えっと……勿論だよ」

「今日はね、一斗くんにお礼言いたくてここに来たのよ。こんな私の事ずっと気にしてくれてありがとうね。今までの男はビビって何もせずに逃げてばっかりだったけど、一斗くんは違った。それが凄く嬉しくてね。私もそんな一斗くんにちゃんと惚れてるんだからね」

そう言い残すと、照れた表情を隠すように美羽は振り返り、校門の方へと走って行った。

やがて校門にたどり着いた美羽は、一斗の方に振り返り大きく手を振った。

「一斗くん本当にありがとう！　またどこかで会えるといいね！　それまでお互い頑張って夢叶えようね」

車から降りて美羽を待っていた凛は、軽くみんなに手を挙げると、運転席の方へと回り込み、車に乗り込むとエンジンをかけた。赤木は凛のいる方へ深々とお辞儀をしている。

美羽が助手席に乗り込むと車はゆっくり走り出した。美羽は助手席の窓を開け、一斗に向かっていつまでも手を振り続けた。車が見えなくなると、拓海がご機嫌を伺おうと一斗の方を見ると、一斗はガックリと肩を落としていた。

「一斗、今回は残念だったな」ガックリと肩を落とした一斗の肩に手を回す拓海。

「拓海くんが……告れって言うから」少し拓海を恨んでいる一斗。

「完全に振られた訳じゃないじゃん？　美羽ちゃんも惚れたとか言ってたじゃん」

「でも、振られたのには間違いないし……」

「おまえ美羽ちゃんの話聞いてたか？【今は】ごめんって言ってたって事は、まだ脈あるじゃん？　それに、もっと視野を広げろよ。パトロールしてる時だって可愛い女いっぱいいただろ？　天女を見てみろ、美女揃いじゃねえか」

「でも……美羽ちゃんがいい」

「バーカ。初恋ってのはみんなそう言うんだよ。『この人以外考えられない！』『この人以外とは結婚しない！』とかね」

「だって……美羽ちゃんがいいもん」

「東京行くんだろ？　東京にはいい女沢山いるぞ」

「美羽ちゃんがいい……」

「お前も頑固だな。芸人目指すんだろ？　もしかしたら、可愛いアイドルと付き合えるかもしれないぞ」

「アイドル恋愛禁止だし」

「真面目か！　そこは譬えだろ！　女優とかモデルに女性タレントとかよ、出会いいっぱいあるかもしれないから前向きに考えろよ」

「美羽ちゃん……」

「あー、もう、頑固にも程があるわっ！　一斗は大海を知らなすぎる！　もっと浅瀬に行ってみろよ」

「浅瀬？」その言葉に引っかかる一斗。

「そう、浅瀬！　一斗は深海の奥深くに居る珍しい魚を狙いすぎなんだよ。確かにそれもいいけどよ、もっと浅瀬に行ってみろよ。浅瀬には色んな魚いっぱい居るだろうが。そんな魚を今の内に食べとくのも大事だと俺は思うな」と恋愛を魚にたとえる拓海。

「俺、そんな拓海くんみたいに、女たらしじゃないし」

拓海は図星だったのか、苦笑いするしかなかった。

「たらしってお前失礼だな。でもな、色んな魚を食べれば色んな勉強になるんだ。あの魚は綺麗だけど毒があるな、あの魚は見た目悪いけど身が引き締まって美味しいとか、この魚は癖があるけど料理次第ではすごく美味しくなるとか……この魚は美味しいけど骨が多くて喉に突き刺さるとか……色々見えてくるんだよ」

「何のためにそんな勉強するの？」

「それは、美羽ちゃんを幸せにするためだろ！　お互い何も知らないまま付き合って、結婚して、いざ何かあって喧嘩でもしてみろ。お前は何にもできなくて終わりだ。でも、色んな魚食べて免疫力（めんえきりょく）つけとけば、毒抜きの仕方も、骨の抜き方も、臭みを消す方法も癖を消す味付けも、その時によって順応に対応できるだろ？　だから知識ないまま慌てて深海魚を釣ろうとしても、釣れるもんもすぐに逃がしちまうし、釣れたとしてもうまく調理できず腐らせてしまうぞ」

魚(おんな)を見た事のない井の中の蛙(かずと)は、拓海のアドバイスにどこか不安げな様子だった。

「みんなの所に戻るぞ」拓海は親指を立て、クイックイッとその親指で後ろを差した。

その後、みんなの所に戻った2人は、気を取り直し最後は万歳三唱で締めくくった。

一方の八保はというと、そのまま気絶している事に気づいてもらえず、というよりは、来ていた事すらも誰にも気づいてもらえておらず、夜中まで気絶していた。

目が覚めたのは丑三(うしみ)つ時(どき)の時間帯で、50万戦無敗の負け知らずの男八保は、「お化けが出るんじゃないか？」という丑三つ時の学校の不気味な雰囲気に負けそうになっていた。

二十七　東京に上京する状況

卒業式の次の日、一斗は早速東京に上京する支度をしていた。

遠い親戚の家に住まわせてもらっていた立場として、この気まずい環境から1日も早く脱したい気持ちが強かったからだ。荷物も着替え程度の物しかないため、支度はあっという間に終わった。

　大迫町は電車が通っていないため、車で空港まで行かないといけないのだが、その空港までの送迎は二階堂がしてくれる事になった。親のリムジンでの送迎はＶＩＰ対応だ。大迫町から空港までは車で1時間15分ほどかかる。その道中、２人はゆっくりと語っていた。

「ヒカルくん。何から何までありがとう」

「何にも気にしなくていいんですよ。何度も言いますが、私が貴方の人間性に勝手に惚れ込んで、勝手に面倒見てるだけなのですから」

「でも、１００万まで貸してくれてありがとう」

「別に返さなくていいですよ。私が、貴方という人間に投資してるだけです。あなたはこれまでもヤンキー界隈の常識をひっくり返したのですから、誰々に喧嘩に勝って、どんな伝説を残してって、そんな事ばかり考えていたブン太さんやあの拓海さんが、そんな変なプライドを捨て、誰かを守る側に回ったんですよ？　そしていじめられっ子だったあなたの周りには、今や沢山の人が集まってきている。そんな魅力のある人間なのです。東京でもきっと、そんな常識をひっくり返すミラクルが起きると信じてます」

　そんな話やこんな話をしていると、あっという間に空港に着いた。出発まではまだいくらか時間がある。一斗と二階堂は空港内を歩きながら話し込んでいると、一斗を呼ぶ声が聞こえてきた。どうやら他のメンバーも駆けつけてきたらしい。その先頭にはやはり拓海がいた。拓海は一斗の前に来ると茶封筒を渡した。

「これ持って行け。『本当にどうしようもない』って時に開けるんだぞ。俺ら【みんな】からの気持ちのこもったお守りだ」

一斗が、その茶封筒を受け取ると分厚い紙？らしき感触が手に伝わってきた。

「御札とかかな？　みんなありがとう。新居決まったら一番見える所に置いとくね」

ブン太に広岡や後輩の武尊など含め、これまでの思い出を時間が許す限り話した。その話している間、一斗はずっとキョロキョロと何かを探している。拓海がそれにいち早く気づいた。

「ずっと美羽ちゃん探してるだろ？　俺らじゃ役不足か？」不満気な拓海。

「そんなんじゃないよ。拓海くんたちでも満足だよ」作り笑いの一斗。

「拓海くんたち……『でも』ってなんだよ」眉間にシワを寄せ中指を立てる拓海。

そんなやり取りはいつまでもやっていられない。そう、時間は待ってくれないのだ。

とうとうその時はやってきた。12時30分発東京行きの便の案内放送が流れた。

「拓海くん、ブン太くんにショウくん…それに武尊にヒカルくん。そして、みんな……ずっとありがとう。俺、東京でビッグになって帰ってくるからね」

ブン太と広岡が一斗を力強くハグをした。武尊は一斗の胸に飛び込むと大泣きした。

二階堂は、相変わらずクールで遠くから軽く手を挙げている。

一斗が拓海の方を見ると、拓海は無言のまま背中を向け遠くの方へ歩いて行った。その背中を見つめていると、拓海は振り向く事なく力強く握りしめた拳をめいっぱい上に突き上げた。

〈一斗がんばるんだぞ。俺も後からお前を追って東京に行くから、それまで何が何でも踏ん張れ。お互い違う道だけど……お互いその道のトップを目指そうな〉

拓海の目からは珍しく大粒の涙が流れていた。恐らくその涙をみんなに見られたくなかったのであろう。一斗は背中で語り掛ける拓海を見てポロリと涙をこぼした。

そのまま一斗は、みんなに見送られながらゲートをくぐり、飛行機へと搭乗した。

一斗の席は、いちばん後方の窓側だった。その小さな窓から外を見つめる。やがて飛行機はゆっくりと動き出す。一斗がさりげなく空港の展望台デッキに目をやると、美羽の姿が見えた。

〈あっ、美羽ちゃん来てくれたんだ?〉

美羽は、一斗が乗っているであろう飛行機に、小さく手を振っていた。

一斗も見えないのは覚悟の上で、小さい窓をめいっぱいを使って大きく手を振った。飛行機はやがて滑走路に入り、その滑走路をゆっくりと走り出す。

徐々にスピードを上げ大きな轟と共に離陸し、一斗が過ごした町が徐々に遠のいていく。どんどん高度を上げていく飛行機。やがて町は雲が遮り見えなくなった。

〈ヒロくん。井の中の蛙は、あのとき井戸から見ていた空に居るよ。空からはあの井戸は見えません。そして、ヒロくんが見られなかった景色を見せるための第一歩。大東京に勝負を挑んできます〉

二十八　大都会東京

飛行機は長いフライトを終え、徐々に高度を下げていく。

やがて飛行機は轟(とどろき)と共に滑走路へと降り立つ。14時05分、予定通りに無事東京へと着陸した。

一斗は、二階堂から教えてもらった駅のアプリを開き、比較的お笑い芸人が多く住む中野を目指した。実は、二階堂の親が東京にも不動産を多く抱えており「その中の物件を無償で貸す」と言ってくれたのだが、一斗が「そこまで甘えたらハングリー精神がなくなる」と断っていた。その代わりに、二階堂が初期活動資金としてあの100万を渡していたのだ。一斗は、慣れない空港の周りをキョロキョロとしながら歩いていると、【ｙｏｕは何しに日本へ？】の撮影クルーと遭遇した。

〈わー、やっぱり東京凄いな。ヒロくんの家で見たことある番組のクルーだ〉

一斗がそう感心していると、撮影クルーがゆっくりと一斗に近づいてきた。

「インタビューOK？」インタビュアーがマイクを突き付けてくる。

「私、日本人なんですけど？」慌てて説明する一斗。

「では、ｙｏｕは何しに日本へ？」笑顔で進行するインタビュアー。

「だから……あの……その……日本人です」しどろもどろと見た目で外国人と化する。

「どこの国から来たのですか？」丁寧に分かりやすく問いかけるインタビュアー。

「その……えっと……だから……あの……」

しどろもどろに話す一斗を、日本語が分からない外国人と思ったのか、通訳担当がベラベラと英語で話しかけてくる。当然、一斗は英語が分からないのでペコペコしながら、隙を見て走って逃げた。一斗の衝撃的な【テレビデビュー】だった。

撮影スタッフは、逃げる一斗を猛ダッシュで追いかけるも、途中で黒い塊にぶつかってしまい、クルー一同その場で転んでしまった。何とその黒い塊の正体は、大迫のタイソンこと八保だった。たまたま観光に来ていたのか、なんと東京にまで来ていた。しかしながら、クルーとぶつかった八保は案の定その場で気絶した。

撮影クルーは、八保の存在に気づかずに、気絶する八保を踏みつけながら一斗を捜したが完全に見失っていた。撮影クルーは来た方向へと歩き出し、未だに八保の存在に気づいていない様子で、再度、八保を踏みつけながらその場を後にし、次のインタビュー相手を探し始めた。

その後CAの噂によると、八保は誰にも気づかれる事なく丸一日気絶しており、外国からの来日者たちが「コレハ、ニホンガ、ヨウイシテクレタ、ベッドダ」と口々にし、気絶する八保の背中の上に寝る姿が多く目撃され、その来日者たちは目を覚ますと「ニホンノ、オ・モ・テ・ナ・シ、サイコウ」と連呼し、日本の観光を楽しむために空港を満足気に後にしたという。

一方、その場を振り切った一斗は、先を急ぐために、駅員に聞きながら中野駅方面のホームに行き、15時02分発の電車に乗り込んだ。

品川で乗り換え、おぼつかない足取りで新宿駅を目指した。混雑する慣れない電車に揺られやがて新宿駅に辿り着いた。

〈後もう少しで中野に辿り着く〉そう思いつつも、新宿駅は広くて迷いそうだったので、一斗は会う駅員みんなに聞きながら、12番線の中野行きのホームに辿り着いた。

〈これに乗れば目的地の中野に着く〉

一斗は、慣れない地で不安と戦いながら、中野を目指していた。羽田から45分程の電車の旅を終え、15時48分頃ようやく中野駅に着いた。

一斗が中野に来た理由は【芸人がより多く住む場所】という理由の他に、中野に新設された、お笑い養成所TOPの場所を把握するためでもあった。そのお笑い養成所は駅から徒歩15分くらいの所にあり、レンガ作り4階建ての雑居ビルの中にあることが分かった。

その場所を確認すると、一斗は不動産巡りを始めた。

〈あらかじめ決めてくれればよかったけど……そんな余裕なかったしな。何とか早く住む場所を確保して住所を持たないと働けないしな〉

そんなこんな思いながら、手あたり次第不動産屋さんに入った。

一斗は、1R～1LDKを中心に見たが、7万～13万の物件がゴロゴロあり、4万～5万で探している一斗の希望の物件とは中々巡り合えないでいた。

〈くそ、東京を舐めてたな。高いとは聞いていたけど、ここまでとは……〉

辺りは徐々に暗くなり始め、ビルやお店などの明かりが点き始めた。一斗が時間を確認すると18時を少し回っていた。

〈今日はネットカフェに泊まるしかない〉

一斗は最悪の野宿を避けるため、ネットカフェに早めに入った。

「ここならネット環境も整ってるし、飲み物もシャワーもある。よし、物件をいくつかピックアップしとくか」

一斗は個室に入ると、早速ネットで中野区周辺の物件探しをした。中野以外を探せば、他にも安い物件はいくらでもありそうだが、もし、事務所が決まったら、節約のためになるべく電車に乗らないようにと、中野の物件を中心に探しているのだ。駅から15分以内で家賃が4万～5万の管理費込、敷金礼金無し等の条件を入れていく。すると369件と、以外にも多くヒットした。その中から、間取りや部屋の雰囲気などの写真を見て、気に入りそうな物件を何件かピックアップし、このまま何事もなく無事に物件を探せる事を祈りつつ一斗は軽く仮眠を取った。

翌日、ピックアップした物件を抱えている不動産屋に朝一番で行った。

担当の方は、35歳くらいで、さらば森田に激似で、関西に約2、3時間程、滞在した事があるらしく「関西弁はうつりやすいと言うけど、ほんまなんやな」とエセ関西弁がひどく、その喋り方から、胡散臭い感じが出ており、関西人特有のフレンドリーな感じも、エセ関西人のくせに凄かった。担当者はよそに住んでいた経験があるからか、地方から来た一斗に凄く親切丁寧な対応だ。

「今回はうちの不動産屋さんを使って頂き、ほんまおおきに。一生懸命に物件紹介しますので、どんどん質問等して下さいね」

そのエセ関西弁の担当者が、不動産屋の名前が書いてある車を運転し、希望に出していた最初の物件の内見へと向かった。

4階建ての古い鉄筋コンクリート造りのマンションである。1Kのユニットバス、部屋は8畳と広めで、リノベーションしたばかりと言うのに、家賃は4・5万円と安い物件だった。

「駅から7分か……」顎(あご)に指をあて空を眺めながら考える一斗。

「もう少し近い方がいいですかね？」担当者が優しく問いかける。

「いいえ、十分近いです」少し笑顔の一斗。

「ええんかい！　不満気に言うからあかんと思うやんけ」激しくつっこむ担当者。

〈エセ関西人なのに、つっこみがうまい〉そう思いながら一斗は部屋に入る。

玄関を開けると目の前に台所があり、その先に洋間があるタイプのようだ。

一斗は台所をジロジロと見ると、一口コンロの台所だった。

「あ、なるほど……一口コンロなのか？」無表情で独り言の一斗。

「お客様、料理とか作りはる予定ですか？」手をモミモミしながら担当者が聞く。

「今のところ作る予定はないです」即答の一斗。

「料理作る予定ないんかーい！　その割に一口コンロめっちゃ気にしてるやん」

「しかし、切ったり調理するスペースが狭いですね」

「確かに、広い方が具材を切ったりする時に便利ですが、料理がお好きなのですか？」

「一回も自分で作ったことないです」

「一回も作ったことないーんかい」

「しかし、洗い場も狭いですね」

「食器とかいっぱいお持ちなのですか？」

「いいえ、一つも持ってないです」

「その割には、めっちゃ台所の作り気にしてるやん！」

「ミニ冷蔵庫付きなんですね。ミニか……」

「やっぱり、大きい冷蔵庫を『バンッ』と置きたいですよね？」

「いいえ、ミニ冷蔵庫で十分です」

「ミニでええんかい」

「台所の収納スペースは下のこの1カ所だけですか？」

「確かに、調理器具とか調味料とか考えたらもう少し収納欲しいですよね？」

「これだけあれば十分です」

「どないやねん！　ほな、不満気に聞くなや！　まあええわっ！　次、お風呂ですが

「……」

「いやここに決めます」

「決めるの早っ！　まだ台所しか見てへんやん！　しかも、料理せえへんのやろ？　どないなっとんねん」

　蔵の中の生活をしていた一斗にとって、まともな部屋に住めるだけで十分だったのだ。

担当者はそんな事を知る由もなく、激しくつっこみつつ一斗に深々と頭を下げた。

「ほな本人がええって言うんやったら……それはそれで、おおきにさんです。ってか、貴方なんか面白いですね？　うちとコンビ組まへん？」

　その問いかけに、一斗は即答で「いや、組みません」と食い気味に断り、コンビとしての契約は断固否定したが、ここの物件の契約はしっかりと決断し契約の段取りに進んだ。

　無職での不動産との契約は難しいかも？と、もしも就職先を聞かれた時のためにと、

「二階堂の父の会社で働いている」と言えるように、二階堂と口合わせをしていたが、求職中の話と、貯金額の説明をし、最初で家賃3カ月分前払いをするとの約束で、大家さんに交渉すると、不動産屋の契約書以外の契約書にサインする条件で、無職ではあったが、無事に契約が成立した。

　あまりにもスムーズに物件が見つかり契約ができたので、一斗はソワソワしていた。

　それは、これまでの人生が、ひと波乱ふた波瀾とあったため、何もなくあっさりといった事が逆に怖くなっていたのだ。

「これは絶対何かあるぞ」

疑い100％の一斗は【大島てる】の事故物件が調べられるサイトを開いた。そのサイトは事故物件や訳あり物件などを簡単に調べられる便利なサイトであり、もし事故物件や訳あり物件の場合は、その建物に炎のマークがついているので一目でそれが分かるのがこのサイトの特徴で、それが人気の理由でもあった。

一斗は、その人気サイトを開き契約した物件の住所を入力し検索した。炎のマークは……ついていなかった。ただただ築年数が古いためのお得な物件だった。

「なんもないんかーーーーーい！」一斗は、エセ関西弁でひとりつっこんでいた。

物件が無事に見つかった一斗は、区役所に住民登録をし、無事に住所を移すことができた。そのままの流れで一斗は次にバイト探しに精を出した。

お金を持っているとはいえ、何もしなければ減る一方なので、一斗は少し焦っていた。駅のホームに置いてある無料求人誌を片っ端から取り、家に持ち帰った。

一斗は芸人志望のため、養成所に合格した場合や芸人として活動するにあたって、学校や舞台が入った時に、シフトをそれに合わせて組めるような融通が利くバイト先を探していた。警備員やコールスタッフ、コンビニや飲食店と絞り込み、その中でもマンションから近く、尚且つ時給の少しでもいい所をピックアップした。

「どれも捨てがたいけど……飲食店で賄い付きだと食費を浮かすことができるな？」

消去法で、飲食店でバイトする事を決めた一斗は、さっそく履歴書を書き近くの喫茶店の面接に行った。

　大手企業の面接みたいに堅苦しい面接ではなく、意外とフレンドリーにやり取りができたため、手応えを感じていたが、マンションに帰宅するとすぐに合否の電話がなった。一斗はすぐに電話に出ると、結果は「今回はご縁がなかったという事で」と一言だけ言われた。一斗が電話を切る直前に落ちた原因を聞くと「貴方の顔はうちの店には相応しくない」とのふざけた理由だった。

「俺の顔のどこが悪いんだよ！」と一斗はそう怒鳴りつけ電話を切った。ここは落ち込んでばかりはいられないと、あらかじめ何枚か書いていた履歴書を取り出し、次に希望していた定食屋へ面接希望の電話を入れた。すると最初に書類選考をしたいからと、履歴書を送るように言われたので、一斗は言われた通り最寄りのポストに投函しに行った。この定食屋の合否はしばらくかかりそうだったので、別の居酒屋に面接希望の問い合わせをしたところ、今から来れるなら面接できるとの事だったので、一斗は早速支度をしてその居酒屋へ向かった。1件目の喫茶店と同様に、世間話を交えての面接となり、あっという間に面接の時間が終わった。

　合否は2日から3日で分かるとの事だったので、取り敢えず待つしかなかった。

　一斗はその面接帰り買い出しをするついでに、念のためにと履歴書を購入した。帰宅後も、ただ待っているだけだと時間がもったいないと、複数ある履歴書全部に、取り敢えず名前や住所や学歴などの基本情報のみ記入し、あまった時間は求人サイトを隅々まで見ていった。その中で、自分の条件に当てはまる求人をチェックし、スクショし【求人】と言うフォルダーへと保存した。

　中々バイトも決まらない中、このままだと4月のお笑い養成所の入学に間に合わないだろうと、養成所の入学願書を書き始めた。

　一斗は、あの下見にも行った、設立3年目のTOPSparkle(トップスパークル)プロダクションが、新たに新設した、お笑いタレント養成学校TOPを狙っている。

「まずは、お笑いコースにチェックを入れてと……」

　一斗は、名前や住所など基本情報を淡々と記入していく。

「応募したきっかけ、なんて書けばいいいんだろ？」

　一瞬悩んだが、素直な気持ちを書き殴った。

「死んだ大切な友人の夢であったお笑いの気持ちを受け継ぐため……よし、後は自己PRか？　今まで考えたことがなかったな」

　一斗は、ベッドに横たわって考えたり、部屋中を歩き回り考えるが、何にも思いつかないでいた。誰かに連絡して自分のアピールポイントを聞こうとも思ったが、変な照れが入り聞けないでいた。学生時代に周りに言われた言葉を一つ一つ思い出していく。

　ヒロに言われた言葉、拓海に言われた言葉、ブン太や広岡、美羽に言われた言葉を思い出すもしっくりくるものはなかったが、二階堂のあの言葉を思い出した。

「『常識をひっくり返すミラクルを起こす事を信じてる』か……よしっ、常識をひっくり返すミラクルな男。これでいいや」願書を書き終え、最寄りの郵便ポストに入れて手を合わせた。

「どうか、1次選考の書類審査に合格できますように」

後は運を天に任せて、合格通知のメールが来るのを待つしかなかった。

買い物している時も、家でテレビを見ている時も、メールが来てないかどうか気が気じゃなく何にも手につかない状態だった。そして、1週間経ったころ、メールが1通届いた。メールのマークをタップすると、最初にいきなり【合格通知書】の文字が飛び込んできた。その下にはハッキリと「あなたは○○年の入学者の選考の結果、合格となりました」と書かれている。

一斗は、間違いではないか何度も何度も読み直し、泣きながら喜んだ。

「ヒロくんやったよ。まずは第一歩踏み出せた。次は2次選考のグループ面接だよ。うまく答えられるか不安だけど、ここまで来たらやるしかないよね」

グループ面接の日は、ここの養成所の入学日が4月25日のためか、4月に入ってすぐの日に日程が組まれており、グループ面接まで既に1週間を切っていた。

一斗は不安だったので、色々な養成所の面接の様子などをネットで下調べしていた。

基本的に選考基準などは非公開となっているが、最近は昔と違って、ブログやリアルな日常を公開するSNSが流行っているため、色々な体験談などがネットで引っかかり、面接に行く前に、ある程度気持ちの整理などがしやすい環境になっていた。

「なるほど、下手にボケたりしない方がいいんだな。あくまで真面目に受け答えすればいいのか……後は、面接が始まる前から素直な言動をしておく必要があるのか……」

一斗はバイト探しの合間に、ネットで【芸人の面接】について色々検索していた。

その中の【ネタなど見せるのは、やってもやらなくても合否に響かない】という情報に緊張が少しほぐれていた。

そして、グループ面接当日。一斗は入り口の前で大きく深呼吸をした。気持ちを落ち着かせ、ゆっくりと廊下を歩き、面接の会場がある部屋の前へ進んだ。既にお笑い志望者である芸人たちが沢山集結していた。コンビで来ている者、ピンで来ている者、年齢も性別も様々である。そこにはなんと、あの八保と大山が2人で面接に来ていた。その事に一斗は気づいてもいなかった。

そして、先輩芸人なのかスタッフなのか若い男性複数人が、並ぶ位置や待合室への細かい指示を、けっこう手荒な感じで罵声を浴びせながら出してきた。

〈確かネットに『面接前から評価は始まっている』と書かれてたな？　先輩芸人とかスタッフに反抗的な態度を取れば不利になるからここは穏便にいくか〉

一斗は、先輩芸人らしきスタッフに終始冷静に対応した。面接の時間になると、5組1グループとなり順番に部屋に通されていく。入れ代わり立ち代わりグループが出入りし、いよいよ、一斗のグループの番が回ってきた。

面接官は3人居た。面接官は願書を見ながら、それに沿って一人一人に質問していく。

後は、願書に書かれていない事、家族構成だったり、兄弟の事など身内事から、現在の仕事の状況などの情報を聞かれたりした。

中には、その質問に大喜利みたくボケたり、おちゃらける人もいたが、ネット情報だと【あくまでも真面目に受け答えする】と書かれていたので、一斗は終始真面目に答えた。

思った以上に面接は淡々と進み、意外に早く終わった。

その後、スタッフから軽くその後の流れの説明があり、グループ面接は無事終わった。

合否はメールで来るらしいのだが、その後、合格者には郵便で書類を送ってくるらしい。

「あー、また1週間なにも手につかないや。神様ヒロ様どうか合格させて下さい」

こればかりは、1次審査同様に神様に祈るしか為す術がなかった。

養成所の合否の不安もあったが、一斗は未だにバイトすら決まっていなかったので、この先の生活にも大きな不安を抱えていた。

二階堂に100万円投資してもらったが、東京までの交通費や、東京に着いてからの色々なお金、それにマンションの賃貸料金の初期費用、生活に必要な家電や家具、そして生活必需品などを買い揃えるのにお金を使った挙句の果てに、狙っているお笑い養成所にもし合格したら、入学金として40万近くかかる。それに加え光熱費や食費の出費は多かれ少なかれ必ず発生してしまう。一斗は頭の中で色々計算したが、早くバイトを見つけないと、苦しくなるのは目に見えていた。

〈早くバイト探さないと自由に使えるお金も残り少ないな……〉

不安しかない一斗は、その後もバイト探しに力を入れた。それから2日後、あの合否待ちの居酒屋からの連絡が入った。少し期待していたのだが、その期待も虚しく不合格だった。一斗からしたら何が悪かったのかさえ分からない。何がいけなかったのか教えてもらえれば改善の余地があるのだが、軽くあしらわれて電話を切られてしまう。

「容姿とかじゃなくて、何が悪いのか教えて欲しいな」

その翌日には、別なバイト先の書類選考の合否の電話が意外にも早く来た。結果は不採用だった。

「会ってもいないのに紙切れ1枚で何が分かるんだよ」焦る一斗は苛立っていた。

慣れない東京での慣れない仕事探しに、早くも不安で心が折れそうな一斗は、拓海に電話をかけた。

「一斗、もう心折れたのか？　早くないか？　まあ、焦る気持ちも分かるけど、下手な鉄砲も数撃ちゃ当たるって言うだろ？　取り敢えずは数をこなすしかないよ。その中で絶対に一斗の事ちゃんと見てくれる人居るから！　めげるなよ」

そんな励ましの話はそこそこに、それから数十分拓海と話した事で、一斗はすっかり機嫌と元気を取り戻していた。

拓海に励まされた後の一斗は、怒涛（どとう）の勢いで仕事を探した。指がちぎれそうになる思いで履歴書を何枚も書き、営業マンの如く電話をかけ続けた。

どのお店も忙しいのか「日を改め掛けなおす」だとか「来月頃なら面接できる」だとか、

曖昧な返事だったが、その後も電話で問い合わせを続けた、その努力が報われたのか、1件のラーメン屋がすぐに面接をしてくれる事になった。一斗が住むマンションから徒歩で20分と比較的近い場所にある。指定された時間に行ってみると、そのラーメン屋の看板が見えてきた。看板には堂々と【天下一品】と書かれていた。

一斗は、まだ暖簾（のれん）がかかっていない引き戸をそっと開けると、年齢は50歳くらいで、いかにも職人気質な強面の男が客席に腕を組んで座っていた。どうやらこの人がラーメン屋の大将らしい。

「すみません。面接に来た桜田・ジェームズ・一斗と申します。ここは【てんかいっぴん】で間違いないですか?」と尋ねると、強面の大将は「いや、【てんかひとしなだ!」」と力強く答えた。

名前は剛田強（ごうだつよし）で、このラーメン屋を30年以上やっているらしい。この強面の大将の元で働いている自分を想像するのが怖かったが、そんな弱音を吐いている暇はなかった。一斗は今まで以上に自分をアピールした。ラーメン屋の大将は、最後に笑顔で問いかけた。

「もし来てくれるとなれば、いつから来れるんだ?」

「明日からでも来れます。少しでも早い方が助かります」

その一斗の勢いに押されたのか、大将は机をバシンッ!と叩き決断した。その叩いた勢いで、箸を立てている入れ物や調味料などが勢いよく倒れた。

「よし、それだけやる気あるんだったら、その熱が冷めちまう前に来い！　明日からだぞ。

いいな？」

　なんとその場で合格が決まった。一斗はうれし涙を浮かべ「はい！　よろしくお願いします！」と大きな返事をし、お店を出た瞬間に飛んで喜んだ。

　その翌日、一斗は、バイト初日という事もありすごく緊張していた。バイト先に向かうと、大将が一緒に働く仲間を紹介してくれた。

「定年退職してから、もうここで10年以上バイトしている田中守さんだ。分からない事は何でも守さんに聞け。主に皿洗いや盛り付け、それと出前を担当している」

　白髪交じりの髪の毛はしっかりと整髪料で整えられ、いかにも「江戸っ子です！」と言わんばかりの田中は、未婚のためずっとひとり暮らしをしているみたいだ。その田中は、大将が紹介している間ずっと不愛想だった。そして、大将は紹介を更に続ける。

「そして、この方も10年近くここに居てくれている、55歳の藤田洋子ちゃんだ。主に接客とレジを担当している」

　洋子さんは少しふっくらした体型で、ずっとニコニコしており、人柄の良さが滲み出ている。家族構成は、最近熟年離婚したらしく独り身らしい。

　その後、一斗の自己紹介も終わり、初日は店の雰囲気に慣れるため、皿洗いと常連客に顔を覚えてもらう目的も含め、洋子さんと一緒に挨拶がてら接客の練習をした。そんな真面目な姿勢で働く一斗を見て、大将は「いい奴が入ってきた」と喜んでいた。

　2日目も、初日同様に皿洗い中心で、この日は洋子さんが横に寄り添い、一斗が1人で接客する練習をした。しっかりとオーダーも取り、お客さんとのコミュニケーションも意外にうまく、この日も大将に良い評価をもらった。

「一斗は時間も早めに来るし、分からない事はメモするし、真面目だな。これからもその調子で頑張ってくれよ」と大将に太鼓判を押された。

二十九　合否の行方

その後、一斗は大将の期待通り真面目にバイトをこなしていた。

1人で注文を取れるようになり、レジなども洋子さんに習いながら練習を始め、順調にバイトをこなしていたが、やはり養成学校の合否が気になっていた。休憩時間になると、メール通知が来ていないかしきりに気にしていた。大将にもその事は話していたらしく、大将も気になっているのか定期的に一斗に問いかけた。

「養成所とやらの合格まだ分からないのか？　噂ではバカでも受かると聞くがな」

「まだ分からないです。確かにある程度の方は受かるらしいですが、やっぱり落ちる人も中にはいるのも確かなので」

「一斗が売れた時の事を考えて、今のうちにサインでも貰っとくかな？」

そんな、大将の冗談に洋子さんも乗っかってくる。

「あら、ツヨシちゃんがサイン貰うなら私にもちょうだい」

それを横で聞いている田中は相変わらず不愛想で、興味なさそうな顔をしている。

「フンッ。くだらねぇ。芸人なんざ何万人といるんだ。こんな奴が売れる訳ないだろ？

こいつが売れたらこの店の前で全裸でタヌキ踊りしてやるわ」

洋子さんはマジックを持ち出し、チラシの裏に【守ちゃん一斗ちゃんが売れたら店の前で全裸タヌキ踊り】と書き殴り休憩室の壁に貼り付けた。その洋子の行動に、強面の大将もニヤリと笑う。そのメモに気づいていない田中は相変わらずしらけていた。

そんなこんなで一週間が経とうとしていた頃、一通のメールが入った。一斗はまだ仕事中だったため、気になりつつも仕事に専念し皿洗いを続けていた。その様子を見て大将は〈養成所のメール来たんじゃないか？〉と感づき一斗に声をかけた。

「メール来たんじゃねえのか？　見ろよ」

「今はまだ仕事中なので仕事終わってから見ます」

「俺がいいって言ってるんだろ、見ろ」

「大将の気持ちは嬉しいんですが……仕事なので」

「お前って本当に真面目だよな」

一斗はその言葉通り、結果を気にしつつ仕事に専念した。やがて仕事が終わり、一斗は恐る恐る携帯電話を取り出した。大将も洋子さんも固唾（かたず）を呑んで見守る。

「一斗どうなんだよ?」

大将は居ても立っても居られないようだ。その時、一斗が大きく両手を挙げ、その手で大きな丸を作った。

「合格です!」

その言葉に洋子さんも飛んで喜んだ。一方の田中は何故だか冷めている。

「チッ。たかが養成学校に受かったくらいではしゃぎやがって、そんな喜ぶのは芸人になって、コンテストか何かで優勝してからにしやがれ。お前が何かで優勝でもしたら、俺は全裸でこのラーメン屋のポスターのモデルやってやるわい」

そんなボヤキは一斗には聞こえていなかったが、洋子さんは聞き逃さなかった。

洋子さんは、別のチラシの裏にマジックで【守ちゃん、一斗ちゃんがなにかしらで優勝したら全裸でポスターモデル】と書き殴り、休憩室の壁に貼り付けた。

三十　とうとう来たな入学が!　~養成所ライフ~

いよいよ4月になり、徐々にTOP養成所の入学式が近づいてきた。この日のバイトが終わると、一斗は真っ先に大将の元に行った。

「先月話していた通り、明日は入学式なので休みますね」

「おう。もうそんな日が来ちまったか？　早えな。しっかり学んでこいよ」

「一斗ちゃん。大変な事も多いと思うけど頑張るのよ」洋子さんもニコニコしている。

しかし、相変わらず田中だけはノリ気ではなかった。

「何が入学式だよ。くだらねぇ。高い金払って入学して、売れる保障ねえじゃねえか」

そんな感じでみんなに見送られた。

いよいよ入学式が始まった。一斗が思うような堅苦しいものではなかった。

面接や入社などの事を考えて、二階堂がスーツを新調してくれていたが、入学式は私服でOKだった。その養成所の広いホールに集まり、偉いさんが挨拶と称して長々話をしているだけで、後は先生らしき人と先輩芸人らしき人が、養成所のルールや授業の事などを説明する時間があり、入学式感は全くなく説明会的な感じだった。

その後は、A、B、Cとクラス分けされるのだが、これはお笑いのレベルは関係しておらず、ただランダムに分けられているだけのことだと言う。1クラスは大体35人前後で、合計で約100人近くになることが分かった。

「同期ってこんなにいるんだ？　有名な養成所はもっといるだろうから、他事務所を合わせると同期ライバルっていっぱいだな……不安だけどやるしかないか」

一斗はどうやらB組らしい。そして、八保と大山も入学してB組らしいが、一斗はそれに未だに気づいていない。そこに先輩芸人らしい人が来て、色々と説明などがあり解散となった。この入学式はルールや「どんな人が同期芸人なんだろう?」といった、そんなレクリエーション的な軽い顔合わせみたいな感じで幕を閉じた。

この養成所の授業は、週に月水金の3日ある。時間帯は14時~19時の5時間となっているようだ。そのため、一斗は昼バイトに出て合間に学校に通い、19時からまたバイトができるという、ナイスな時間帯となっていた。しかし、不定期にネタ見せライブなどが入るため、よっぽど融通(ゆうずう)が利く職場でないと、中々難しそうなスケジュールとなっていた。

授業内容といえば、お笑いのノウハウや発声練習、ダンスや演技や歌など、お笑いの事もやるがお笑い以外の授業もやっている。そして週末の金曜日は、必ずネタ見せの授業が入ってくる。一斗はネタなど作ったことがないため、ヒロから受け継いだお笑いのDVDを見ながら勉強するも、ピンでの活動のため中々うまくいかず、ネタ見せではスベル一方で、講師からも「お笑いを舐めんな!」と毎回怒鳴られて終わる。

一方の八保と大山もネタ見せに励んでいた。2人のネタに限っては、生徒である若手芸人は誰一人として見ておらず、ネタの評価をする講師ですら見ていなかった。八保がボケて、大山が激しく「なんでやねん!」と叩きつっこむと、八保はそのつっこみの衝撃で気絶してしまう悲惨なありさまだった。

その後の一斗は、勉強のために、他事務所のお笑いライブなどにも積極的に足を運び、ネタの作り方から、ネタの流れなど研究し、試行錯誤しながらネタ見せに参加するが、評価は相変わらず残念な結果となっていた。

そうこうしている内に1カ月が過ぎた。次の月に一斗が学校に来ると、掲示板の周りに人だかりが出来ていた。どうやらクラス分けがされているらしい。

「えっ？　何でクラス分け？」

そこに、少しやんちゃそうな2人がやってきた。この人らは「ギャグギャング」と言うコンビ名の、立岡俊と野田優馬と言うらしい。その立岡が一斗に分かり易く説明してくれた。

「この1カ月のネタ見せで講師が3段階評価を付けていて、将来の有望株がAクラス、まあ、お笑いの形はできているのかな？っていう人がBクラス。知識もスキルも劣っているという人がCクラス。らしいよ」

「そうなんだ？　立岡くんや野田くんは？」一斗は興味津々に聞いた。

「俺らは文句なしのAクラスだよ。桜田くんは？」野田がドヤ顔になっている。

一斗は、掲示板に張られているクラス分けの名簿から自分の名前を探した。

「えっと……その……どこだ？　あっ、Cクラスだ」

その結果を見て、一斗が落ち込む姿に、立岡は一斗の背中をポンッと軽く叩いた。

「ドンマイだな。でも見捨てられた訳じゃないから諦めず頑張れよ」

野田も、一斗の背中をポンポンと軽く叩いた。

「まあ、大変だろうけど這い上がって来いよ。同期なんだから頑張ろうな」

一斗は2人に励まされ、少しではあるが元気と勇気を貰えた気がした。

余談にはなるが、八保と大山はクラス分けの名簿に名前すらなかった。

一斗は、バイトと学校を両立させつつも、プライベートな時間はお笑いの勉強の時間にほとんどを費やした。街を歩き面白い看板や張り紙や標識を見つければ、つっこみの練習がてらに自分なりにつっこんでみたりもした。

【冷やし中華今年は始めません】

「何で今年に限って始めないんだよ！　始めろよ！」

【嫁と喧嘩中のため、しばらくお店を休みます】

「プライベートを仕事に持ち込むなよ！　しかも、しばらくって！　どんだけ長期戦の喧嘩になるんだ！」

【ご飯1杯150円。ライス1杯無料のどちらかを選べます】

「ご飯とライスどう違うんだよ！」

【この先の突き当たりを右折し、その後100メートル先を左折し、突き当たった所の石田さん宅を右折した所は一方通行のためお気をつけ下さい】

「どんだけ先の一方通行をどこで説明してるんだよ！　しかも運転中にこんな長文を一瞬で読むの困難だろ！　って言うか石田さんって誰だよ？」

【うちで働けば金持ちになれる！　さあ、みんなも私の元で一緒に働こう。有限会社ねずみ講代表取締役　加藤満重】

「思いっきりねずみ講って書いてるじゃないか！　しかも有限会社かよ！」

天下一品に来るお客さんを見ては、勝手なストーリーを作り、心の中でつっこんだ。

〈どう見たってお前らラブホ帰りだろ！　しかも、お前ら毎回休憩で入ってクーポン券も使うタイプだろ〉

カツラ疑惑のあるお客さんが入ってきては、ずっとカツラを疑うキャラを心の中でやってみたりもした。

〈どう見てもカツラだろ？　絶対カツラだよな？　ほら？　食べるとき下を見る一瞬頭を押さえて気にしてるじゃないか？　絶対カツラだよな？　隠しても無駄だぞ〉

「絶対カツラだよな？」

たまに心の声が強すぎて、声に出してしまい失敗する時もあるが、そこは洋子さんと大将が必死にフォローしてくれた。田中さんは……相変わらず不愛想だ。

「チッ。くだらねえ。お前が売れたら全裸でここの激辛ラーメン食べ干してやる」

洋子さんは、田中さんがそんな発言するたびに、嬉しそうにチラシの裏にメモり、それを休憩室の壁に貼っている。その光景は、もう……呪われた家に貼ってある無数の御札の如く、休憩室はその約束の紙切れだらけだった。

そんな感じで、どうにか一斗はお笑いのスキルを上げようと努力していた。しかし、ピンでのネタは難しく、ネタを考えるのもしんどくなってきていたのも事実だった。

ネタ見せでは一回も褒められたこともなく、ダメ出しばかりで心が折れそうになる。

そんな落ち込んでいる時には、休憩時間にAクラスの野田や立岡が一斗を励ましてくれた。その時、野田が一斗に提案をしてきた。

「桜田、相方探してコンビ組めばネタの幅も広がるんじゃないか？」

そう、在学中は解散するコンビも出てきて、ピン芸人や、解散したコンビの残った片割れとコンビを組む芸人も出てくる。解散してピンになったりコンビを組み直すと、Cクラスのスタートとなるが、一斗は元々Cクラスなので、新しくスタートするのにリスクも何もなかった。

授業の中ではレクリエーションの一つとし、相方募集のPRする時間も設けられており、その中で新しいコンビやトリオが誕生することもあった。

一斗もピンがしんどいと感じ始めていたので、取り敢えず探り探りではあるが、相方探しもしていたが、中々いい人はおらず、結局はピンでの活動を続けていた。そんな養成所も1年で卒業となるのであっという間に過ぎていく。

100人近くいた生徒も、半月が過ぎると徐々に解散したり学校を辞めたりしていった。Aクラスの生徒は、小さい舞台ながらアマチュアのライブなどに参加でき場数を踏む事ができるため、スキルの差はどんどん広がっていく。かと言って、BクラスやCクラスは別に見捨てられた訳ではなく、月に一度の合同ネタ見せで評価が上がれば、他のクラスと入れ替わる事だってある。中には、Cクラスからスタートした芸人がAクラスに上り詰める事だってあり、Aクラスの生徒がCクラスに脱落する事もある。しかし一斗は、結局努力の甲斐も虚しく、Cクラス止まりで卒業の日を迎えた。そこに同期のギャグギャングの2

人が、一斗に近寄ってきて野田が話しかけてきた。

「桜田、取り敢えずは辞めずに卒業できたな」

「お前この後どうするんだ？　どこかに所属とかするのか？」その後に立岡も続く。

「あっ、立岡くんも野田くんも卒業おめでとう。俺は取り敢えずここの事務所も含めて、色んなオーディションを受けるよ。野田くんたちは、このままＴＯＰＳｐａｒｋｌｅプロダクション所属になるね？」

　野田は満面の笑みである。

「まあな、ＡとＢは無条件でＴＯＰＳｐａｒｋｌｅ所属になる。Ｃはオーディション次第になるもんな……高い金払って必死に卒業したのに酷い扱いだよな」

「まあ、頑張ってどこかに所属できるようにする」とさりげなく一斗が漏らす。

　立岡と野田は軽く手を挙げて、一斗に別れを告げた。

「またどこかで会えるといいな？　それまでお笑い辞めるなよ」

「うん、ありがとう。どこかで一緒に活躍できる日が来ることを祈るよ」

　お互い将来を誓い合って、養成所ライフは幕を閉じた。

三十一 「今更」じゃない「今から」

　卒業後は、バイト中心の生活に戻る。そんな一斗を大将も洋子さんも温かく迎えてくれた。その日のバイト終了後、大将が高級中華セットの食事を出してくれた。

　ここのバイトは賄(まかな)い付きではあったが、普段は普通のラーメンに半チャーハンと、メニューは決まっていたため、一斗はその高級中華セットを見てビックリしていた。

「大将これは？」

「卒業祝いだよ。ここのバイトも真面目に頑張りながら学校も卒業して、それのご褒美とお祝いだ」大将は終始にこやかな表情だ。

　その高級中華料理セットを見て、洋子さんは指をくわえ羨ましそうに見ている。田中はと言うと、相変わらずふてくされている。

「何が卒業だよ。一番下のクラスだろ？　事務所にも所属できねえで何がお祝いだよ。芸能界はそんなに甘くないんだよ。お前はこのまま落ちぶれて消えていく。万が一売れでもしたら、俺は全裸で店をピカピカに掃除してやるよ」

　洋子さんは我に返り、チラシとマジックを取り出しその約束を書き殴った。

　大将たちは一斗の祝いを遅くまでやってくれたが、田中はさっさと帰路についた。

　一斗はギャグギャングの励ましや、大将や洋子さんの励ましを胸に秘め、改めて気持ちを入れ替え「諦めてはならない！」と頑張る事を決意した。

それはあの日あの場所で、空にいるヒロと交わした約束のためでもあった。

一斗は片っ端からオーディション情報をメモし、ハガキや応募用紙などを送り、あらゆる所に電話をした。大手事務所から出来たばかりの事務所まで、有名だとか無名だとかを問わず一心不乱に色んな事務所に連絡し続けた。色んな事務所からの連絡が来て、色んな所のオーディションに出向いて面接やネタ見せなどに挑戦するも、ことごとく落ちてしまい残念な結果が続いた。

ヒロから貰ったＤＶＤで勉強をしたり、街中でのつっこみの特訓も続けてはいたが、中々その努力は報われない。やっぱり自分の才能とスキルでのピンの活動は難しいと、相方探しにも力を入れようと考え始めていた。

一斗は「中途半端な気持ちではうまくいかない」と拓海やブン太、そして美羽とも安定するまでは連絡しないと決めていた。そんな気持ちで挑んではいたが、そんなこんなで、何もしない内に1年近く時が流れた。

「何にもしなくても時間は待ってくれない。どうしよう……」

為す術がない一斗は、バイトが休みの日に気分転換に街をブラブラしていた。

養成所時代の生徒にこんな光景を見られたくないと、一斗はベースボールキャップを深々と被りマスクをして歩く姿は、まるで素顔を隠す有名人の様であった。

しばらく歩いていると、とある公園の開けた場所で、ストリートパフォーマーが何かを披露している姿が目に飛び込んできた。ここの公園ではそのストリートパフォーマー以外にも、弾(ひ)き語りをしている人や、アクセサリーの路上販売などをしている人もちらほらいる。

「おっ？　なるほど、何もする事がない訳ではないね。フリーでもストリートパフォーマンスでファンを獲得する手もあるな〜」

一斗は、そのストリートパフォーマンスをゆっくり歩きながら見ていた。何やら、ピエロの恰好をした人がパフォーマンスしているみたいだ。そのピエロはわざと転んだりわざと失敗して、お客さんから笑いを取ろうとしているが、少数いるお客さんの空気は微妙なものだった。

そして、そのピエロが転んだ勢いで、近くにあった小道具であろう大きいボールを蹴飛ばし、それが偶然にも一斗の方向に転がってきた。

一斗は転がってきたボールを、かっこつけて身軽に飛び越えようとするが、高校を卒業してからほとんど運動をしていなかったからか、さほどジャンプはできず、そのボールの上に乗る形になってしまった。しかし、一斗は以前キックボクシングをしている時、バランスボールの上に両足で乗り体幹を鍛えるトレーニングをしていたため、うまく大きいボールに乗っかり、持ちこたえる事ができた。それを見ていたお客さんから拍手が巻き起こった。その様子を見ていたピエロは、一斗の元へやってきた。

「師匠さすがですやん」

一斗はボールの上で、そのピエロの発言に反射的につっこんでしまった。

「俺がいつからお前の師匠になったんだよ」

「明日からです」ピエロは即答で答えた。

一斗は、そのままうまくボールに乗りながら、ピエロとの会話を続けた。

「師匠って言うからもうなってると思いきや、まだなってなかったのかよ」

「ほな、今日から師匠で」ピエロは表情は化粧で見えないが、真顔のトーンで答える。

「『ほな』ってなんだよ！　仕方なしみたいな言い方するな！って言うかな、転び方とかもわざとらしくて笑えないし、あんなもんは真剣にやって失敗するから面白いんだよ！　やるならもっとリアリティを求めてしなきゃダメだよ」

「師匠の言う通りですわっ！　すんまへん師匠」

「だから俺は師匠でもなんでもないよ！　あとボールのジャグリングも、３つ４つ使って失敗すればまだ面白いけど、１個で失敗ってなんだよ！　リアリティに欠ける」

「すんまへん師匠」

「だからその師匠やめろよ」

「全財産払うので師匠になって下さい」

「全財産いくらあるんだよ？」

ピエロは、パフォーマンスした時にお客がお金を入れてくれる箱を小走りで取りに行くと、再び小走りで一斗の元へ戻ってきて、箱の中身を自信満々に見せつけた。

「30円です」

「わざわざ遠くまで箱を取りに行って、ドヤ顔で見せてきた割には全然入れてもらえてないじゃねえか？　30円で何が出来るんだよ！」

一斗はキックをしている頃、毎日、真面目に努力し体を鍛えていたからか、卒業してから時間がだいぶ経過してはいたが、努力していた事は体にしっかりと染みついており、長時間ボールに乗っていても余裕でバランスをとる事ができていた。

そんなパフォーマンスを見ていたお客さんは、少し離れたところにいたが、いつの間にか一斗とピエロの元まで移動しており、笑顔で2人のやり取りを見ていた。

「その前にその恰好どうなってるんだ！　髪型はカラフルなアフロのカツラ、顔は白塗りのピエロだけど、下がタンクトップと短パンって！　どうなってるんだよ」

「お金がなくて買えへんかってん……」寂しそうな表情のピエロ。

「せめてお金作って、恰好だけでもちゃんとしろよ」

「そう思って闇金で借りようと審査を通したんやけど……落ちました」

「闇金は客から利子でぼったくろうとするから、大抵の奴は借りられるシステムなんだよ！　それが闇金の審査に通らないってどんな状況だよ」

途中から、一斗とピエロの元に歩み寄ってきていたお客さんは、その一部始終のやり取りを聞いて、手を叩きながら腹を抱えて大爆笑し、先ほどピエロが持ってきた箱に、次々にお金を入れ始めた。その光景に興味を持った人たちが、次々に立ち止まり大笑いしている。その後も一斗はアドリブでピエロとのパフォーマンスに参加し、無事にパフォーマンスを終えた頃には、10人程度だったお客さんは100人近くまで増えていた。パフォーマンスを見終わって帰るどの客さんも、すごく満足気な顔をしていた。

ピエロは、お客さんが入れてくれたお金を呆然と眺めていた。一斗がそのお金の入った箱を覗き込むと、小銭だけではなく千円札や一万円札も入っていた。ピエロは我に返ると、そのお金の入った箱をそっと下に置き、両手を広げ飛んで喜んだ。

「どこの誰だか知らへんけど、おおきにさんです。ストリートパフォーマンス始めてからこんなに稼げたのは今日が初めてです。お名前お聞きしてもいいですか?」

「いえいえ、こちらこそ楽しかったです。名前はえっと……一斗と言います。貴方は?」

その一斗の問いかけに、ピエロは自己紹介がてらに活動内容も少し話してくれた。

名前は山田誠、年齢は35歳、独身で職業は普通のサラリーマン。元々お笑いが好きで、若い時には一斗とは別の事務所の養成所に通っていたらしく、その後小さな無名の事務所ではあるが【カッコ笑いプロダクション】という事務所に所属したらしい。

このカッコ笑いプロダクションは、何でも笑いに変える【(笑)】と、【カッコイイ笑い】を追求するというコンセプトで【カッコ笑いプロダクション】と名付けたらしいが、ファンが少ないためかあまり舞台の数もなく、舞台がない日はこのようにストリートでネタを披露し、ファン獲得や少しのギャラの獲得を目的に臨んでいるそうなのだが、それでも中々売れず今日まで来たらしい。そんな経緯があり今日を境に芸人を引退しようと考え、最後のパフォーマンスをしていたと言う。

「そうだったんですね。引退か……ここまで来てもったいないな」

一斗は、さっきのパフォーマンスを一緒にしてみて、何か手応えを感じていた。

「実は俺も養成所を出て、その後どこにも所属すらできなくて……。まだ事務所には引退は言ってないんですよね？」と一斗が山田にさりげなく聞いた。

「うん。まだ言ってへん。来月に事務所主催のイベントがあるから、その日に伝えようかと思ってますねん……」

「俺とコンビ組みませんか？　コンビ組めば俺そこに所属できないですかね？」

「えっと……確か別な芸人さんで、最初ピンでやっていて途中からコンビで所属した方がおるから、その辺は大丈夫やと思うねんけど、俺は年齢も35歳やしコンビ組み直したとしても……今更やで」

「誠さん【今更】じゃありません【今から】ですよ。俺とやりましょう。諦めちゃだめ」

その強い言葉と、今日のパフォーマンスの結果に後押しされたのか、山田は一斗の手を取り、水を得た魚のように活き活きしだした。

「一斗さん。もう一度だけ頑張ってみます。連絡先を早速交換しましょう」

「誠さん、素顔みたいのでそろそろピエロの化粧落として下さい」

番号を交換しながら一斗が山田にそう言うと、山田は公園のトイレに行き、化粧を落とし戻ってきた。

「あっ」山田の顔を見て一斗が叫ぶ。

「どないしたん？　どないしたん？」必要以上にビックリする山田。

一斗は、深々被っていたキャップとマスクを外し顔を山田に見せた。

「あっ」山田も一斗の顔を見て叫んだ。

山田誠の正体は、あの不動産屋のさらば森田似の担当者だった。

「さらば森田さんにそっくり！」

「誰がさらばの森田やねん！　口が排水溝言うてる場合か！　俺の方がましやわっ！」

「あの時もだったけど、相変わらずつっこみますね」とクスッと笑う一斗。

「一斗くんって……あの時の？　俺がコンビ誘ったときめっちゃ即答で断った人やん」

「アハハハッ。あの時は……色々と切羽詰まってたんで」苦笑いの一斗。

こうして一斗と山田は、素晴らしい再会を果たしただけではなく、コンビを組むことにもなった。

〈ヒロくん、また、とある【きっかけ】で俺の中の歯車が回り始めようとしてるよ。本当に生きていれば……諦めなければ、どんな事があるか分からないね〉

そう空に話しかけながら、一斗はルンルン気分で帰路についた。

三十二　コンプレックスにまみれて

某日、一斗は山田と中野にある喫茶店で待ち合わせをした。

ここは一斗が約1年前に面接に来て、容姿の理由で落とされたあの喫茶店だった。多少気まずさはあったものの、今は充実している一斗は、何のためらいもなく喫茶店に入った。

一斗が店に入ると一斗の見た目が特徴的だった事もあり、そこの店長は、一斗の事をなんとなく覚えていたようだ。一斗が席に着くなり、店員ではなく店長がわざとらしくオーダーを取りにきた。

「どこかでお会いしたような気がしますが？　以後どのようにお過ごしですか？」

「そんなのあなたには関係ないじゃないですか」

そんなやり取りをしていると、山田が来店した。

「いやー、一斗くん遅くなってごめんな。電車乗り過ごしてん」

店長は相変わらず憎たらしい笑みを浮かべ、オーダーをとってきた。2人は一番安い定番のコーヒーだけを注文した。

「かしこまりました。こちらの一番安いコーヒーだけでよろしいですね？」

「そんな失礼な言い方ないだろ」一斗は眉間にシワを寄せ睨み付けた。

「まあまあ一斗くん。そない怒らなくてもええやん。短気は損気やで」

店長は、ニヤニヤと一斗を見ながら奥の方へ消えて行った。

「取り敢えずコンビ名決めてから、事務所にお願いしようと思うねんけど？」

「コンビ名か……誠さんはどんなのがいいですか？」

「略せるコンビ名とか良くない？」と山田が提案する。

「確かに、売れた時とかに略せるコンビ名だと親しまれやすいですね」

2人は、色々なコンビ名を提案し合ったが中々決まらない。そこに頼んでいたコーヒーがテーブルに置かれた。

「お待たせしてすみません。こちらが当店で一番安いコーヒーです」

あの店長が、そんな憎たらしい発言をしコーヒーを持ってきた。少し後ろに視線を送ると、他の店員たちがクスクスクス笑っている。

「どこまでバカにするんだよ」一斗はこの店長の態度にずっと苛立っている。

その店長は、2人の会話を盗み聞きしていたようで、その話に首をつっこんできた。

「どうやらおふたりはお笑い芸人みたいですね？　私は色んな芸人さんをこの喫茶店で接客してきましたが、あなたたちは確実に売れないでしょうね。エセ関西弁のおっさんと、ちんちくりんでコンプレックスだらけで見た目は面白いですが、時間の無駄だからやめた方がいいのではないでしょうか？」

一斗はテーブルを思いっきり叩き、怒鳴りつけた。

「芸人はコンプレックスあってなんぼの世界だ！　そしてな売れる売れないは、やってみなきゃ分からないだろ！　いちいちうるさいんだよ。誠さんここ出ましょう」

「一斗くん落ち着きなはれ。それじゃあ別な所で打ち合わせしようか？」

そう言うと、2人はコーヒーを一口も飲む事なく立ち上がった。

レシートを見ると2人で600円だったので、山田は1000円を財布から取り出しレジの方へ向かうと、皮肉にも店長がワザとらしくレジに入ってきた。山田はレシートと1000円を店長に手渡した。そして穏やかな表情で店長の目の前に手のひらをかざした。

「お釣りはいりません！」

山田は穏やかな表情をしているが、コーヒーカップに手を触れる事なく、お釣りも取らず出て行ったのは、内心煮えたぎっていたための無言の反抗だったのであろう。

その後2人は缶コーヒーを購入し、近くの公園で打ち合わせをした。そう、山田がストリートパフォーマンスをしていたあの公園だ。ここ中野区はお笑い事務所が多数存在しており、この公園はそのほぼ中心にある。この周辺ではお笑いイベントが多く開催され、若手芸人などがそのネタ合わせをするためこの公園に集まってくる場所でもあった。

2人は、これからの打ち合わせはこの公園でする事を決めた。打ち合わせをしようと、山田が一斗に声をかけようとすると、どうやら一斗はあの店長の言葉を少し引きずっているようだった。

「コンプレックスの2人……ダブルコンプレックスズ……コンプレックスブラザーズ……だとコンブラか」

「一斗くんなにブツブツ言ってるん？　もうあの事は気にしなくてええやん」

「俺と誠さんは相方でもあり、兄弟みたいな関係でもありますよね？」

「まあな、これからも誰よりも長い時間一緒におるやろうし、家族みたいなもんやな」

「家族？　……ファミリー…コンプレックスを持ったファミリー……ファミリーコンプレックスってどうですか？」

「ファミリーコンプレックス……悪くはないな」

「略すとファミコンって面白くないですか？」

「それおもろいやん。それよりその若さでよくファミコン知ってたね？」

「いや、知ってる知らないは人それぞれだろ」

その一斗のつっこみに、山田は大笑いしていた。

「確かに人それぞれやな！　よしっ、このコンビ名ひっさげて事務所に乗り込むぞ」

そう言うと、２人は事務所のある方へと向かった。その事務所は運よく中野にあるらしく、場所としては一斗が通っていた養成所の方とは逆の方だが、時間的には一斗のマンションから徒歩20分程度の所に位置していた。

「今更だけど、誠さんはこの辺に住んでるんですか？」

「俺は高田馬場だよ。中野に住むか迷ったけどね」

「へー、高田馬場ってあの鉄腕アトムの所ですよね？」

「そうそう。アトムが生まれたのが高田馬場の科学省の設定らしいねんけど、アニメ制作会社も高田馬場にあるからアトムに特化しているらしいで」

「いや、別にそこまで詳しい情報求めてねえし」

「ワハハハッ！　一斗くんのつっこみは相変わらず面白い。って言うか……どっちがボケでどっちがつっこみか決めてないね」

「あっ、そうですね。誠さんはどっち希望ですか？」

「まあ、ボケに憧れてお笑い始めたんやけど……ずっと1人でしてきたしな、今ではどっちでもええけど、一斗くんは？」

「俺も……ボケがいいけど。死んだ友人が『一斗はつっこみね』って言い続けてたからつっこみした方がいいですかね？」

「う〜ん、でも一斗くんのつっこみ、俺は好きやけどな」

「取り敢えずは、誠さんボケで俺がつっこみでいきますか？」

「そうやな、うまくいかん時は交代すればええだけの話やしな」

そうこうしている内に事務所に着いた。古い2階建ての雑居ビルで、1階が事務所で、2階が稽古場兼イベント会場となっているようだ。

山田が事務所の担当者に説明をし、色々と契約書などにサインをしてくれた。

芸名【一斗】と【誠】。コンビ名【ファミリーコンプレックス】が正式に誕生し、無名の事務所ながら、一斗も無事にカッコ笑いプロダクションに所属が決まった。

三十三　いよいよ始動なのだが

一斗は早速バイト先の大将に、所属できた事を告げた。

「いよいよ芸人として一歩踏み出せるな」と大将は喜んでくれた。

「一斗くん。母ちゃんは嬉しいよ」と洋子さんも目にいっぱいの涙を浮かべていた。

「いつから俺の母ちゃんになったんだよ！」そのつっこみに大将も大笑いしていた。

しかし、田中は安定のふてくされモードだった。

「チッ、所属したくらいで売れた気になりやがって。そんな弱小事務所から大物になるとは思えないけどね。そこで売れたとしたら、俺は毎日全裸でこの店のトイレをピカピカにしてトイレ掃除専属として将来を終えてやるよ」

洋子さんは涙をボロボロ流しながら、一斗の所属を喜びつつも、マジックでチラシに、事細かく田中の約束を書き殴り休憩室の壁に貼り付けた。

「大将。舞台でバイト休む事も多々あると思いますが、ここに残ってもいいですか？」

大将は、一斗の頭を思いっきり叩いた。

「当たり前じゃないか！　お前は客にも評判がいいし、洋子さんだってこんなにお前の事を気に入っている。仕事も真面目で時間もちゃんと守れるから、俺がここに残ってくれ！って頼みたいくらいだ！　俺にとってもお前は息子みてえなもんだ」

「大将ありがとうございます。この恩はどこかで返します」

「恩はお前が芸人として売れる！　それが立派な恩返しだぞ」

「絶対頑張って売れます。バイトも精一杯頑張ります」

「バイトはそこそこでいいぞ。芸人の活動を優先しろ！　万が一、芸人として食えなくなったらうちが社員として雇ってやるからな」

そんな有り難い言葉を貰い、一斗は芸人の活動を本格的に開始し、その後バイトを続けながらも舞台の場数を踏んだ。取り敢えずネタは一緒に考えるという約束で、あのコンビ名を考えた公園でネタ合わせなどした。

カッコ笑いプロダクションで主催される舞台のキャパは200人程である。そして、その舞台でのギャラなのだが、1枚500円の手売り券を数十枚買わされ、それを600円で売り、その儲け分が自分の舞台のギャラになるシステムだった。それを売りさばいて週に一回の舞台に挑むのだが、無名の芸人が多数出演する無名の事務所の券がそう簡単に売れるはずがなく、売れ残りのお金は戻ってくる訳ではないので、売れなければ当然だが大赤字となる。

そんな生活をしていると、二階堂に投資してもらった100万もいよいよ底をつきそうになっていた。バイト代はほとんどが生活費に消えていく。そんな生活を続けていれば、貯金はできないどころか減るばかりである。

〈誠さんが、舞台以外に個人でストリートパフォーマンスしていた意味が分かるな〉

そう思いながら券を売るが、中々通りすぎる人々は興味を示してはくれない。

初舞台も、大将や洋子さんに見に来てもらいたかったが、うまく定休日とも重なる訳がなく、時間帯も昼時や夜の忙しい時間帯に舞台が重なるため、中々呼べないでいた。手売り券も、大将や洋子さんに買ってもらい、舞台を見に来てもらう手段も考えたが、時間も合わないのと、舞台のたびに券を売りつけて来てもらうのが嫌で、手売り券の事は内緒にしていた。

この日も、客は別な芸人が連れてきたお客さんが3名程度だった。その少数のお客さんでさえ、笑わす事のできない一斗たち。しかし、めげずにネタを作ってはネタを披露したがどうにもこうにも笑いを取れない。

舞台がない日はバイトに明け暮れ、時間が空いたらネタを考える日々が何日も続いた。手売りの券は中々売れず、貯金を切り崩して次の舞台の券を購入する日々が何日も続いた。やっと券が売れても、来てくれたその少ないお客さんをクスりとも笑わせる事ができない。そんなんではリピーターの客もできなければファンだって当然付かない。2人は公園でのネタの打ち合わせで、お金問題やファンの問題でちょくちょく辞める辞めないの話も出て、揉めるようになってきた。

その頃だった。この事務所の舞台の特別ゲストとして、大手事務所の所属で、最近は特にテレビに引っ張りだこの人気コンビ「天使の熱意」が来る情報が入った。

どうやら、一斗らの事務所の社長がお笑い芸人をしていた時の同期とかで、その繋がりもあり、客寄せパンダとしてオファーをかけたらしい。

この「天使の熱意」は、ボケの笠原とつっこみの竹下でなるコンビで、関西圏では特に人気があり、東京でもどんどん活躍の場を広げ、今ではかなり知名度のある芸人さんである。その天使の熱意が来る舞台当日は、手売りをしなくてもあっという間にチケットが完売した。舞台袖から客席を見ると、普段は数名しか居ない客席が満員となり、立ち見も発生していた。天使の熱意が楽屋入りすると、若手芸人が次々に楽屋挨拶に行く。当然、一斗と山田も楽屋に挨拶に行った。

「先輩、今回は先輩の舞台を見て勉強させてもらいます」

「どうも、こちらこそ」竹下が笑顔で答える。

色んな芸人さんが挨拶に来るとあって、会話は最小限ではあるが反応してくれる。

「今までピンでしてましたが、今年からはファミリーコンプレックスと言うコンビ名で、この一斗と言う相方とやっていきます」

「ファミリーコンプレックスか……コンビ名ながっ」

「いや、そんなに長くはないですがつっこみ嬉しいです」笑顔で感謝する山田。

天使の熱意の天才的ボケの笠原さんがつっこんでくれた事に、山田は感激していた。

一斗も深々頭を下げて、挨拶を始めた。

「初めまして。ファミコンの一斗と申します。可愛がって下さい」

「君が一斗くんか？　なになに？　ファミコン？」

「ファミリーコンプレックスを略してファミコンです」と一斗が説明する。

「おもろいコンビ名やから覚えてもらいやすいかもな。俺らも略さなあかんな……天使の熱意やから天使熱やな？」と笠原がタバコを吹かしながら言い放った。

「なんか、デング熱みたいで嫌やわ」竹下が後ろからボソッとつっこむ。

「よし、今日から略して天使熱や」と笠原は竹下のつっこみを聞いちゃいなかった。

　そうこうしている内に舞台が始まる。今日は天使の熱意が来ている事もあって、満員御礼である。舞台が始まり若手芸人が次々にネタを披露する。少しの笑いは起こるが大爆笑まではいかない。いよいよ一斗たちの出番だ。

　ファミコンの存在が少し気になるのか、天使の熱意の2人も舞台袖にネタを見に来てくれた。ネタが始まると、テンポこそ悪くはないが全くお客さんの笑い声が聞こえてこない。そのままの状況が続きこの日も笑いがとれる事はなかった。せっかくファンを獲得するチャンスだったが、爪痕を残す事すらできずに出番は終わった。

　その舞台のトリは天使の熱意だ。そのネタを一目見ようと、若手芸人が舞台袖に沢山集まってくる。笠原と竹下が小走りでマイクに向かって行く。

「どうも～略してデング熱です」と真顔で笠原が放つ。

「なんの略や！　さっき楽屋で天使の熱意を略して天使熱って決めたばかりやのに、もう間違ってるやん。しかも、俺がデング熱みたいで嫌やって言ったやつに完全にひっぱられてるやん」と的確な説明とつっこみをする竹下。

「つっこみながっ！　そんな長いつっこみなら辞めさせてもらうわ」一刀両断する笠原。

「まだ出てきて挨拶しかしてへんで？　って言うかまともに挨拶もできてへんで？」

とテンポよくつっこむ竹下。

「つっこみながっ！」とつっこみにつっこむ笠原。

「今のそんな長くなかったやん」と困り顔でつっこむ竹下は表情まで完璧だ。

ネタが始まると掴みから笑いが起きる。さすがアドリブの天才って感じで、ついさっきの楽屋でのやり取りを入れて、それをすぐ使いこなしている。

その後、普通の会話のやり取りが続き、お客さんが静まり返ったその瞬間、ボケをぶちかまし大笑いが起こる。ネタの最中ボケていない場所でもクスクスと笑い声が聞こえてくる。その流れで最後のオチを言うと「待ってました！」と言わんばかりに大歓声と笑い声が起きる。圧巻の舞台だった。

その舞台が終わり、天使の熱意が帰ろうとした時、一斗は意を決して声をかけた。

「少しだけお話よろしいでしょうか？」

笠原は嫌な顔ひとつせず2人を楽屋に招き入れた。一斗は深刻そうに口を開いた。

「ずっと人気も出ないし笑いすら取れないし……成功してる自分たちの姿が想像もできないです。自信もないし解散も考えているのですが」

笠原は考える事すらせずに淡々と話し始めた。

「ほな地元帰ればええやん？　解散して地元帰れば？」冷たくあしらう笠原。

「今は恥ずかしながら帰るお金もないんです」とぼやく一斗。

「お金あったら帰るんか？　そんな中途半端な考えで東京に出てきたん？」

「あっ……いいえ。そういう訳では……」気まずそうな一斗。

　さっきまで冷たく接していた笠原が、少し穏やかな顔になった。

「成功とはその人にとって何かやな。まずな、芸人もやけど普通のサラリーマンにしろ、一つの事を続けるのが何より大切や。そしてな、その人にとっての【成功】とは、何かというのを考えるのも大切やで」

　一斗は、笠原のその言葉をしっかりと聞き何度も頷いている。

「成功とは何か？」と、山田が笠原に問う。

　笠原は2人の相談に真剣に向き合い、しっかりと受け答えしてくれている。

「そう、売れて金持ちになりたいのか、ファンにちやほやされたいのか、テレビに出るのが夢なのか……それを叶えるのも成功やけど俺はそんなんが夢やない」

「笠原さんにとっての成功ってなんですか？」一斗は不思議そうな顔をしている。

　笠原はニコリと笑った。

「俺にとっての成功は、結果に関係なく【自分のやりたい事】を続けていられる環境が成功やと思ってる。売れていなくていい、貧乏で苦しくてもいい、どんな環境でも好きな事とかやりたい事を続けられている。それが俺にとっての成功や」

「笠原さんにとって好きな事、やりたい事は？」と山田が更に問いかける。

「俺は人を笑わす事を考えるより、自分が面白いと思う事を考えるのが【好き】なんや。誰かを笑わすために俺はネタを書いてない。すなわち、自分が面白いって思う事だけをネタに書いたり何かしらの形にしたりしてるんや。だから、自分が面白いって思う事を何か形にするって事が【やりたい事】になるんかな。それを見て面白いって思ってくれてる人らが今日みたいに俺らを見に来てくれている」

笠原はタバコに火を点けると、吸った煙をゆっくりと吐きながら話し始めた。

「別に周りの【ツボ】に自分の【ツボ】合わせる必要はない。自分が面白いと思う事、自分がやりたい事を続けてればええと思う。周りに合わせるのも大切な事やけど、自分のやる事に自信を持って貫くのも大切や。自分のやりたい事に制限かけて、我慢してまで周りに合わす必要ないと思うけどな。やりたい事をやりたいようにやればええやん」

一斗と山田は深く頷いた。笠原はタバコを何服か吹かすと更に話を続けた。

「やりたい事を楽しくやってれば誰かしらそれを見てついてきてくれる。必死になればなるほどそれが空回りして虚しくなって嫌になるだけや、やりたい事だけやればいい、やりたくないもんは無理してやる必要はない。売れる売れないは後からでええやん？　まずは自分のやりたい事を楽しみながら続けるのが大切や」

笠原は、タバコを灰皿に押し付けて消し荷物をまとめだした。そして、楽屋を出る時に2人の肩をポンポンと叩いた。

「ほなまたな、次のネタ楽しみにしてるで。あっ、それとな、ボケの山田とつっこみの一斗は担当入れ替わった方がおもろくなると思うけどな。まあ、そう真剣にならんと【頑張る】っていうよりはもっと肩の力抜いて【楽しめ】や」

一斗と山田は、楽屋の外に聞こえるほど大きな声でお礼を言って、天使の熱意の2人が見えなくなっているのにも関わらず深々と頭を下げ続けた。

一斗と山田は、そのアドバイスを聞いてやる気を出したのだ。そして、2人はすぐに公園に走りだすと公園に着くや否やネタを一緒に考え始めた。

その姿は真剣そのものと言うよりは、小さな子供の遠足みたいに無邪気に楽しんでいるように見えた。

三十四　継続は力なり

一斗と山田は、その後、笠原のアドバイス通りボケとつっこみを替わり、楽しみながらお笑いのそれぞれの活動にも練習にも励んだ。どんな小さなステージにも立ち、どんなにスベろうがネタを見せ続けた。しかし以前と少しずつ変わってきたのが、お客さんが少し笑ってくれるようになった事だ。大爆笑とまではいかないが、その少しの笑いが大きな活力となっていた。

そして、他事務所が主催する小さなお笑いの大会にもエントリーするようにもなった。

しかし、相変わらず小さな笑いしか起こらず、結果は最下位ばっかりだった。

そんな時、楽屋で他事務所の【ラクダのヨダレ・ラマのヨダレ】と言うコンビの先輩芸人であり、ラマのヨダレのボケ担当の長瀬が、ファミリーコンプレックスのネタに対してボソッと呟いた。

「お前らのネタって文面は面白いけど、口にだしたら面白さが半減するよな」

一斗はその長瀬の発言に、苦笑いをするしかなかった。

「ネタは頑張って書いているのですが……結果がいまいちついてこないです」

長瀬は、一斗たちのネタに違和感を覚えていたのだ。

「そりぁー、みんなネタは頑張って書くよ。その後だよ」

「その後とは？」と山田が問いただす。

「お前らのネタは、台本通りにセリフを読み上げてるだけなんだ」

「ネタってそんなもんじゃ？　ではどうすれば？」一斗は前のめりに質問した。

「お前らネタ合わせはどのくらいやってる？」長瀬はタバコを取り出した。

一斗はしばらく考え、その先輩の咥えるタバコをジッと見つめながら答えた。

「時間は分からないです。2人がセリフを覚えるまでですかね？」

「それじゃあ駄目だよ。セリフを覚えただけだから棒読みになってるんだよ」

「セリフ覚える以外にどうすれば？」山田も一斗同様に前のめりに質問する。

「他の先輩とかの漫才とかコントを見てみろよ。漫才もごく自然な会話に聞こえるし、コントだって本当の日常にある光景に見えるだろ？」

　2人は呼吸を合わせた訳ではないが「なるほど確かに」と口を揃えた。長瀬はようやくタバコに火を点けた。しかし、タバコを逆に咥えていたため、そのタバコは一服する事なくゴミとなってしまった。長瀬は仕方なくタバコをもう1本箱から取り出した。

「だから、セリフを間違えないように考えながらしたって何が面白いんだ？　リアルな光景にリアルなセリフ、その中にユーモアとかが含まれるから面白いんだよ」

　長瀬は、持っているタバコを指に挟んだままずっと話を続けている。

「お笑いは【テンポ】とか【間】がものを言う。もっと練習を重ねて会話とか行動とか表情とかをよりリアルに再現して、セリフを自然に出せるようにしていけば、もっと面白くなると俺は思うよ」

　長瀬はかっこよくそう言い放つと、ようやく指に挟んであるタバコを口に咥え火を点けた。そのタバコはまたしても逆向きだったため、一服する事なくゴミとなってしまった。

長瀬はタバコの箱を取り出すも、タバコは既に残り1本になっていた。

「なんだよ、残り1本じゃねえか！　ファミコンの2人、俺のタバコ買ってきてくれ」

　そう頼んだ時には、ファミコンの2人はもう楽屋から居なくなっていた。

「って居ねえじゃねえか！　挨拶なしに帰りやがって！」

　イライラしながら残り1本のタバコを咥え火を点けると……逆向きだった。これで、ラス1のタバコも一服する事なくゴミとなった。

楽屋を後にした一斗は、そんな長瀬のそのアドバイスを聞いた事により、初めて山田と出会ったストリートパフォーマンスの時の事を思い出していた。

〈確かにあの時は、打ち合わせもしてなかったせいか、アドリブだけど自然な会話が出来ていたからお客さんは笑ってくれたのかもな〉

翌日、一斗はアルバイトが終わると、山田とあの公園で待ち合わせをし、それからも同じネタを繰り返し練習した。その先輩のアドバイスを真摯に受け止め、それを意識して何度も何度も練習を重ねた。その努力もあってか、少しずつお客さんの笑い声も大きくなってきた。そうなると、そのお客さんが友達を連れてくる、それに比例して券も少しずつ売れ始めてきた。

一斗と山田は少しずつノッてきているが、天狗になる事なく練習を続けた。やり慣れたネタも、何度も何度も繰り返し練習し、徐々にではあるがごく自然に漫才のやり取りもできた。その成果は日に日に出てきて、笑いの量も増え始めた。

その舞台が終わり事務所から出ると、女性の2人組がこちらを見ていた。

〈これって出待ちってやつ？　でも違ったら恥ずかしいな。しかも、俺らの出待ちとも限らないしな、いや、でもこっちをずっと見ているって事は……〉

そんな事を考えていたら、2人の女性が話しかけて来た。

「すみません。私たちファミコンのファンなんです。サインと写真いいですか？」

「あっ……えっと……その」

一斗は、女の子から話しかけられると、しどろもどろなる悪い癖が出てしまった。

それを見て、ファンの女性2人はクスりと笑った。

「一斗さんって、舞台以外でも笑わせるんですね？」

一斗のしどろもどろは、運よくネタと思われたようだ。そうこうしている内に山田は、色紙とマジックを受け取り、スラスラとサインを書き始め、その色紙を一斗に渡した。

「誠さんすごいかっこいいサイン考えてるじゃないですか？　俺、そう言えばサインなんて考えてなかったな」

山田はドヤ顔をして見せた。

「俺はお前より芸歴が長いねん。サインの一つや二つあるわ。まあ、言うても初めてサイン書いたんやけどな」

「よくあんなピエロのネタでサイン練習しようと思いましたね？」

「うるさいな！　早くサイン書けや」

一斗は何となく【一斗】という字を崩して書くと、少しはサインらしく見えた。

その色紙を彼女らに渡す時にフッと彼女らを見ると、その女性2人は一斗と山田2人の会話を聞いてずっと爆笑していた。それから写真も無事に撮って、2人の女性は満足気に帰って行った。

そんな感じで少しずつ人気も出だし、お笑いのスキルも付き始めてきた2人に、ＢＢＣ

お笑い新人グランプリのエントリーの話が舞い込んできた。

この大会は、大手事務所の若手から無名の若手までが多く参加し、ファイナルステージはテレビでも放送される。そんなお笑いの登竜門であるBBCお笑い新人グランプリでグランプリを取れば、賞金100万円と関西圏ではあるが番組の出演も決まる。

そんなビッグな大会の話が舞い込み、2人は目を輝かせていた。

どうやら最近の2人のネタの完成度と、少しずつファンもついてきた事を事務所も認めてエントリーの話を持ち掛けてきたらしい。2人は迷う事なく二つ返事だった。

1カ月後に控えた新人グランプリに向けて、2人は公園での練習の量も増やした。

その後も舞台の場数も踏みつつも、練習も今まで以上に重ねていった。

いよいよ新人グランプリの予選が始まった。エントリーしている若手芸人は500組という情報が流れてきた。そこでグランプリを取る事の難しさは、一斗もよく分かっていた。

しかし、自分たちがやってきた事を信じて、そして、天使の熱意の笠原さんのアドバイス「楽しむ」の言葉を胸に抱き、予選に挑んだ。

一斗と山田は練習を重ねてきたおかげで、ネタも飛ぶ事なく平均以上の笑いもとれ見事1回戦を突破した。1回戦突破の芸人リストを見ると、会場と日付は違うが、あのギャグギャングもエントリーし1回戦を突破していた。一斗たちは、怯む事なく予選が終わった後も練習をし続けた。その甲斐あってファミコンは順調に勝ち上がって行ったが、ギャグギャングは2回戦で敗れていた。そして、ファミコンはファイナルまで上りつめた。ファイナリストはここまで勝ち上がってきた9組だ。

　翌日、ファイナルステージを控えながら、ファミコンはあの公園でずっとネタの練習に励んでいた。

　そして、いよいよファイナルステージ。審査員は5人で各100点ずつ持っている。その中で点数が一番高いコンビがグランプリとなる。

　大将と洋子さんは、常連客と固唾を呑んでテレビに釘付けである。田中は相変わらず興味なさそうに、小上がりになった客室の畳の上で足の爪切りをしながら見ていた。

　一斗と山田は後悔しないように楽しみながらネタをやった。今までの苦しみや、客がいなかった時の事、先輩が親身になってアドバイスしてくれた事、色んなドラマを背負って漫才を見事やり遂げた。それから他の芸人も次々とネタを披露した。

　やはりファイナルまできた芸人だけあり、どのネタも面白い。気がつけば次の芸人で最後となっていた。この段階で一番点数が高い芸人の発表があった。それはなんと、ファミコンだった。最後の芸人のネタも終わり、そのコンビとファミコンの一騎打ちだ。

　ファミコンの点数は、500点の内494点だ。

　審査員が1人ずつ点数を入れていく。1人目【100点】2人目【95点】3人目……【100点】4人目【100点】……5人目……【98点】。

　一斗と山田は呆然としている。まだ理解できていないようだ。その2人の横で司会者が叫ぶ。

「合計は493点という事は？　ファミリーコンプレックスが見事にグランプリを勝ち取りました！」

その瞬間に久寿玉（くすだま）が割れ、カラフルな紙ふぶきが舞い散った。そこにBBCテレビ局の取締役社長が100万円のパネルを持って出てきた。

一斗と山田はキョトーンとしており、未だに状況を呑み込めていない。しばらくして、徐々に状況を把握した2人は涙を流しながら抱き合った。

そのあとエンドロールがすぐに流れた。その放送は全国に流れ大反響を呼んだ。

大将と洋子さんは抱き合って喜んだ。天下一品に来ていた常連のお客さんも、スタンディングオベーションで拍手喝采である。その時喜んでいるお客さんのラーメンは完全に伸びきっていた。一方の田中は、優勝のコールを聞いた直後ビックリしたのか、爪を切りすぎて深爪をした。その後常連客の話によると、洋子さんが休憩室に行き中々戻ってこなかったので、休憩室を覗いてみると、洋子さんは意味深な笑みを浮かべ休憩室の壁に貼り付けたメモを眺めていたそうだ。

一斗の地元の仲間たちも、テレビの中継を見ていたようで、拓海やブン太、そして美羽たちからも、祝福のメッセージがSNSに沢山寄せられていた。

三十五　売れっ子芸人へと成長？

ＢＢＣの新人グランプリを制して、一躍時の人となった一斗と山田は、その後、大阪のバラエティー番組に出演し、そこでもうまく結果を残すことができた。

それからは地方番組にもちょくちょく呼ばれ、大阪であるネタ見せ番組にも出演した。まだまだ全国区とは言えないが、徐々に知名度は上がってきていた。

その甲斐あってか、カッコ笑いプロダクションが主催するイベントも、手売りしなくても満員近くの客が入るようになってきた。そうなると、他事務所のイベント主催者もほっとかない、積極的にファミリーコンプレックスをゲストとして呼んでくれた。

所属当初のギャラは１０００円程度だったが、グランプリを取ってからは数万～数十万円単位で貰えるようになってきていた。ファミコンは少しずつではあるが、売れっ子芸人になりつつあった。それでも一斗と山田は天狗には一切ならず、定期的に呼ばれるようになったネタ見せ番組のために、時間があればあの公園で漫才やコントの練習に励んでいた。

その時、一斗はある事に気づいた。

「誠さん。あそこに座っているホームレス？の人いつもビデオ回してないですか？」

一斗が指差す方には、小汚い服装でベレー帽を被った70歳前後の小柄なおじいさんがホームビデオを回していた。

「あー、あの人は昔からおるで。いつもあんな感じで芸人さんのネタ合わせの様子をホームビデオで撮影してるんや。噂によるとお笑い芸人が好きで、その芸人たちの成長を見るのが好きみたいやで？」

「へー、練習風景を撮るってなんか斬新。普通ネタ番組とか録画しますけどね」

不思議な話を聞いた一斗だったが、その後、そのホームレス？のおじいさんの事は気にすることなくネタ合わせに励んだ。

その練習の成果もあって、ファミコンはネタ番組でも結果を残し、ゲストに来ていたタレントさんや大物司会者からの評価も上がっていった。着々と成長を遂げるファミコンを見て喜ぶ人も居れば、妬む人も当然出てくる。それは悪い事ではなく、一斗たちが売れてきた証拠でもある。

一斗と山田が公園で練習をしていると、遠くの方で冷ややかな目で見ている輩(やから)がいた。

そう、ギャグギャングの2人だった。この2人は、TOP養成所を優秀な成績で卒業し、プロダクションからちやほやされていたが、その後は中々結果を残せないでいた。

Cクラスをなんとか卒業し、所属もできなかった一斗が、BBCのグランプリを取り、テレビや舞台で活躍している姿に嫉妬し、苛立ちもピークに達しており、そんな苛立ちを隠せない野田は一斗を睨み付けながら地面に唾を吐き捨てた。

「あのチビ調子乗りやがって」その野田の言葉に乗っかる形で立岡も陰口を叩いた。

「ちょっとテレビとか出られるようになったからって売れっ子気取りしてやがって」

一斗たちの活躍に、プライドが傷ついた2人は、闘志をメラメラと燃やしていた。

「絶対に見てろよ。お前ら底辺芸人なんてあっという間に抜いて地獄を見せてやる」

野田は、そんなセリフを吐き捨てると、その場を去っていった。

立岡は、しばらく一斗と山田を睨み付け、無言でその場を去り野田を追っていった。

そんな事になっているとは知らず、2人は【楽しみながら】ネタの練習に励んでいた。

しかし、一斗と山田は売れてきたとは言え、まだまだ若手芸人には変わりはない。テレビと舞台のオファーは増えてはいるが、やはりベテラン芸人と比べたら、ギャラの単価は安いようで、2人はまだバイトや仕事は続けていた。

その一斗のバイト先では、一斗がテレビに出だしコミュニケーション能力も上がってきていたせいか、ラーメン屋に来るお客さんをも楽しませていた。そのおかげでお店でもファンが付き、ラーメン屋の売り上げもどんどん上がっていった。それに大将や洋子さんは大喜びしていた。

「一斗、お前のおかげで大繁盛だよ。お笑い優先してもいいから、このままうちの社員にならないか？」

その有り難い言葉に対して、一斗は大きく首を横に振った。

「気持ちは有り難いんですけど、ラーメン屋の仕事が充実して楽しくなれば、芸人の方がおろそかになるので、このままの状態が有り難いです」

「そっか。残念だが、それだけ一斗が芸人としての仕事を本気でしてるってことだから、俺は嬉しいぞ。これからも応援するから頑張るんだぞ」

洋子さんも、大将に共感していた。

「一斗ちゃんが売れていなくなるの寂しいけど……嬉しい事でもあるのよね」

一方の田中は、

「何が芸人の仕事を本気でしているだよ。もし、あいつが全国デビュー……」

とうとう田中は、休憩室の壁に貼ってあるメモの存在に気づいてしまった。今まで気づかなかったのが不思議なくらいで、「何か貼ってある」とたまたまそのメモを見てしまい、全身から冷や汗が溢れ出て田中の顔は真っ青になっていた。

三十六　決断の時

丁度その頃だった。事務所から、【トップオブ漫才】のエントリーの話が舞い込んできた。このトップオブ漫才とは、結成10年以内ならプロでもアマチュアでも参加可能な大会で、優勝すれば1千万円の賞金が貰える。そして、過去の優勝者は100％に近い確率で売れていく。

ある意味「優勝すれば将来が保障される！」と言っても過言ではない大会なのだ。

しかしながら、そんな大会だけあって全国の若手芸人からアマチュアの芸人が、一斉にエントリーしてくる。結成10年以内ならとあるが、その中には既に全国で活躍しており実力が認められている芸人さんも沢山いて、優勝するのは至難の業だ。勿論、ファミコンもエントリーした。

今年は、そのトップオブ漫才が20周年を迎えた事により、賞金は2千万となっていたため、エントリー数は過去最多となり、プロとアマ合わせて1万人を超えていた。

山田は次の日の夕方に、一斗を公園に呼び出した。

「誠さん。あらたまってどうしました？」

「一斗くん。俺、会社に辞表出してきたよ」

「えっ？　確かにお笑いの仕事で稼ぎが出てきたけど、それだけでは生活難しくない？」

「多少は蓄えあるから少しの間なら大丈夫やと思う。今回のトップオブ漫才に全てを賭けてみたいんや」

「少しの間……今回エントリー数が1万人超えてるから長期戦になると思いますよ」

「分かってるわ。でも中途半端な気持ちで臨みたくないねん。これで負けたら……」

「負けたら？」

「俺は、ファミリーコンプレックス解散してお笑いも辞めようと思ってる」

「せっかく波に乗ってきたのに？　せっかくコンビの息もあってきたのに？」

「だからこそや。俺、一斗くんとならやれる気がすんねん。これでその波に乗れなかったら……それまでのコンビやったたっちゅうこっちゃ。そのくらいの覚悟は決めて臨む」

　一斗は、その山田の熱意を素直に受け止めた。

「誠さん【俺らしかできない漫才】を見せつけてやりましょうよ」

「せやな。俺らしかできない漫才を全国に見せつけてやろうないかい」

　その日2人は、どのネタで勝負するか遅くまで話し合った。

　翌日、一斗はいつものようにバイトをこなした。そして、バイトが終わると大将の元へ深刻そうな表情で近寄った。

「一斗。そんな顔してどうしたんだ？」心配そうに見つめる大将。

「大将じつは……」

　一斗はトップオブ漫才の話、山田の意気込み自分の決意を大将に全部話した。

「そっか、一斗のおかげで売上も伸びてきたし、お前みたいな根っから素直で真面目で一生懸命な男いないから……俺としては手放したくないけど。でもな、だからこそ俺はお前を応援してやりたい。何かあったら帰ってこい。死ぬ気で頑張ってこいよ」

「大将、もう……何かあっても帰ってきません。何かあっても大丈夫と思うその気持ちが油断に繋がるんだと思います。中途半端な気持ちを捨てるためにも……これで、この天下一品とはお別れです。大将、洋子さん、守さん。今までありがとうございました」

　洋子さんは、一斗の言葉を聞いて大粒の涙を流していた。

「一斗ちゃん。絶対に優勝するのよ。母ちゃん応援してるからね」

　相変わらず田中はそっぽを向いて不愛想にしている。それを見て、洋子さんが田中の頭を手のひらでバシッと叩いた。

「守ちゃん。貴方も何か言ってあげなさいよ」

「なんだよ洋子ちゃん。痛ぇじゃねえか！　分かったよ。一言でいいんだな？　一斗……世の中そんなに甘かねえがよ。頑張るんだぞ」田中はそう言うとすぐに後ろを向き、奥の部屋へと去っていった。その時、田中が目の辺りを服の袖で拭いたのを洋子さんは見逃していなかった。

「守ちゃん泣いてる？　今、涙拭いてたわよね？」

「泣いてなんかいねえよ！　何であんな奴のために泣かなきゃいけねえんだ」

「今、袖で涙を拭いていたのが見えたんだよ」

「さっき足の爪切ってる時にその切った爪が飛んできて目に入っただけだよ」

　田中は、逃げるように奥の部屋へと消えて行った。洋子さんは、それをニコニコしながら追っかけて行った。

　その後の話によると、田中は眼科に行き、目に入った爪を無事に取り除いたようだ。よって「飛んできた爪が目に入った」という話は本当だったとの事だ。

「なんだよ、あの2人。仲いいのか悪いのか。一斗。優勝したらここで祝勝会だぞ」

「ハイ。ここに帰ってくる時は優勝した時だけです。では大将この辺で失礼します」

　一斗はそう言い残し、天下一品を去って行った。

それから数日後、一斗はトップオブ漫才のエントリーの件を拓海に伝えた。

「テレビの前で応援してるから全力で頑張れよ」

「でもね、ファイナルしかテレビで映らないみたいだよ」

「バーカ！　そんなの分かってるよ。だから、決勝をテレビの前で応援するって意味で言ったの。みんなで応援するからよ。それより美羽ちゃんとは連絡とってるのかよ」

「SNSでのメッセージのやり取りはたま～にしてるけど、専門学校が今季で卒業だから資格取ったり卒業検定があるから忙しいらしくて声は聞けてない」

「それじゃあ、今回のトップオブ漫才の事はまだ話してないの？」

「一応メッセージは送って既読にはなったけど、まだ返信は来てない」

「専門学校が忙しいのか？　彼氏とのデートが忙しいのか？　どっちだろう？」

いつもの拓海の「からかい癖」が出始めた。

「彼氏か……」不安げに声を震わせる一斗。

「冗談だよ！　真に受けるなよ！　美羽ちゃんは一斗の事好きだと思うよ」

「美羽ちゃんが幸せならそれでいいよ」

「だから冗談だって！　お前すぐそうやって自信なくすの悪い癖だぞ。優勝したいなら、もっと自分に自信を持て！　俺も今から仕事だからお互い頑張ろうぜ。じゃあな」

一斗は拓海と電話した事によって、勇気と一緒に不安を貰ったのであった。

三十七　自分らしい漫才

無職になった2人は、その不安を掻き消すように、トップオブ漫才の事に集中した。

2人は、毎日時間が許す限り、あの公園でネタの打ち合わせをした。

「どのネタで勝負するか決まった?」山田がすました顔で聞いてきた。

「いいえ、まだ迷ってます。自信あるネタでいくか新ネタにすべきか……」

「自信あるネタの方が精神的にも楽やけどな」

「でも、みんなが知ってるネタだと意外性に欠けますけどね」

「でも、テレビとか舞台でするネタはもう評価されてるから安定はしてる」

「みんなこの大会で優勝するために、色んな人のネタとか見て研究すると思うので、似たり寄ったりになりそうですよね。だから俺たちらしいネタを新たに考えた方が印象には残りそうじゃないですか」

「俺たちらしいネタ?」

「俺、昔いじめられていて自殺まで考えてたんです。逆にそれをネタに出来ないかな?と。それなら誰も真似できないネタだと思うんですが」

「自虐ネタか……果たして通用するかは分からへんけど、その方向で行く?」

「そっちの方が自分らしさ出せるような気がするんです」

「よし、俺は一斗くんにこれまで賭けてきたから今回も賭けてみるわ」

「ネタ書いてくるんで最初は適当に合わせせて、それから修正かけましょう」

「ネタ書けたら連絡してな。今日はこれで終わるか」

そして、この日の2人は解散した。一斗は帰るや否やネタを考え始めた。あのいじめられていた日々、自殺を考えた日々、辛かった事を思い出し、それを自分なりに「笑い」に変換していった。

一斗は徹夜でネタを考えそれをネタ帳に書き殴った。外はすっかり明るくなっており、スズメが元気よく鳴いている。一斗は目をこすりながらテーブルの上にあったアンパンを頬張った。昨夜から一睡もせず、何も食べずにネタを書き続けていたのだ。

その努力の甲斐もありなんと1日でネタを書き終えていた。【考える努力】これも才能の一つなのだろう。そして、さっそく山田に電話を入れ公園で待ち合わせをした。

トップオブ漫才の予選が近いからか、他の芸人たちも何組かこの公園でネタの練習をしている。そんな中、他の連中のネタの仕上がりは全く気にすることなく、一斗は自分たちの事だけに集中し、昨晩から徹夜で仕上げたネタ帳を山田に渡した。山田はそのネタを見てクスりと笑った。

「こんな深刻な問題を、こんな視点で見るの一斗くんらしいな」

そこから、ネタ合わせが始まった。最初は台本を見ながらネタの流れをチェックし、その後に修正を入れる。そんな事を何度も繰り返した。ネタが少しずつ固まると、かつて先輩にアドバイスしてもらった事を守り、リアルな会話に聞こえるよう何度も練習を続けた。

一斗と山田は何も気にしてはいないが、毎日あのホームレス？のおじいさんが芸人たちの邪魔にならないように、遠くの方からホームビデオでネタを撮影している。

一斗たちは舞台の仕事もこなし、ネタ番組にも出演し、そこで精神力も鍛えた。

ネタに集中するためネタをする仕事は受けていたが、ひな壇での収録や地方ロケの仕事は全部断っていた。それだけ「ネタに集中したい！」という思いが彼らを少しずつ成長させていった。

この日も舞台の仕事が終わると、一斗と山田は急いで公園へと向かった。その公園も予選が近づくにあたって、練習をする芸人たちも少し増えていた。それを、相変わらず遠くから撮影するホームレスのおじいさん。それが日常の光景なので誰も気にしてはいない。

一斗たち以外の周りの芸人たちも、ホームレスのおじいさんの事は気にせずいつもの場所を陣取り練習をしていた。

予選は1回戦は2分、2回戦から準々決勝に上がるまでは3分、準々決勝から決勝までは4分と決まっているため、一斗たちは慣れたネタをその制限時間に合わせて作り直し、そのネタも練習をしていた。2分のネタ、3分のネタ、そして、4分の勝負ネタを繰り返し練習した。勝負ネタに関しては何日も何時間も飽きるくらい練習をした。

三十八　勝負ネタ

一斗と山田は、来る日も来る日も勝負ネタの練習は欠かさなかった。公園でお客さんがいる体で、架空のお客さんにネタ見せをしていた。

「どうも、ファミリーコンプレックスでーす」２人で勢いよく走って行く。

「略してファミコンと覚えて下さいね」一斗が笑顔でお客さんに訴えかける。

「今のこの時代にファミコンって古臭いな」苦笑いをしながら山田がつっこむ。

そこからボケ一斗と、つっこみの山田のやりとりが始まる。

「ファミコンで思ったんですけど……」

「ハイハイ。何を思いましたか？　やっと古臭いと気づきましたか？」

「そんなんじゃなくて、小さい頃って何して遊んでましたか？」

「あー、そんな事か？　やっぱりテレビゲームとか携帯ゲームを時間忘れるまでやってたなー。一斗くんもやっぱりテレビゲームで遊んでたん？」

「私が子供の頃は貧乏だったので……テレビゲームも買ってもらえなくて……携帯すら持ってなかったんですよ。って言うかテレビ自体持ってなかったです」

「哀しくなるし気つかうわっ！　テレビゲームから話変えましょうか？　それじゃあ友達とはどんな遊びしてたん？　貧乏でも外で遊ぶのにお金はかからへんからね」

「実は、私いじめられっ子だったんですよ……だから、友達1人もいなかったんです」

「ごめん話変えようか？　話変えるたびにどんどん暗くなっていきそうで怖いな」

一斗は、明るい表情で語り始める。

「いじめは苦しくてね。よくひとりでどんな自殺しようか考えるのがマイブームでしたね。考えれば考えるほど自殺の方法ってこんなんあるんだ？ってビックリしました」

「話続けるんかい！　しかも、そんな笑顔でする話ちゃうやろ！　こっちがビックリするわっ！　そしてな、自殺を考えるのがマイブームって怖すぎるわっ」

「死に方は大切ですからね。色んな自殺に挑戦しましたよ」

「そんなもんに挑戦すな！　何か怖いけどせっかくなんで聞いときましょうかね？」

一斗は、その一つ一つのボケに、リアルな表情や言葉の強弱をうまくつけ、よりリアルに淡々と自殺の方法を語り始めた。

「ベタなところで言うと飛び降りですかね？」

「まあ、よく聞きますけど……やっぱり最初はそこに辿り着くんかな」

「でも私ね……こう見えて高所恐怖症なんですよ」

「どう見えて？　見た目とかで高所恐怖症って分かるん？　しかも周りからしたら高所恐怖症とか知らんがな！って話や」

「だから、高層ビルの高層階にエレベーターで行くんですけど、上に行けば行くほど……見えてくる景色がだんだん小さくなるから……徐々に怖くなるんですよ」

「死にたいって思ってる人が怖がるとか、どんな状態やねん」

「あんな高い所に行って、下に落ちたらどうしよう?と思えば思うほど怖くなって……屋上ついたと同時に1階のボタン連打するんですよ」

「『落ちたらどうしよう』ちゃうねん！　あんた落ちに行ってるんでしょ?　そしてどんだけビビってんねん！　ビビりすぎてめっちゃ連打してるやんけ」

「私、高橋名人に憧れてるんですよ」

「知らんがな！　ファミコンだけに高橋名人って言うてる場合か！　チョイスがいちいち古いねん」

「そして1階に着いたら……」

「話戻すんかい！　高橋名人のくだり、いらんやろ」

「一応は自殺しに来た訳ですから何か行動しないとと思って、エントランスにあるソファーの上に飛び乗り、ピョンピョン何度か跳ねた後、そのソファーの上から床めがけて飛び降りましたね」

「それ、小学校の低学年がテンション上がってするやつやんけ」

「低学年?　園児とかもしますけど?」

「そんな年齢層とか細かい設定はどうでもええねん！　それでどうなったん?」

「着地に失敗して足を捻挫したんですよ。死ぬほど痛かったな〜」

「『痛かったな〜』ちゃうよ！　死にに来た人が捻挫して死ぬほど痛がるってどんな状況

やねん！　しかも、小学校の低学年でも、もっとうまく着地できるやろ」

「園児でもうまく着地できる人いますけど」

「だから！　年齢層はどうでもええねん！　どこにこだわってんねん！　それで？」

「次の日も痛み取れないから、病院で診察してもらって1週間通院しました」

「通院したん？　死を覚悟してる人がガッツリ治るまで通院っておかしいやろ？」

「次考えたのが海に沈むってやつですね」

「次に行くんかい！　海に飛び込んでそのまま沈んでいって窒息死ってやつやな？」

「私、こう見えてカナヅチなんですよ」

「だから知らんがな！　何度も聞くけど、見え方でカナヅチ云々わかるん？」

「だから溺れて沈んで……苦しい思いするの嫌だから……ライフジャケットをしっかりと着て、レンタルで浮き輪も借りて、念のためにシャチの浮き輪も浮かべて……」

「ライフジャケットとか浮き輪とか……念のために聞きますけど、あなた死ぬために海に行ったんですよね？」

「冷たくて気持ちよかったな～。まるで天国みたいだったな～」

「『気持ちよかったな～』とかええねん！　死にに来て死にもせんといて天国みたいだったな～ってどないやねん！　完全に海水浴を楽しんでるやんけ」

「次は、樹海での首つりを考えましたね。私怖がりなんですよ」

「もう高所恐怖症とかカナヅチとか怖がりとか知らんがな！　それで？」

「樹海って言ったら自殺の名所じゃないですか？　樹海で死んでいった奴らの霊に取り憑かれるのが怖いから、霊媒師を20万で雇ったんですよ」

「死を意識してる奴が、取り憑かれるのビビって霊媒師を雇うってどこにお金かけて、どこに力入れてんねん！　そんな余裕あるなら生きろや」

「霊媒師を雇ったからには、その霊媒師を生かして返さないといけないから、飯も食わせないといけないし、サバイバルナイフで色んな動物狩ったり、木登りして木の実取ったり大変でしたよ」

「霊媒師を生かす努力するんやったら、自分も生きる努力しろや」

「そんな狩りをしてる時にとうとう見つけたんですよ」

「とうとう見つけた？　何を？」

「人間がぶら下がっても折れない太くて丈夫な枝ですよ」

「マジか？　とうとう見つけちゃったのか……」

「俺は持っていたロープを準備して」

「うん、準備して……そんで？」

「その枝を何本か切り落として」

「切り落とす？　なんでや？」

「その枝の束をしっかりとロープで結んで、それをかついで霊媒師の元へ戻りました」

「なんしてんねん」

「これで、霊媒師の寝床が作れるってね！　霊媒師も大喜びでしたよ」

「首つりのロープをかける枝やのうて、寝床にする枝を優先して探すってお前何しに樹海に来てんねん！　しかもロープの使い方が理にかなってるやんけ」

「寝床作ったのはいいんですが、毎日のように蛇が出て、生きた心地がしなかったですね」

「死にたいって思ってる奴が生きた心地がしなかったって、どんな心境やねん！」

「樹海に生息する生き物と格闘したり、木を運んだりで、もう樹海から出てきた時には……筋肉もついてたくましい男になってて、自分でもすごく感動しました。初めて自分で自分を褒めたいと思いました」

「ええ事やけど！　死にに行った奴が何たくましくなって帰ってきてんねん！　その自分を褒める名言も有名マラソン選手の言葉やしな！　もう完全にアスリートやんけ！　自殺の話どうなってんねん」

「もうキリがないから、最後に電車に飛び込もうと思いましてね」

「まあ、不謹慎かもしれへんけど、それが一番簡単で早いな」

「でも通勤ラッシュの時だったらサラリーマンやＯＬの方に迷惑かかるし、昼も昼で利用者多いし、夕方も帰宅する方に迷惑かかるし……だから最終電車にしようと」

「今から死のうとしてる奴がえらい周りに気を使いますね？」

「最終列車も帰宅する人居るだろうし、迷惑かけたくないから、終着駅で飛び込もうかと思ったんだけど、車掌さんにも迷惑かかるだろうと思いまして、そのまま車庫に行って、そこに停めてある完全に動いていない状態の電車に飛び込みましたよ」

「さっきからお前なにしてんねん。動いていない電車に飛び込んだところで何も起きへんやろ」

「いや」

「いや、ってなんやねん！　何かなったんか？」

「そこに居た整備士の方に死ぬほど怒られましたよ」

「そりゃ勝手に入ったら怒られるやろうな？　しかも、死にに来た人が死ぬほど怒られるってどんな状況やねん！　それでどうなったん？」

「しょんぼりと歩いてたら、線路に敷いてある石あるでしょ？　あれにつまずいて足首を捻挫しましたよ。死ぬほど痛かった〜」

「『死ぬ程痛かった〜』ちゃう！　お前どんだけ捻挫すんねん」

「痛みがとれないもんだから、１週間通院してやっと完治しましたよ」

「また通院したんかい！　お前、絶対死ぬ気ないやろ？　無事に終着駅についた事やし、この辺で帰らせてもらうわっ！　どうもありがとうございました」

三十九　いよいよ予選

そんな練習を1カ月ほど続けたくらいに、とうとうトップオブ漫才の予選がスタートした。予選会場は、九州は福岡、本州は大阪と名古屋と東京に、東京から上の東北側は北海道と各地域で予選会場を分けて予選が始まった。

今回は、過去最多の1万超えのエントリーだけあって、1回戦も数日に亘り行われた。

一斗たちの会場は東京になるため、その分、会場までの移動がさほどかからない。そのおかげでギリギリまで練習に励むことができた。

数日間に亘る1回戦が全部終わったのち、1回戦突破した芸人の名前が公式サイトにアップされる。テレビで活躍しているコンビや、これまでの賞レース上位の常連コンビ、若手でも舞台で活躍しているコンビや、アマチュアの話題になっているコンビなどが、安定して1回戦を突破している。勿論、ファミコンもすんなりと初戦を突破していた。

八保と大山も今回エントリーしていたが、会場に入る時の扉は観音開き（両開き）の扉なのだが、防犯対策として片方の扉はロックが掛けられており、もう片方の扉から出入りするようになっている。そんな中、混雑する入り口で八保がロックされている側の扉に肩をぶつけ、そのまま白目を剥いて気絶してしまい棄権扱いとなっていた。

1回戦が終わると、1週間程空けてから2回戦がスタートするのだが、これまでの予選だと、1回戦でかなりのコンビが落とされていたが、今回は20周年という事もあり、多くの芸人に夢とドキドキ感を与える目的で、予選前半の審査は甘めになっているようだ。そのおかげで1回戦終了時点ではまだまだ多くのコンビが残っていた。そのため、この2回戦も数日に亘って行われるようだ。

この2回戦からは、舞台で活躍している少し名前が通っている若手も少しずつ負けていく。しかし、メディアに多く出ているコンビはさすが強い。場慣れしているからか、堂々とネタを披露し、なんなく2回戦を突破していた。

一斗と山田は、2回戦が全て終わるまでいつもの公園で練習をしていた。

バイトを辞め2カ月が経とうとしている中、一斗はいよいよお金の心配をしていた。

「誠さん、まだ貯金あります？　誠さんは会社員だったけど、俺はバイトだったからこれからしんどくなるかもしれません」

「まだ大丈夫やけど、俺もチケットが売れなくて何年も自腹切ってたから贅沢できるほどの貯金はないな～」

「まだまだ長期戦と思うので節約しないと……家賃とか光熱費払ってたら貯金が底をつくのも時間の問題ですよね」とお金の心配もしつつ、ネタの練習に精を出した。

2回戦が全て終わり、3回戦へと駒を進めたコンビの名前が発表された。強力なライバルたちの名前がずらりと並び、緊張感がどんどん増していく。

一斗が3回戦のスケジュールを見てみると、ファミコンの出番は2週間後となっていた。

今回は審査が甘めのため多くの芸人が残っているので、審査もかなりの期間と時間を使っているようだ。

「2週間後は長いな。お金が持つかどうか……マジ誠さん大丈夫ですかね？」

「俺も危(あや)ういからマンション引き払ってきたで」

「えっ？　じゃあ、どこに住んでるんですか？」

「まだ蓄えが多少あるからネットカフェに寝泊まりしてんねん」

「何で早く言ってくれないんですか？　うちに一緒に住みましょう」

「でも、光熱費も2人分かかってくるやろ？」

「結局、ネットカフェもお金が発生するから同じですよ」

「それじゃ今回は甘えちゃおうかな？　まさか、俺が案内した物件に住む事になるとは、あの時思ってもいなかったやろうな」と苦笑いの山田。

　そうやって、2人の同居が始まるのだが、結局、一斗も蓄えが沢山ある訳ではないので、これから先の家賃や光熱費を払っていけるか心配はしていた。そんな心配をしている時間はとてつもなく長く感じる。そして、長い長い1週間がやっと過ぎた。

「次の3回戦まで1週間……こんなにエントリー数が多いとは思わなかった」

「一斗くんは俺のせいでバイト辞めたようなもんやからな。本当に俺の気持ちに巻き込んでごめんな」

「誠さんは何も悪くないですよ。俺も同じ気持ちでトップオブ漫才に臨みたかったし」

「一斗くんは相変わらず優しいな〜」

2人は食費を浮かせるため、安い見切り品の食パンを買い、1日目はパンの耳を食べ、2日目は内側の白い部分を食べる、そんな感じで飢えをしのいでいた。

そして、ファミコンの3回戦が始まった。出だしから好調で掴みで笑いを取ると、中盤も安定してお客さんが笑ってくれた、そして、最後のオチもしっかりと落とせ、バランスの良い漫才が出来た。一斗たちは、結果を見る前から3回戦突破の手応えを感じているようだ。

「誠さん。ここはいけたんじゃないですか？」

「結果見るまでは安心できへんけど、あの感じじゃやと大丈夫やと思うで」

この3回戦も数日に亘って行われた。そのため、数日行われる内の初日の出番だったファミコンは、その全3回戦が終わるのをただただ待つしかなかった。そして、3回戦も無事に終わりファミコンは安定して突破していた。次はいよいよ4回戦である。

「誠さん。これ何回戦まであるんですか？」

「過去の大会では、1回戦で沢山の芸人が一気に落とされてたけど、今回は予選の審査は甘めで残ってる組も多いらしいから4回戦を勝てば準々決勝ちゃうかな？」

今回は特別ルールとしてドキドキ感を出すため、何回戦は何日にあるだとか、準決勝はいつからだとか、そんなスケジュールが非公開になっているらしく、芸人たちにとっては先の見えない戦いとなっていた。その先の見えない戦い4回戦が始まった。

ファミコンは3回戦の時と同じく、多くの笑いをかっさらって無事に4回戦を終えた。

4回戦が全て終わり、突破組を見てみると未だに多くのコンビが残っていた。

「もう一気にいっぱい落としてくれよ～」

「そう言ったって、今回のルールは特別なんやから仕方ないやろ」

その頃、一斗の貯金は尽きており、家賃の滞納も始まっていた。

〈『家賃が引き落とされてないよ』って大家さんから連絡あったから、通帳みたら……もう、ほとんど入ってないじゃん……やばいな。このままだと追い出される〉

その時、8畳の部屋にインターフォンが鳴り響いた。そのインターフォンの音は音量は変えていないのだが、いつもより大音量に聞こえた。そのインターフォンに反応し、一斗が玄関を開けると、大家さんだった。

「桜田様、今回1カ月滞納となっているため立ち退きをお願いします」

「えっ？　まだ1カ月でしょ？」

「契約書に書いてあった通り、保証人がいない人、保証会社と契約してない方は1カ月で立ち退きと書いてますよ」

大家さんと交わした契約書を見てみると、小さい字で確かに書いてあった。

「こんな小さな字誰も見ないよ」

「ルールはルールです。3日だけ時間をあげるので、3日の間に荷物をまとめて出て行って下さいね」そう言うと、大家さんはドアを勢いよく閉め立ち去っていった。

「そんな……」膝から崩れ落ちる一斗。

一斗は、二階堂に相談しようとも思ったが、ここまで散々助けてもらっていたので、気まずさも後押しし、中々相談できないでいた。

「あの大家さん、真面目すぎるねん！　昔から不動産業で融通が利かない事で有名やったしな一斗くん……俺、何もしてやれなくてごめんな」罪悪感丸出しの山田。

「誠さんは悪くないから謝らないで」こんな時でも優しい一斗。

そんな一斗と山田の「ごめん」「大丈夫」のやり取りがしばらく続いたが、そんなお互いの気持ちをやり取りしたところで家賃滞納が解消される訳でもない。仕方なく一斗と山田は持ち運べる分の荷物をまとめ3日間ギリギリまで住んで、その後は公園で過ごす計画を立てた。一斗は気を紛らわすため、トップオブ漫才の公式サイトを見ると5回戦の進出者の名前が書かれていた。

「誠さーん。準々決勝どころか5回戦ですよ」

それを聞いた山田は困惑し、苦笑いするしかなかった。

「一体全体、今回は何回戦まであるんや？」

そんな、精神的にも体力的にも参った状態でも、2人は公園でのネタ合わせは続けていた。そして、5回戦が始まる前にとうとう立ち退きの日が来た。

「短い間だったけど、ここの場所と今回の立ち退きの件が先々笑って話せるエピソードになりますように」一斗は、思い出の部屋に向かって手を合わせて願っていた。

家電や家具などの持っていけない物は、使える物は売り飛ばされ家賃滞納分に回されるらしく、再利用が出来ない物は大家さんが処分してくれるらしいので、2人は両手に持てるだけの荷物だった。一斗は名残惜しそうに部屋を見渡す。すると、冷蔵庫の上に茶封筒が見えた。

「危ないところだった」こんな時でも靴をちゃんと脱いで部屋に上がる一斗。

「なんやそれ？」玄関先から目を細める山田。

「地元の仲間が『一番しんどい時に開けろよ！』ってくれたお守りです」

「そんな大切なお守り、忘れたらあかんがな。ほなそろそろ行こか？」

2人は、いつもの見慣れた公園へと向かった。

四十　強化合宿？

2人はいつもの場所を陣取ると、そこにあるベンチに荷物を置き、気を紛らわすかのようにネタ合わせをした。涙も出ないこの状況に虚しさが増していった。それでも歯を食いしばり、何度も何度もネタの練習をした。ネタが一通り終わると、山田はベンチに座ると、鼻で「フンッ」と笑った。

「誠さんどうしたんですか？」その山田の微妙な表情に反応する一斗。

「いや、部屋借りて下さいってお願いしていた側の人間が、今じゃ部屋無しってどんな状況やねんって思って」空を眺め不動産屋で働いてた頃を思い出す山田。

「仕方ないですよ。どうあがいてもこうなる運命だったんですよ」

そんな会話をし、数時間後、お腹を空かせた2人は相変わらず食パンを食べていた。

「誠さん。もうさすがに食パン飽きましたね？」

「せやな。でもな……俺はもう先週から飽きてるよ」

「実は俺、誠さんに秘密にしてる事があるんです」

「秘密にしてる事？」

「実は俺……初日から食パン飽きてました」

「飽きるのはやっ！　せめて3日は耐えろや」

2人はしょうもない会話で大笑いしていた。

「誠さん、いよいよ明日5回戦ですね」

「こんな思いしたんや。絶対勝つぞ」

「余裕ですよ。俺にとってトップオブ漫才の優勝なんて夢の通過点に過ぎないです」

「これだけ苦労して、優勝したとして……それがただの通過点か」

「ハイ。だから通るだけなので余裕なんです」

「でも、通過するにも準備運動は必要や。食パン食べ終わったら練習するで」

2人は一気に食パンを頬張り、公園の水でそれを流し込んだ。食パンは、すぐ飽きる2人だったが、ネタの練習は飽きることなく続けた。

翌日、2人は公園の水で顔を洗い気合を入れ会場に向かった。栄養になるものをあまり食べていないせいか、なんだか力の抜けた漫才になったが、それが逆に良かったのか、お客さんには大反響だった。その好感触に機嫌が良くなった2人は公園に戻る前にスーパーに立ち寄り、食べ物を調達する話をしていたが、2人の財布には数円しか残っていなかった。

「あちゃ〜。誠さん、今日は食パンすら食べれないですよ」

「しゃあないから、公園の水で飢えをしのぐしかないな」

公園に戻った頃には、辺りは真っ暗になっていた。

「そろそろ準々決勝か？」

山田が携帯を開くと、タイミング悪く携帯料金未払いで止められていた。

「俺、携帯とめられとるがな、一斗くんの携帯で公式サイトチェックしてみてよ」

「あっ、俺の携帯も止められてる……どうしよう。これじゃあスケジュール見れないや。よりによって特別ルールだからギリギリまでスケジュール分からないし、次の予選すっぽかしたら……今までの戦いが全て水の泡だ」

山田は、一斗の「水の泡」の発言を聞いて、落胆の色を隠せないでいた。

「部屋を追い出され、携帯も止められて、お金もなくて……住む場所も食う物もない……

予選もどうなるか分からへん……もう、おしまいや」

その発言に、一斗は落ち着いた口調で山田に問いかけた。

「誠さん、死んだんですか？」

「何言うとんねん。どう見ても生きとるがな」

「それならよかった」

山田は、いつものベンチにゆっくり腰かけた。

「とうとう頭おかしくなったんか？　死人がこうやって喋る訳ないやろ」

「違うんです。昔、ヒロくんに言われた事あるんです。生きていれば変わるチャンスも変えられるチャンスもあるって。だから、生きてさえいれば、死ぬ直前まで何度でも挑戦できる、すなわち何度でも変えられるチャンスがあるんです」

「まあ、そうやけど……しかしやな……」

「誠さん。明日は明日の風が吹くですよ。生きていれば、何かのきっかけで、明日からの人生がガラッと変わるかもしれない。明日じゃないかもしれない……時間かかるかもしれない。でも、そんな時は自分たちの手でこの環境変えてみせましょうよ」

ニッコリと微笑みながら、純粋な目で山田を見つめる一斗に、山田も微笑み返した。

「携帯も止められて食べ物もなくて……あるのはネタくらいやな」

「ですね。ネタでも練習しますか？」

その一斗の問いかけに、山田がベンチから立ち上がり、気合を入れて自分の頬をパチンと叩いた。

「よしゃっ！　この環境変えてみせるで！　見とけよ！」

「誰に見とけよ！って言ってるんですか？」

「知らんがな！　そんなんどうでもええねん！　そんな事より、はよネタするで」

そう言うと、2人はいつものように勝負ネタの練習を始めた。

一斗と山田がネタ練習を始めると、あのホームレス風のおじいさんが、遠くの方でカメラを回し始めた。そのホームレス風おじいさんの後ろに人影が、その人がおじいさんに話しかけた。

「あれ？　おっさん毎回ここで撮影してるのか？　昨日もその前も撮影してたよな？」

「こりゃあワシの趣味じゃ」

「どこのゴミ箱にそんないいカメラ落ちてたんだ？」

「人聞きの悪い！　これはワシがちゃんと買ったんじゃ！　お前はあいつの知り合いか？」

「まあな、学生の頃の仲間だ」

なんと拓海だった。拓海は地元の両親が営む建築会社での見習いが落ち着き、東京進出の下見も兼ねて、一斗の様子を見に来ていたのだ。この公園の場所が何故分かったのかと言うと、一斗には内緒で所属事務所に連絡を入れ、2人がよく練習する場所を聞いたところ、この公園をよく使っているとの情報を入手したからである。

「声はかけないのか？　最近あの子らずっと公園にいるが……どうしたもんかの」

「最後の追い込みで強化合宿でもしてるんじゃないの？」

おじいさんと拓海は、２人の事情を知らずして、そこには深くは踏み込まなかった。

「って言うか決勝までは声かけないつもりなんだ。今はあいつの邪魔したくないからさ、それに内緒で来てるから、後から驚かしてやろうと思って。こうやって遠くから様子見てるだけだよ。ところでおっさんはずっとここに住んでるのか？」

「住処はほかにちゃんとあるわい！　ワシは芸人が好きでな。芸人ってのは売れたらすぐネタをしなくなる。ワシはネタが好きだから、こうやって若くてフレッシュな芸人のネタを撮影して家で見ながら飲むのが好きなんじゃ」

「そうなんだ？　でもあのネタ、一斗がするとよりリアリティが増すな」

「あの自殺のネタがかい？」

「そう。あいつ昔いじめられてて、俺もいじめてた内の1人だったけど……その時、本当に自殺考えてたって後からあいつに聞いてよ」

「それが何故お笑いの道へ？」

「いじめからアイツを守って死んだ奴がいてよ、そいつの夢が芸人だったんだ。だからその死んだ友人に『見られなくなった風景を見せてやる！』って東京来て、あーやって必死に【努力】して頑張ってるんだ。いじめてた側の俺がアイツに勇気貰ってるよ」

「ワシはあの子らのネタを毎日撮影してるが、あいつらは努力をして必死に頑張ってる！ってよりは、なんか楽しんでる感じがするの。努力を楽しむって良い事じゃぁ」

「でも、毎日ここに来て同じネタ何回も撮ってるけど何になるんだよ？」

「同じなもんかい！　同じネタでも昨日より今日、今日より明日と確実にテンポも間もうまくなってきおるわい。だから数日前のネタと今のネタでは全然違うネタに思えるくらいに成長してる」そう言いながら、持っていた缶コーヒーを飲もうとするも、空だったようでその缶をゴミ箱に捨てると、更に話を続けた。

「努力ってのはそんなもんじゃ。努力し続けても、失敗したり結果がついてこない事も多々あるけど、その努力は体がしっかりと覚えておるもんじゃ。いざという時その努力を発揮し実を結ぶのじゃ」

「そうなんだ。おっさんやけに説得力あるじゃないか。俺はこれで帰るけど、あいつには俺が来てた事、内緒にしててくれよ」

　そんな話をしていると、後ろの方で2人の男がなにやらコソコソ話している姿が拓海とおじいさんの目に飛び込んできた。おじいさんは聞き耳を立てているが、拓海は、そいつらの事は何にも気にしてはいなかった。ここは、色んな芸人たちが練習に使っている場所という事もあり、その2人もその内の1組だろう？と思っていた拓海は、芸人たちの邪魔をしてはいけないと、おじいさんに別れを告げた。

四十一　月に願いを

「それじゃあな、おっさん。俺はこの辺で帰るから。これ飲んで撮影頑張ってくれよ」

そう言うと拓海は、おじいさんに缶コーヒーを手渡すとその場を去って行った。拓海が去った後、おじいさんは、後ろのベンチに座る2人の話に聞き耳を立てた。

「ファミリーコンプレックスのネタは評価されてるから、確実にファイナルに行く。今やってるネタはそこでやる勝負ネタに間違いない」

「そうみたいだな。そのネタを丸パクリして先に披露すれば優勝間違いないな」

「賞金ガッツリ貰ってそこからオファーの嵐だな？」

「それじゃあ、アイツらが頭からネタを始めたら録音するぞ」

「しっかり録音しろよ」

そんな会話が、同じ公園の敷地内でされている事は知る由もなく、2人はネタの練習を続けた。

「今の流れ良かったですね？　この感じを忘れないためもう一回だけ練習しません？」

「よし、ほなラストもう一回して終わろうか」

2人は気合を入れ直し、ネタを頭から始めた。さっきの男2人は、バレないように一斗たちの後ろにある遊具に回り込み、身をひそめて録音を始めた。

ホームレス風のおじいさんも、いつも座っているベンチを離れ、その2人が見える位置にあるベンチに座り直し、ずっとその2人の姿を遠くから眺めていた。一斗らのネタが終わると、二つの影は足早に公園を去って行った。

そのネタが終わった頃には、すっかり星と満月が夜空を照らしていた。

「今までで一番良い状態でネタ終われたんとちゃう？」

「そうですね。一番気持ち良く終われましたね」

2人は荷物の入ったリュックを枕にし、星空を眺めていた。

「これで優勝できるよな？」少し不安げに山田が言った。

「こんな練習したから優勝できるに決まってますよ」と自信満々で一斗が答えた。

「でも、5回戦いつあるんかな？」携帯を開くが、すぐにポケットにしまう山田。

「2人とも携帯止められてますから、そんな事知らないですよ」

「じゃあ、さっきのは何のためのネタ合わせやったんや？」

一斗は、リュックの小さいポケットをまさぐり始め、拓海らから貰ったお守りを取り出すと、それを星空にかざし目を閉じて願いを込めた。

「お守り様、お星様、どうか我々を助けて下さい」

辺りは他の芸人も誰も居なくなっており、静まり返っていた。

「神頼みか……一斗くん。星ではパワーが足りひんとちゃうか？　月に頼めば？」

一斗は目を閉じたまま、茶封筒のお守りを月がある方向へと動かした。

「お守り様、お月様。どうか我々をお助け下さい………」

辺りは先ほど同様に静まり返っており、一斗の願を込める声だけが、暗い公園の中で虚しく響き渡っていた。

「あ〜あ、神様にもお月様にも俺らは見放されたな……」そんな溜息混じりの山田の言葉に、一斗は聞き耳を立てつつも、ゆっくりと目を開けた。その時、一斗が急に雄叫びを上げた。

「神様がいたよ！」

「どこにや？　いないやんけ？　とうとう頭おかしくなったか？」キョロキョロする山田。

「ここ！　ここ！」

一斗は茶封筒を何回も指差した。山田がその方に視線を動かすと、その茶封筒が月明かりによって透かされ、封筒の中身が薄っすら見えていた。目を凝らして見ると1万円札の影が見えた。

「誠くん。1万円が見える。しかもこの厚さからして……」

一斗は茶封筒の封を切ると、中身を急いで取り出し1万円を数え始めた。

「20万円以上入ってるよ！　拓海くんがみんなから寄せ集めたんだ」

2人は飛んで喜んだ。山田は空に向かって何回もお辞儀をしている。

「神様、一斗くんの友達様！　ほんまにありがとうございます」

翌日、2人はコンビニで携帯代を払い携帯が使えるようになると、早速トップオブ漫才の公式サイトを開いた。

「5回戦明日ですよ？　ギリギリセーフ」

「友達のお守りなかったら、もしかしたら5回戦出れへんかったかもな？」

一斗は、更に目を輝かせていた。

「それだけじゃない。【次の5回戦は準々決勝となります】と書いています」

「一斗くんのお友達のお守りパワー恐るべしやな！　やっと先が見えてきたで！」

そのお守りは、更なるパワーを2人に与え、準々決勝も大盛況で勝ち抜いた。

四十二　ファイナル？

そして、いよいよ準決勝が始まる。ここまで来た芸人は、ほとんどが知名度の高い芸人たちばかりだ。その中に若手株は2組残っていた。1組はファミリーコンプレックス。

そして、もう1組はギャグギャングだった。BBC新人グランプリで悔しい思いをしたギャグギャングは、それを取り戻そうと必死になってここまで上り詰めた。同期にしてライバルのこの2組は、大きくメディアにも取り上げられた。

一斗と山田は、1週間後に始まる準決勝に向けて公園でひたすら練習をしていた。

練習の合間を見て、拓海らにも連絡を入れ報告も済ませていた。美羽に関しては、卒業試験も合格し美容関係の資格も多く取得し、現在はヘアーメイクのコンテストに向けて練習やスキルを磨いているのだとかで多忙な日々が続き、そこまで頻繁に連絡は取れていない状況だった。寂しさもありつつ、地元の仲間に励まされた一斗はやる気は満々だった。

「誠さん、いよいよ準決勝ですね」

「ここで勝たな、これまでの苦労が水の泡や」

「水の泡にはなりませんよ。絶対勝つので」

一斗と山田は1週間みっちりと練習をして、準決勝に臨んだ。

準決勝はネット生配信されるという事もあり、SNSの反応もリアルタイムで見れる。やはり、準決勝だけあってどの組も大爆笑をとっている。SNSの呟きを見ても、どの組も好評で「誰がファイナルに残るのか？」そんな予想をするファンの呟きも多く見られるようになってきた。ギャグギャングも、若手注目株とあって平均的に笑いの量をとっている。

いよいよファミコンの番だ。掴みで一斗が笑いを取ると、既に温まっている会場のお客さんはファミコンのネタに終始爆笑をしてくれた。そして、いつもの様に綺麗なオチを投下し、最後も気持ちよく爆笑で終わった。

SNSの呟きを見ても「これはファミコン確実だな」とか「ファミコンはファイナルどころか優勝だな」とかの高評価の呟きがほとんどだった。最後の組も無事に終わり、SN

Sはファイナリスト予想で荒れていた。そのファイナル進出の発表は1週間後にあるとの事だ。

一斗と山田は、決勝に行ける事を信じあの公園に帰宅した。拓海らのお守りのおかげで、お金に余裕ができていたので一斗も山田も安心して練習に精を出せた。

何日も何日も、何度も何度も同じネタを練習してると、そこで一斗がある事に気づく。

「誠さん。そう言えばあのホームレスのおじいさん最近見ないですね？」

「あっ、ほんまやな？　見ないな。俺らが公園占領したから怒って出て行ったのか？」

「ホームレスも縄張りがあるとか聞いた事あるから、なんか申し訳ないな……」

「仕方ないよ、俺らもここしか行き場ないんやし。事務所で寝泊まりしてもええと思うねんけど、従業員さんたちに監視され続けられるのもしんどいし、時間気にせず練習もできへんから、この選択肢は間違ってへんよ。でもいよいよ明日発表やな」

「とうとう明日ですね」

そして、とうとうその翌日。ファイナル進出発表の時間がやってきた。セミファイナリストたちが会場へと案内される。会場には綺麗にパイプ椅子が並べられており、そこにセミファイナリストの芸人たちが座らされた。その後ろの方には記者席があり、その周りは色んなメディアのカメラがズラリと並んでいる。今回の大会がどれだけ注目されているのかが報道陣の数が物語っていた。芸人たちは椅子に座ると、漫才中は饒舌（じょうぜつ）な芸人もこの時だけは誰も口を開かず、黙って下を見ていた。そんな緊張の時間が続いていた。

そして、会場のステージ中央に用意されていたマイクの所に、トップオブ漫才のプロデューサーが歩み寄りマイクの前に立ちはだかった。そして、無言で手に持っていた紙を広げた。

「ではファイナルに進出したコンビの名前を読み上げます。全9組おりますので、名前を呼ばれたコンビの方はこちらのステージの方へ上がってきて下さい」

報道陣も芸人たちも固唾を呑む。芸人たちは既に手を合わせ神に祈る者もいれば、黙って天井を見上げている芸人、緊張のあまりうつむき呟き込む芸人など見受けられた。そんな中プロデューサーがいよいよ名前を読み上げ始めた。

「1組目、ギャグギャング」

なんとギャグギャングが1組目で呼ばれた。ギャグギャングの立岡と野田は、力強く拳を高々と上にあげて喜んだ。カメラが2人をとらえフラッシュが一斉に焚かれた。

その後、淡々とコンビ名が呼ばれる。既に6組目だがファミコンの名前はまだ呼ばれていない。7組目……8組目……と呼ばれ次が最後の組となった。

「えー、次が最後の9組目の発表となります……」

残っているコンビも、テレビで活躍している芸人たちばかりで、どの組が選ばれるかは本当に予想が出来ない状態だった。

まさかの、ファミコン落選も十分にあり得る。全てがハッピーエンドに終わる訳ではない。しかし、勝ちも負けもそこにはそれなりのドラマがある。どの芸人もそこは同じで、色々と葛藤し苦しんでここまで来ているファミコンだが、一斗は大きく深呼吸をし気持ちを落ち着かせていた。一方の山田は、両手を重ね合わせ力いっぱい目を閉じ、小声で「お願いします」と何度も連呼していた。

カメラが一斉にプロデューサーを狙う。既に選ばれた芸人たちからでさえ、未だに緊張感が強く伝わってくる。プロデューサーは呼ばれていない組のコンビをゆっくりと見回す。残された芸人たちも、選ばれた芸人たちも前のめりになっている。そんな中プロデューサーがゆっくりと口を開いた。

「最後9組目は……ファミリーコンプレックスです」

一斗は、名前を読み上げられたと同時に、両手を高々と上に突き上げた。

〈ヒロくんやったよ！　ヒロくんやったよ！　ファイナリストなれたよ！〉

山田は全身の力が抜け、パイプ椅子から崩れ落ち、膝をついて号泣していた。一斗は山田を抱きかかえ、ステージへ上った。ここでファイナリスト全9組が出揃った。

四十三　ファイナルステージ

ファイナリスト発表が終わると記者会見があり、そのままファイナルステージ用の撮影が始まった。これまでの道のりを聞かれたり、ファイナルでの意気込みを聞かれたりと、その後も雑誌や新聞等のインタビューがあり、それらが終わったのは22時を回っていた。

　プロデューサーの説明によると、ファイナルステージは1カ月後という事だった。

　一斗と山田は未だに興奮が冷めていなかった。そんな2人は、会場を出た後も抱き合ったり握手をしたりと喜びを分かち合った。

「誠さん、とうとうやりましたね」

「やっぱり一斗くんを信じて良かったわ〜」

「違いますよ誠さん。俺じゃなくて2人の力です」

「うん。一斗くん。ほんまありがとう」

「どうですか？　今から2人で美味しいもの食べてお祝いします？」

　その一斗の提案に、山田は大きく首を横に振った。

「俺らはまだ優勝したわけちゃう。今日も食パンや」腕を組み、鼻息混じりの山田。

「えー、そんな〜……って言いたいけど、そうこなくっちゃ」おちゃらける一斗。

　そんな2人は、コンビニに寄り、いつもより高い食パンを購入し公園へと帰宅した。

　一斗は、地元の仲間に早く連絡してビックリさせたがったが、既に夜も遅かったので、翌日に連絡すると決め、自慢したい衝動を抑えてその場を過ごした。

　翌日、一斗はみんなに連絡しようと携帯を開くと沢山のメッセージが届いていた。

「えー、せっかく驚かせようと思ったのに」

このご時世ネット環境が整っているため、ファイナリスト進出者のネット記事が、どんどん拡散されており、拓海ら地元組もSNSで情報を得て一斗にメッセージを送っていたのだ。ほとんどがSNSのメッセージだったが、1件着信が入っていた。

時間帯を見ると一斗が起きる20分前になっている。その相手は美羽だった。まだ時間がそこまで経っていなかったので、一斗はすぐに折り返した。すると美羽はすぐに電話に出てくれた。

「もしもし、美羽ちゃん？」

「もしもし。一斗くんの声を聞くの久しぶりだな。まず最初におめでとうね、決勝戦」

「ありがとう。まだ興奮してるよ。決勝行けて翌日には美羽ちゃんの声聞けて最高だよ。美羽ちゃんは調子どう？」

「そのままの勢いで優勝できるといいわね。いや、きっとできるね。私はね、今ヘアーメイクのコンテストに向けて猛特訓中よ」

「決勝見に来て欲しいけど忙しそうだね？　美羽ちゃんもコンテストグランプリ獲れるといいね。いや、きっと獲れるね」

「うん、獲れるように頑張る。決勝見に行けたら、生で一斗くんが頑張ってるところを見れるのにね。でも、今は2人とも全国制覇狙って頑張るしかないわね」

「そうだね。お互い頑張ろうね」

「うん……早く一斗くんに会いたい」

「えっ？　今、何て言った？」

「えっ？　えっと……何も言ってないわよ」

「いや、何か嬉しい言葉が聞こえたような……」

「空耳じゃない？」

「そっか、気のせいか？　何か言ってたように聞こえたけど」

「あっ、言ったわよ」

「なんて言ったの？」

「もう、しどろもどろ直ったんだね？　東京の女と遊び過ぎて女慣れした？　東京に染まってんじゃねーよ！　バーカ！って言ったわ。私、コンテストの練習あるから忙しいから切るね。またね」そう言うと、美羽はすぐに電話を切った。

「何か言ってたは言ってたけど……あんな長いセリフだったかな？　まあいっか。それより山田さん起こさないと。山田さーん起きて下さい」

「もうちょっとだけ寝かせてや。決勝まで時間あるんやし」

「だーめ。みっちりと練習しないと優勝できませんよ」

「分かったよ！」

　山田が目をこすりながら起き上がり、気だるそうにベンチに腰掛けた瞬間、一斗が走り出した。

「どうも～！　ファミリーコンプレックスでーす！」

「おい、おい！　もう始めるん？　朝ごはんの食パンくらい食べさせろや」

「食パン云々より顔パンパンですよ」

「何うまい事言うとんねん。仕方ないだろ！　昨晩、嬉しすぎて公園の水飲み過ぎたんだから、そりゃ～むくむよ」

「お酒じゃなくて公園の水でむくむ？　もうええわっ！　どうもありがとうございました」

「どんな漫才やねん。もっといいオチあったやろ！　芸人はアドリブもできないとやっていけへんで」

一斗たちは、相変わらず漫才を【楽しんで】やっていた。

そして、あっという間に1カ月が過ぎ、とうとうファイナルステージ当日。

今までのファイナルはスタジオだったが、今回は20周年記念という事もあり、歴史的瞬間を少しでも多くのお笑いファンに見てもらいたいと、野外ステージとなっていた。一斗たちは、緊張とワクワクする気持ちを抑えられず、早めに会場へ向かった。

一方の拓海は一斗を驚かせようと、夜咲連合のメンバーを東京に呼んでいた。

「驚くだろうな？」とニヤケが止まらない拓海。

「あいつの事だからビビって腰抜かすんじゃないの？」ニヤニヤするブン太。

「夜咲連合の頭はそんなやわじゃねーよ」広岡はブン太に中指を立てた。

勿論、武尊も学校を休んで来ている。

「一斗さん。早く会いたいっす！　アマチュアキック優勝したの伝えて、一斗さんに早く褒められたいな～」

拓海が、何かを思い出したかのように二階堂に問いかける。

「おい、ヒカル。おまえ一斗が優勝した時の祝賀会の会場押さえてるんだろうな？」

「拓海さん、ご安心あれです。うちの物件のパーティー会場を1週間押さえてます」

「1週間も？　何故に？」拓海は二階堂を二度見した。

「これほど大きい大会で優勝したとしたら、その瞬間から仕事のオファーが殺到すると聞きますからね。取り敢えずですよ。長引く場合は私が何とかします」

「龍魔鬼のメンバーは来ないのか？」ブン太が周りをキョロキョロ見渡す。

そのセリフに、拓海は笑顔で答える。

「もちのろん呼んでるよ？　あいつら気合入れてバイクで来るらしいから、それに、出発遅かったから到着も遅くなると思うよ。さっき電話で静岡ら辺って言ってたから……間に合うといいけどな」

時間は着々とファイナルの時間へと近づく。会場は先着順のため、拓海らは良い席を取ろうと早めに会場へと向かったが、みんな同じ事を思っているようで、会場は既に込み合っていた。拓海は残念そうな表情を浮かべる。

「なんだよ！　これじゃ一番前の席取れねぇじゃねえか」

結局、拓海らの席は一番最前列と真ん中の列の間くらいの位置となった。

それに、広岡は満足していた。

「なんだかんだで良い席取れたじゃん。一番前だと一斗も気が散るだろうし」

会場は、だんだんとお笑いファンが入り始め、あっという間に満員御礼となった。

拓海は心配そうに周りを見渡した。

「結局、赤木たち間に合ってないじゃねか！　出発するのが遅いんだよ」

龍魔鬼のメンバーは、拓海らが来場してから2時間後に到着したが、さすがに会場には入れなかった。しかし、今回は【歴史的瞬間を少しでも多くのファンに】を掲げているので、会場に入れなかったお客さんは、隣の広い会場の大型スクリーンで見られるようになっていた。

赤木たちは、運よく最前列よりやや後ろを取る事が出来ていた。そんなこんなで、いよいよ、ファイナルまで1時間を切った。その緊張感詰まったステージ上に芸人9組が登場した。

ファンからは盛大な拍手と歓声が飛び、会場はファイナルが始まる前から熱気がムンムンとしていた。拓海らも大声で一斗の名前を叫びまくった。それに気づいた一斗は、笑顔で手を振った。

〈えっ、拓海くんたち来てくれたんだ。ブン太くんやショウくんに武尊くんまで？〉

拓海は、一斗の表情を見て満足気だった。

「ほら見ろ！　一斗めっちゃビックリしてるじゃねか！　おーい一斗！　絶対優勝しろ

よ」

一斗はその声援に、拳を前に突き出し応えた。

〈みんな来てるけど……美羽ちゃんやっぱり来てないか？〉

美羽は、一斗が気を遣うと思い内緒にしていたが、ファイナル当日は美羽も東京でのコンテストが入っていた。コンテストは午前中のため、ファイナルに間に合うかどうかの瀬戸際だった。美羽は努力に努力を重ねたが、5位という形に終わっていた。そのコンテストの表彰式が終わった時には既にファイナルが始まる1時間前だった。美羽は急いでタクシーを拾うも、渋滞に巻き込まれており、仕方なくタクシーから降り、会場目指し必死に走っていた。それでも時間は待ってくれない。

「間に合わないかもしれない。一斗くんの頑張ってる姿を絶対に生で見たい」

涙目になりながら、全力で走る美羽の事を時間は待ってはくれない。

その頃、ステージ上ではルール説明がされていた。ネタの順番はファイナル進出発表で名前を呼ばれた順番でネタ披露らしい。

よって、ギャグギャングが1番手で、ファミリーコンプレックスがトリとなる。

点数は、今回は特別ルールでファン参加型になっている。会場のファンの点数に視聴者投票が加点され、その中でもっとも点数が高かった2組が大御所芸人4人による【審査を受けられる権利】を貰える。大御所芸人の審査方法は、シンプルに面白かったコンビ名をコンピュータに打ち込む。票がどちらかに偏ったり、満場一致の場合はその時点で優勝が決定だが、今回はドキドキ感を出すため、わざと2対2になるように審査員を4名にしていた。

　もしも2対2と票が割れたら、このテレビ局の代表取締役がもっとも良かったコンビの名前を読み上げる形式だ。その説明が終わると、芸人たちはステージを後にし控室へと戻っていった。

　その段階で、既にファイナルまで20分を切っていた。そして、生放送という事もあり、徐々にテレビ局のスタッフが慌ただしくなってきた。ステージ上に大物MCと、アシスタントの大物女優が上がる。その段階で既に会場のボルテージは最高潮に達していた。

　いよいよ5分を切った。そして2分、1分。10秒、スタッフが指でカウントを取る。

「5秒……4秒……」指がカウントダウンに合わせ減っていく……3、2、1。

　会場に音楽が流れ始め、MCが口火を切る。

「いよいよ始まりました。トップオブ漫才！　今回の20周年を制するコンビはどの組になるのか？　会場の熱気とステージ上の緊張感がすごいですね」

　淡々とMCが大会を進行していき、審査員の大御所芸人たちも紹介されステージに上がってくる。そして、テレビ用にネタ順や審査方法が簡単に説明された。SNSでも優勝予想が既に始まっており、荒れに荒れている。MCが腕時計をチラッと見て1組目の名前を力強く言い放った。

「早速行きましょう！　最初の1組目は、ギャグギャングです！」

大会規定の出囃子（でばやし）が流れ、勢いよくギャグギャングの2人が飛び出してくる。

「どうも〜！　ギャグギャングです」

「突然ですが、昔何して遊んでいましたか？」

「いきなりすぎるでしょ。まあ、俺はテレビゲームとか携帯ゲームを時間を忘れるまでやっていましたね。あなたは？」

「私が子供の頃は貧乏だったので……テレビゲームも買ってもらえなくて……携帯すら持ってなかったんですよ」

「哀しくなるし気つかうだろ！　話変えましょうか？　それじゃあ友達とはどんな遊びしてましたか？　貧乏でも外で遊ぶのにお金はかからないですからね」

「実は私いじめられっ子だったんですよ……だから、友達1人もいなかったんです」

「なんかごめん！　話変えようか？　話変える度に暗くなっていきそうで怖いな」

「いじめは苦しくてね。よくひとりでどんな自殺しようか考えるのがマイブームでしたね。考えれば考えるほど、自殺の方法ってこんなんあるんだ？ってビックリしました」

「話続けるのかよ！　しかも、そんな笑顔でする話じゃないだろ！　こっちがビックリするだろ！　そしてな……自殺を考えるのがマイブームって怖すぎるわっ」

「えっ？　このネタって……」そのネタに拓海は血の気が引いた。

ブン太が、様子のおかしい拓海に問いかける。

「拓海。どうかしたのかよ？　このネタがどうしたって？」

「ブン太。このネタ……一斗たちの勝負ネタだぜ？　そんな……」

控室のモニターでネタを見ていた一斗と山田も、顔が青ざめた。

「誠さん……これって？」

「これ俺らのネタのパクリやん」

そんな事はおかまいなしに、ギャグギャングの2人は、ネタを淡々と進め、会場はそのネタで笑いに包まれていた。そして最後のオチまで。

「最終列車も帰宅する人居るだろうし、迷惑かけたくないから、終着駅で飛び込もうかと思ったけど、車掌さんにも迷惑かかるだろうと思いまして、そのまま車庫に行って、そこに停めてある完全に動いていない状態の電車に飛び込みましたよ」

「動いていない電車に飛び込んでも何にもならないだろ」

「いや」

「いや。ってなんだよ！　何かなったのかよ」

「そこに居た整備士の方に死ぬほど怒られましたよ」

「そりゃ勝手に入ってきてるから怒られるだろうな！　しかも、死にに来た人が死ぬほど怒られるってどんな状況だよ！　それでどうなったの？」

「しょんぼりと歩いてたら線路に敷いてある石あるでしょ？　あれにつまずいて足首を捻挫しましたよ。死ぬほど痛かった～」

「『死ぬ程痛かった～』じゃねえよ！　また捻挫したのかよ」

「痛みがとれないもんだから、1週間通院してやっと完治しましたよ」

「また通院したのかよ！　お前、絶対死ぬ気ないだろ！　無事に終着駅に着いたことだしこの辺で帰らせてもらいます。ありがとうございました」としっかりとコピーされていた。その事は一斗らと拓海らしか知らないため、会場も大爆笑でネタを終えた。拓海は怒りが込みあがっていたが、ここで暴れても意味がない事は分かっていた。

「どないんする？」心配そうに一斗を見つめる山田。

「どうしましょう……俺らはトリだからまだ時間はあります」

そこに、ギャグギャングの2人がステージから戻ってきた。

「野田、一番手は緊張したけどいいつっこみしてくれたから大爆笑だったね」

「いや、立岡のボケのセンスのおかげだよ」

「俺らの勝負ネタやっぱり強いよね？」

「これは優勝頂きかな？」

ギャグギャングの2人は一斗をチラ見しながらニヤリと笑った。一斗は必死に怒りを堪えた。

〈どうする……BBCの時のネタをやれば形にはなる〉

一斗が悩んでいる間にも、ネタは2組目、3組目と終わっていく。

〈ヒロくんから貰った漫才を題材にした漫画でも、似たようなシーンがあったな……あのとき主人公はアドリブで対応した。俺らもアドリブで行くか？〉

その後も、ギャグギャングの2人が冷やかしてくるが、一斗はそれに構っている暇などない。焦りながらも必死にどうするか悩んでいた。

「一斗くん。BBCの時のネタならいけるんとちゃう？」

一斗は山田の声も聞こえていない。その間に更に3組がネタを終え、タイムリミットは残り2組。

〈俺らが毎日頑張ってきたネタ捨てて、BBCのネタをすれば、あのネタもグランプリ獲ったネタだから、周りとそんな点数の差は出ないはず。でも、みんな知っているネタだから意外性がない。アドリブで行くか？　アドリブで勝負したら大スベリの可能性もあるけど、うまくいけば跳ねるかもしれない〉

その後、1組のネタが終わった。そして残り1組。その後、ファミコンの出番だ。

一斗は焦る中、ヒロや拓海の言葉を思い出していた。

〈ヒロくんも言ってたな。『そうやってすぐネガティブになる』って。拓海くんにも、『すぐ自信なくす所一斗の悪い癖！　もっと自分に自信を持て』とか言われたな、笠原さんも、『自分の好きな事、面白いと思う事を貫き通すのも大切』って言ってたし……どうする俺、どうするファミコン〉

その時、美羽からSNSでメッセージが入った。

≪一斗くん。私、今日東京でコンテストだったんだよ！　今そっちに向かってるけど、間に合わないかも。私、頑張ったんだけど5位だった。グランプリ獲れなかった。悔しくていっぱい泣いた。でもね、表彰式が終わった時に、審査員長が私の所に来て言ってくれたの。参加してる人の中で君が一番目がキラキラして楽しそうだったって。その時フッと思ったの。賞を貰ったりとか結果も大切かもしれないけど、まず、自分がやりたいって思ってる事がやれてる事が幸せだなって。そして、結果を恐れず、一歩踏み出して、やりたい事を【楽しむ】って事が一番大切なのかもなって。だから、一斗くんには優勝してほしいけど……結果よりも、今一番やりたい事を楽しんで欲しいな。こけて周りからバカにされたっていいじゃない。だって、そこにそうやって立ってやりたい事やれてる事自体が凄いんだよ。だから、自分がやってきた事に自信を持って……いっぱい楽しんできてね。早く一斗くんに会いたい……一斗くん大好きだよ。一斗くんを大好きな気持ちが止まらないです》

一斗はニッコリと笑い、何か吹っ切れた表情を見せた。ちょうどその時、残り1組のネタが終わった。スタッフがファミリーコンプレックスを舞台袖に案内する。

「どうするん？　ＢＢＣのネタなら覚えてるからちゃんとつっこめるで？」

一斗は舞台袖に行く途中、山田に耳打ちをした。それに山田はビックリした。

「それほんまに言うてるん？」

一斗は自信満々に頷く。

拓海たちもどうする事も出来ず、気持ちをなんとか落ち着かせ、ファミコンが無事ネタを終えられることをただただ願った。そして、ＭＣが一斗と山田を呼び込む。

「そして、いよいよ最終組となりました。最後の組はファミリーコンプレックスです！」

出囃子と共に、ステージ中央のマイクを目指す２人。

「どうも、ファミリーコンプレックスでーす！」

会場は拍手で包まれる。

「略してファミコンと覚えて下さいね」一斗が笑顔でお客さんに訴えかける。

「今の時代にファミコンってて古臭いな」と山田がつっこむ。

「ファミコンで思ったんですけど……」

「ハイハイ。何を思いましたか？　やっと古臭いと気づきましたか？」

「そんなんじゃなくて、小さい頃って何して遊んでましたか？」

「あー。そんな事か？　やっぱりテレビゲームとか携帯ゲームは時間を忘れてやってたね～。一斗くんもやっぱりテレビゲームで遊んでたん？」

「私が子供の頃は貧乏だったので……テレビゲームも買ってもらえなくて……携帯すら持ってなかったんですよ」

「哀しくなるし気つかうわっ！　話変えましょうか？　それじゃあ友達とはどんな遊びしてたん？　貧乏でも外で遊ぶのにお金はかからへんからね」

「実は私いじめられっ子だったんですよ……だから友達１人もいなかったんです」

「なんかごめん！　話変えようか？　話変える度に暗くなっていきそうで怖いな」

「いじめは苦しくてね。よくひとりでどんな自殺しようか考えるのがマイブームでしたね。

考えれば考えるほど自殺の方法ってこんなんあるんだ？ってビックリしました」

「話続けるんかい！　しかもそんな笑顔でする話ちゃうやろ！　こっちがビックリするわっ！　ほんでな……自殺を考えるのがマイブームって怖すぎるわっ」

なんと、ギャグギャングにパクられた自分らの勝負ネタを、そのまま使ってきたのだ。

会場がざわめき出す。ギャグギャングの2人が、モニターを前のめりで見つめる。

SNSも、ファミコンのネタに対して一気に大炎上した。

【ギャグギャングのパクリ？　芸人やめっちまえ】【ネタ丸パクリ？　死ねばいいのに】【人のネタパククって痛いコンビ　キモすぎる】【そこまでして優勝したいの】などの低評価ばかりで、高評価のコメントは一つもなかった。拓海はSNSをチェックすると携帯に向かって中指を立てた。

「何も知らないくせに、憶測だけで誹謗中傷だせえんだよ！　バーカ！」

そして、拓海は、ステージの上でネタを披露する一斗の戦略にニヤリと笑った。

「一斗。そうこなっくっちゃ」小さくガッツポーズをする拓海。

「どういう事だ拓海？」ブン太が不思議そうに拓海を見ている。

「一斗たちが公園で練習してる時、お笑いマニアのおっさんが言ってたんだよ。失敗しようが努力した事は体に染みついていて、その努力はここぞという時に実を結ぶって」

「だからどうなんだよ？」ブン太は理解能力がないため、理解に苦しんでいた。

「ブン太お前バカか？　一斗らの努力は体がしっかり覚えてる。間とかテンポとか、顔の表情とか。ほら？　会場見てみろよ？　まったく同じネタなのに一斗たちの方がウケてる」

「なるほどな。コピー品と本物では似てはいるが、質が違うってことか」

ようやく納得するブン太。

生で見ているお笑いファンは、【お笑い】の事をよく知っている。色んな劇場に足を運び、生で色んな芸人のネタを見てきている、そんなお笑いファンが何が面白いか、何が面白くないか一番よく知っている。それが同じネタだったとしても。

そしてステージ上の、一斗と山田は完全に吹っ切れていた。

「次考えたのが海に沈むってやつですね」

「海に飛び込んで、そのまま沈んでいって窒息死ってやつやな？」

「私こう見えてカナヅチなんですよ？」

「だから知らんがな！　何度も聞くけど……どう見えてたらカナヅチとか分かるねん」

「だから溺れて沈んで……苦しい思いするの嫌だから……ライフジャケットをしっかりと着て、レンタルで浮き輪も借りて、念のためにシャチの浮き輪も浮かべて」

「ライフジャケットとか、浮き輪とか……念のため確認するけどあなた死ぬために海に行ったんですよね？」

「冷たくて気持ちよかったな～。まるで天国みたいだったな～」

「だから『気持ちよかったな～』ちゃうねん！　死にに来て死にもせんといて天国みたい

だったな～ってどないやねん！　完全に海水浴を楽しんでるやんけ」

一斗の表情、言葉の強弱や間とテンポに、会場のお客さんは大爆笑だ。ブン太たちも腹を抱えて大爆笑していた。拓海は一斗の表情と口調をしっかり見ていた。

「あの表情と言葉のトーンは、本当に自殺を考えていた一斗だからこそできる。それがリアリティを生み出して、そこにボケをぶち込む。面白くない訳がないじゃねーか」

そのまま会場の爆笑をかっさらい、一斗と山田はオチまで突っ走った。

「もうキリがないから、最後に電車に飛び込もうと思いましてね」

「まあ、不謹慎かもしれへんけどそれが一番簡単で早いわな」

「でも通勤ラッシュの時だったらサラリーマンやOLの方に迷惑かかるし、昼も昼で利用者多いし、夕方も帰宅する方に迷惑かかるし…だから最終電車にしようと……」

「今から死のうとしてる奴がえらい周りに気を使いますね？」

「最終電車も帰宅する人いるだろうし、迷惑かけたくないから終着駅で飛び込もうかと思ったけど、車掌さんにも迷惑かかるだろうと思いましてそのまま車庫に行って、そこに停めてある完全に動いていない状態の電車に飛び込みましたよ」

「動いていない電車に飛び込んでも何にもならんやろ」

「いや」

「いや。ってなんやねん！　何かなったん？」

「そこにいた整備士の方に死ぬほど怒られましたよ」

「そりゃ勝手に入ってきてるから怒られるやろうな！　しかも、死にに来た人が死ぬほど怒られるってどんな状況やねん！　そんで？」

「しょんぼりと歩いてたら線路に敷いてある石あるでしょ？　あれにつまずいて足首を捻挫しましたよ。死ぬほど痛かった～」

「『死ぬ程痛かった～』ちゃうねん！　どんだけ捻挫すんねん」

「痛みがとれないもんだから1週間通院してやっと完治しましたよ」

「また通院したんかい！　お前、絶対死ぬ気ないやろ？　無事に終着駅に着いた事やし、この辺で帰えらせてもらうわっ。どうもありがとうございました」

　SNSは相変わらず荒れているが、少し高評価コメントも増えていた。

【何かこっちの方が面白いの気のせい？】【同じネタでもこうも違うの？】

【ファミコンが本家に見えてきた】【ギャグギャングピンチ！】

　その荒れるSNSをニヤニヤしながら見ている男がいた。そう、ラクダのヨダレ・ラマのヨダレの、ラマのヨダレ担当でもあり、ボケ担当の長瀬である。

「どうやら、あいつら俺のアドバイス聞いて、漫才の練習ちゃんとしてたようだな。ギャグギャングの2人はただ台本を読んでいるだけだ。一方のファミコンは、練習を重ねてネタを作り込んでいるから、会話のトーンも表情も全てがリアルだ。そこにあのボケ放り込んできたら、面白いに決まってるだろ」

　ギャグギャングは、ファミコンの後ろ側で、【録画】ではなく【録音】という形を取っていたため、表情とか仕草とかまではコピーしきれていなかったのだ。

長瀬は、自分のアドバイスがここで活きてきている事に喜びを感じ、その喜びの余韻に浸るため、タバコをおもむろに咥え火を点けた……長瀬はタバコを反対に咥えていたため、そのタバコは火を点けた瞬間にゴミと化してしまった。しかし、長瀬はその間違って火を点けてしまったフィルター部分をはさみで切って、タバコの向きを正常の方向にし、火を点け直した。

「俺だってちゃんと学んでるんだよ。何度も同じ失敗する訳ないだろ」

しかしタバコのフィルターを切りすぎたためタバコの煙が大量に肺に流れ込み、長瀬は激しく咳き込んでいた。一方の会場では、そのファミコンの漫才を見てMCはキョトーンとしている。

「さあ、私もただただビックリしています。ギャグギャングと、ファミコンが全く同じネタで勝負してきました。同期でもありライバルでもあるこのコンビの運命はどうなるのでしょうか？　現在、視聴者投票と会場の点数を集計しています」

その間に、芸人９組がステージ上に上がってきた。

「さあ、死闘を繰り広げた芸人９組にステージ上に来てもらいました。ただいま集計が終わったようです。まずはギャグギャングの点数は１００万５６４９票獲得」

その後、次々と他のコンビの票数が発表されるが、どれも30万票や50万票前後の票数となっていた。

「そして、最後はファミリーコンプレックスの票数は……93万票です！」

ギャグギャングとファミコンの勝負を面白がってか、ファミコンの票数も伸びていた。

MCが1位と2位のコンビを中央に呼び寄せた。

「さぁ、ファン投票1位のギャグギャングと、2位のファミコンのおふたりはステージ中央に来て下さい。審査員の審査を受けられる権利を得ました。ただいま入力中ですか？　え～っと、審査員の入力は既に終わっているようなので、さっそくモニターの方に出して頂きましょう」

【ギャグギャング】【ファミコン】【ファミコン】【ギャグギャング】

「票が割れたぞ！　これは、代表取締役の枠に運命が委（ゆだ）ねられます！」

「登場してもらいましょう！　KMBテレビジョン代表取締役の徳川春雄（とくがわはるお）社長です」

そこに登場した取締役に、一斗と山田は唖然とした。

「誠さん。あの人？」

「ホームレスちゃうんかい」

「お、おっさん！　ホームレスじゃなかったのかよ？」拓海も当然ビックリしている。

その代表取締役は、あの公園のホームレス風おじいさんだった。

「えー。ネタを拝見させてもらいました。SNSも荒れているようですがね、私の心はもう決まっています」

「では、代表取締役の徳川社長の審査の行方はいかに！」とMCが煽る。

徳川社長は、なんの躊躇もなくコンビ名を呼び上げた。

「ファミリーコンプレックスのおふたりです」

その瞬間にファミリーコンプレックスのグランプリが決まった。一斗と山田は涙を流しながら抱き合って喜び合った。

〈ヒロくんやったよ！　見てくれてる？　グランプリ獲ったんだよ？〉

天下一品のあの強面の大将も飛び跳ねて喜んだ。洋子さんも大粒の涙を流している。

田中は休憩室の壁のメモを見た後に、四つん這いになって涙を流した。

あの差別的目で見ていた喫茶店の連中は、呆然としており、お客さんのカップに注ぐコーヒーも溢れており、それにも気づいていないくらいの衝撃を受けていた。

「あ、あいつらが……勝った？」

ギャグギャングも呆然としている。そして、この勝敗に納得がいっていない様子だ。

ＭＣが祝福の言葉を掛ける。

「まずはファミコンのおふたりおめでとうございます！　歴史的瞬間に立ち会えた私たちは、なんて幸せなんでしょう。こちらが賞金の今年限定２０００万円です！　惜しくも準優勝のおふたりいかがでしたか？　悔しいでしょ？」

立岡は全国放送にも関わらず、ふてくされながら愚痴り始めた。

「これ完全に私たちの優勝でしたよね？　こいつら不正で優勝しましたよね？」

「ファン投票めっちゃ差が開いていたし、こいつらネタパクって優勝ってダサくないですか？」野田もそれに続き愚痴っていた。

その時、徳川社長が手をパンパンッ！と強く叩くと会場は一気に静まり返った。

「不正？　パクった？　これを見てもファミコンを責めるのかのう？」

ステージ中央にある大型スクリーンにある映像が映し出された。あの時あの公園で2人が、一斗たちのネタを録音する計画を立てている姿と、その時の会話が映し出されたのだ。その後、背後に回り録音している様子もハッキリと映っていた。拓海は、フッと思い出した。

「あの時の2人？　確かにおっさん、最初に一斗たちのネタを撮ってたけど、あいつらが来てからカメラの向きを後ろに変えてた！　俺はてっきりこいつらのネタの動画撮影を始めるんだろうと思って、邪魔しちゃ悪いからその後すぐに帰ったんだ。あのおっさんネタじゃなくて、証拠を撮影してたのか？　やるじゃねえか」

野田と立岡は慌てふためく。

「こんなの盗撮じゃん！　完璧な違法じゃねえか」徳川社長はボソッと呟いた。

「君らのしている事は胸張って『正当な事！』と言えるのかな？」

野田はだまりこんで何も言えないでいた。立岡は必死に映像を隠そうとするも、スクリーンが大きすぎて隠しきれないでいた。この時、リアルタイムでギャグギャングの件で大炎上したのは言うまでもない。それもふまえて徳川社長は最後にこう添えた。

「今現在、ＳＮＳが荒れて、誹謗中傷が飛び交っています。私は芸人やタレントが活動しやすい世界を作る為に、誹謗中傷の内容に関わらず、全開示請求し訴えます。証拠は全てうちのスタッフが押さえております」

その言葉を聞いたSNSのユーザーは、慌ててアカウント削除やリプライの削除に追われ逃げ惑っているが、証拠を押さえられてしまっている以上、時すでに遅しだった。

その慌てふためくSNSを見て、拓海は携帯に向かって中指を立てた。

「逃げ惑うんだったら最初から誹謗中傷するなよ、見苦しい。どうせ、捕まってからも罪をどうにか軽くしようと、言い訳並べて自分を守るんだろ？　ダセェーんだよバーカ！」

大荒れとなった今回の大会は、良くも悪くも、そんな感じで幕を下ろした。

その後、ファミコンの2人は取材と撮影のラッシュで、会場を出てきた時には0時を回っていた。一斗と山田が外に出ると夜咲連合のメンバーが集結し一斗が出てくるのを、まだかまだかと何時間も待っていてくれた。

「みんな。こんな遅くまで待っててくれたの？」

「一斗やったな？　おめでとう。努力が体に染みついてたな」と拓海が声をかける。

「あの腰抜け野郎がな……一斗、強くなったな」ブン太が拳を前に突き出す。

「だから、夜咲連合の頭舐めるなって」広岡はブン太に中指を立てる。

二階堂は、相変わらずクールに軽く手を挙げている。

武尊が一斗の元へ走り、泣きながら胸元に飛び込む。

「先輩おめでとうです、俺、アマチュアキック日本一なったんですよ？　褒めて下さい」

その拓海たちの後ろには、夜咲連合の全メンバーが大はしゃぎしている。

「拓海くん、そして、みんな。あの時貰ったお守りのおかげでここまでこれたよ。本当にありがとう」

その言葉に、拓海が照れくさそうに一斗の頭を叩いた。

「俺らのおかげじゃないよ。一斗と山田さんの実力で勝ち取ったんだ」

「いや、あのお守りがなければ、棄権扱いになってた可能性が高かったです。私からもありがとうを言いたいです」山田が深々と頭を下げる。

そして、そんな会話をしている時だった。あのバイクの排気音が轟きだした。それが合図となり、夜咲連合の集団が右と左に分かれ、道を空ける。その先には龍魔鬼のメンバーたちが居た。その龍魔鬼のバイクの集団も少しバイクを前に走らせ、右と左に分かれると、その間から見えたのは……赤木と美羽だった。赤木は無言のまま、そっと美羽を前に押し出した。美羽はハイヒールを片手に持ち、顔は汚れきって涙でボロボロになっていた。

「一斗くんのバカ！　道に迷ってしまって間に合わなかったじゃん」

「美羽ちゃん……」切ない目で美羽を見つめる一斗。

「生で歴史的瞬間見れなかったじゃんバカ！」涙が止まらない美羽。

「美羽ちゃん……」切ない目で美羽を見つめる一斗。

「早くこっち来て抱きしめなさいよバカ！」どんどん涙が溢れてくる美羽。

一斗はゆっくり美羽に近づく、やがて目の前に来ると、一斗は美羽の腕を優しく引っ張り自分の方に引き寄せ、力強く抱きしめた。美羽はただただ一斗の胸の中で泣いた。

「美羽ちゃん……コンテストお疲れ様……残念だったけど……」

「私はいいの……一斗くんが優勝したから……本当におめでとうね」

それを、遠くから見つめていた女の影があった。そう、東京に上京していた美羽の親友の雫だった。

「ほ～らね？　美羽は一斗くんの事好きだったんだ。もっと早く素直になっとけば良かったのに！　美羽のバ～カ……美羽。一斗くんに幸せにしてもらうんだぞ」

それだけ言い残すと、雫は顔を出す事なくその場を去っていった。

一斗と美羽が良いムードになっている。そこに、拓海が割って入ってきた。

「ラブラブしているところすみません。一斗、今週どこか空いてる？」

「明日、取材と生出演があるから……その後でもいいなら」

「全然大丈夫。その日に祝賀会するからさ。仕事終わったら電話ちょうだい。中野駅で待ち合わせしようぜ」

一斗は笑顔で頷いた。

「美羽ちゃんも来てくれるよね？」胸にうずくまる美羽に問いかけた。

「行くに決まってるでしょ！」一斗の胸で泣き続ける美羽はコックリと頷いた。

一斗は、赤木や龍魔鬼のメンバーにも祝福を受け、1時間程グランプリの余韻に浸り、この場は解散となった。そこには雫以外の他の影も、遠くから一斗を見つめていた。それはギャグギャングの2人だった。

「桜田の野郎ぶっ殺してやる！　全国で恥かかせやがって」

「あいつの人生めちゃくちゃにしてやろうぜ。中野駅とか言ったな？」

「中野駅って確かに言ったな。攫っちまおうぜ」

ギャグギャングの2人はブチ切れており、冷静な判断もできなくなっていた。

翌日、この日の一斗と山田は、生放送と雑誌や新聞の取材で大忙しだった。

「誠さん。今日の祝賀会は誠さんも来て下さいね」

「勿論や、一斗くんの友達の拓海くん？にも誘われたしな」

「えっ？　そうなんだ。それなら良かった」

四十四　仲　間

この日の最後の仕事は、トップオブ漫才への道のりと題して、ネタ合わせで使った公園での取材だった。撮影やインタビューが終わったのは19時を回った頃だった。その間ギャグギャングの2人は、少し離れた場所に隠れ、一斗たちの取材が終わるのを待っていた。

「誠さん、一応待ち合わせ20時30分になったけど、1時間以上あるから、俺は銭湯に行ってシャワー浴びてくるけど、誠さんはどうしますか？」

「あっ、俺は一旦事務所に荷物取りに行くから、後から合流するわ」

という事で、2人は別々に行動することになった。

そして、20時頃、拓海が早めに待ち合わせ場所の中野駅に到着した。

「早く着いちまったか？　ちょっとカフェで時間潰すか。あれ？　俺の携帯どこだ？」

そこに、上半身裸でローラースケートを履いた、大山敬語がたまたま通りかかった。

「あっ、お前？　いつか会ったよな？」

大山のその問いかけに、拓海は他人行儀だった。

「そうだっけ？　確かに見たことあるな。あっ、ごめんだけど携帯貸してくれない？」

「俺の携帯番号が知りたくなったのか？　ローラースケートにとうとう興味示したな」

「そんなんじゃねよ！　俺の携帯がどこにあるか分からないから、鳴らして欲しい」

「仕方ないな」

そう言うと大山は拓海に携帯を渡した。拓海は携帯を受け取ると、自分の番号にかけた。

すると背負っていたリュックの奥から着信音が聞こえてきた。

「あれ？　いつの間に俺リュックに携帯入れたんだ？　君ありがとうね」

「君とは何だ？　俺の名前は大山敬語だ。確かお前は何とかって名前だったな？」

「そりゃー誰でも何とかって名前だろ！　俺は木村拓海って名前がちゃんとあるの！」

「木村拓海くんね。ちゃんと登録しとくからな。暇な時に電話するから出ろよ」

〈しまった。俺とした事が……こんな変な奴に名前教えてしまったじゃねえか〉

拓海は名前を聞きだされ、まんまと本名を明かしてしまった事を後悔した。

「分かったからもう消えろ」

拓海は大山にそう言いながら、喫茶店の中へ入っていった。

「何かあいつからしょっちゅう電話かかってきそうで怖いな。一応着信あったら、あいつって分かるように登録だけはしとくかな。全着信シカトしてやる」

拓海が喫茶店に入って、数分後に一斗は中野駅に到着した。

「いつもの癖で、待ち合わせ場所に早く到着してしまったな」

その時、一斗の背中に鋭利なものが突き立てられた感触がした。

「桜田くん。騒いだら命ないよ。別に騒いでもいいけど、俺は逮捕とか怖くないから」

一斗が振り返ると野田だった。その手元を見るとタオルで包まれて見にくいが、ナイフらしき物がタオルの先から見えていた。

「桜田くん。黙って前に進んでくれない？　それと携帯は没収ね」そう言うと、野田はナイフらしきものを一斗の背中に当てたまま、駅の高架下まで誘導していった。

その高架下には、ピックアップトラックが一台停まっている。一斗が運転席の方に視線を送ると運転席には立岡が座っていた。野田はピックアップトラックの荷台のシートを捲ると、一斗を威嚇するかのように睨み付け指示を出してきた。

「今は少し人が多いからさ、人が途切れたら黙ってこの荷台の中に入ってくれる？」

その数分後に人が途切れた。それを見た野田は顎で荷台に入れと合図した。

一斗は、言われるまま荷台に飛び乗ると、野田はその上からシートを被せ、そのシートが飛ばされないように、シートについているゴムを荷台にしっかりと結び固定した。

そのトラックに野田が乗り込むとすぐにエンジンがかかった。

そこに、あの上半身裸ローラースケート男が滑ってきたが、急に飛び出してきた猫を避けると、そのままバランスを崩し倒れそうになった。大山はローラースケートを履いているため中々体勢を整える事ができないでいた。慌てふためく大山は、目の前に偶然停まっていた野田が乗り込んだピックアップトラックの荷台にしがみついた。

「あの猫危ねーな！　危うく転ぶとこだったじゃねえか」

そうこう言っている内に、そのトラックが動きだした。

「おい、おい！　どうなってるんだ？」

大山はローラースケートを履いていたため、引きずられることなく、トラックが大山を牽引する形となった。

「なんだよこのトラック！　停まれ！」

大山は必死に叫ぶも窓を閉め切られている。よって大山の声が届くことはなかった。

そのまま走り続けるトラックにしがみつく大山。常にローラースケートを履いて行動していただけあり、トラックが車線変更する時も、左折や右折する時も、ビックリするくらいのテクニックでそれに順応し対応していた。

大山は、トラックが信号で止まった時を狙って脱出する計画を立てていたが、こういう時に限って信号が赤にならない。しかし、しばらくするとその時が訪れた。

とうとう信号が赤になりトラックが止まったのだ。大山はこのタイミングを逃すまいと脱出しようとした時だった。シート隙間から誰かの手が出てきた。

「なんだこの手首は？　死体載せてるんじゃねえよな？」

すると、その手はシートを掴み、無理やりそのシートを上に持ち上げた。そのシートの隙間から誰かの顔が半分見えた。どうやらシートがガッチリと結ばれており、顔を半分出すスペースを作るのが精一杯の様だ。大山が中を覗き込もうとした、そのタイミングで信号は青へと変わり、大山は脱出のチャンスを逃してしまった。

大山はその顔が出てきた事にビックリし、荷台から手が離れそうになったが、何とか持ちこたえた。そして、腕の力で自分の体を荷台に近づけ、その少し空いたシートの隙間を覗き込むと、一斗の顔がはっきりと見えた。

「お、お前。あの木村なんちゃらの友達じゃねか？」

すると、一斗は大山にこのトラックに拉致られている事を伝えた。

「拉致？　このトラックどこに向かってるんだよ？」

「分からないです。だからこのまま荷台に掴まってて、場所を覚えてて欲しいです」

「おう。分かった。とにかくお互いバレないようにしようぜ」

一斗は頷くと、また荷台の奥へと入っていった。

その頃、拓海は約束の時間が近づいてきたので、中野駅の前まで歩いて行った。

「一斗まだ来てないな。時間厳守主義のあいつ、いつも早めに来るのに珍しいな」

拓海は携帯を鳴らそうとしたが、取材が長引いて今もなお取材中だったら?と気を使い電話をするのはやめそのまま待つ事にした。その時、山田が中野駅に到着した。

「あれ? 一斗の相方さんですよね? 一斗と一緒じゃ?」

「あっ、一斗くんのお友達の? 一斗くん銭湯に行く言うてましたけど……まだ銭湯にいるんかな?」

「アイツも疲れてたからのんびりしたいんだろうな。もう少し待ちましょうか」

「そうですね」と山田もそれに納得した。

一方の大山は、相変わらずトラックに引っ張られていた。一斗にお願いされたように、大山は周りの景色や看板を必死に見ていた。もう既に、30分くらいは走っただろうか、トラックは右折し港の中へと入って行った。その港には大きな倉庫がいくつも並んでおり、その一番奥の倉庫で停止した。大山は、慌ててトラックの下に潜り込んだ。

〈ここがこいつらの隠れアジト?〉

そこに、運転席と助手席から野田と立岡が降りてきて、荷台のシートを捲りあげ一斗を荷台から降ろした。そして、野田は持っていたロープで一斗の手首を後ろで結ぶと、そのまま力ずくで引っ張り、倉庫の中へと消えて行った。

大山は周りに誰もいない事を確認すると、登録したての拓海へと電話を掛けた。

その頃、中野駅で待つ拓海の携帯が鳴った。

「おっ？　一斗から電話か？」

携帯の画面を見ると【ローラースケート男】と出ていた。

「なんだよ。あのおっさんじゃねか」

拓海は予告通り完全シカトしたが、その後も何度も何度も着信が鳴った。

「なんだよアイツうぜえな！　もしもし？　お前マジうざいんだよ」

「うざいとかどうでもいいんだよ！　お前の友達の何とかって名前の？」

「そりゃー、みんな何とかって名前だろ」

「あのチビで肌の色が……」

「ちょっと待て！　肌の色の事言ったらぶっ殺すぞ！」

「分かった、分かった！　とにかく、あのチビの助だよ」

「一斗の事か？」

「そうそう。その一斗とか言うチビが変な2人組に拉致られてる」

拓海は半信半疑ではあったが、大山の声がいつものトーンと違うので、これはただ事ではないと確信した。

「それ本当なんだろうな？　今どこにいるんだよ？」

「多分だけどよ、港区の日の出何とかの、倉庫が沢山ある所だよ」

「お前は『何とか』が多すぎるんだよ！　港区の日の出何とか探してみるよ」

〈くそ、相手が何人いるか分からんから1人で行くか迷うな……とりあえず夜咲連合と赤木も連れて行くか？〉

拓海は、急いでブン太と赤木に電話をした。赤木に事情を説明すると赤木は「すぐに向かう」と言い電話を切った。

〈初代からの命令……一斗を守る事。それが出来ない時はけじめと取る〉

赤木は、メンバーと共に拓海が待つ中野に向かった。

そして、拓海たち夜咲連合は、実は、一斗の応援が本当の目的ではあったが、別な目的もあり、みんな自慢のアメ車で東京に来ていた。本当ならば週末に、自慢のアメ車で渋谷を走り回る、ローライダー憧れの激アツのイベント【渋谷ジャック】に参加する予定だったのだ。その自慢のアメ車で集合していた。待ち合わせ場所にインパラ、キャデラックやタウンカーといった、綺麗にカスタムされたアメ車が数十台ズラリと並んだ。

「明日の渋谷ジャックの前に、軽くクルージングといきますか」拓海が半ギレで言う。

「エンジン軽くならすために行きますか？」ブン太が拳の骨を鳴らす。

その2人の言葉を合図に、アメ車独特の排気音が轟き、アメ車軍団が走りだした。

そのアメ車軍団は、車から漏れるヒップホップのミュージックに合わせ、車高を上げたり下げたりホッピングさせたりと、ハイドロの舞を見せつけ、東京の人々に夜咲連合の気合を見せつけた。そこに、龍魔鬼のメンバーが合流してきた。赤木は拓海のインパラの横にバイクを付けると、親指を立ててグッドポーズを作ると、いつもの様に美しいコールを披露した。それに合わせホッピングするアメ車軍団。暴走族とギャング（ローライダー）のコラボレーションは東京の人々を釘付けにした。

　その頃の一斗はと言うと、倉庫の中で野田と立岡にボコボコにされていた。

「桜田くん。よくも恥をかかせてくれたね？」

　立岡もそれに続く。

「半殺しでは済まないよ。今日はじっくり遊んだ後にしっかり殺してやるよ」

　その野田と立岡の周りには、バットや鉄パイプを持ったギャング集団が30人ほど待ち構えていた。そこに、バイクの音が近づいてきた。一斗はそのバイクの排気音に耳を澄ました。

〈ダイキくん？　いや、この排気音は違う……〉

　周りを囲っていたギャングの数人が、入り口の大きい扉を半分だけ開けると、そこに一気にバイクがなだれ込んできた。見える範囲で20台近くは居る。そのバイクの集団はみんな黒い特攻服を着ている。その特攻服には【初代　党凶(とうきょう)愚連隊(ぐれんたい)】と書かれていた。

〈ヒロくん、美羽ちゃんが言ってた……右に行こうが左に行こうがそうなる運命って……結局……俺はこうなる運命だったんだよ。もうダメかも……〉

　その暴走族の中の１人が、バイクを降りてゆっくり一斗に近づく。右胸の刺繍に【初代総長】と書かれている。

「野田くん、立岡くん。本当に殺(や)っちゃっていいの？」初代総長が問いかける。

「いいですよ。死体はこのまま港に沈めますから」野田はニヤリと笑った。

そこに、立岡が待ったを掛ける。

「もう少し痛めつけてからにしようよ。俺らに恥をかかした代償は大きいよ」

そう言うと、立岡とギャングの一部が倒れ込んでいる一斗を容赦なく蹴散らす。

その後も、数十分にも亘り殴る蹴るの暴行を繰り返した。

〈ヒロくん。もうすぐヒロくんに……会えるよ。ヒロくんが見れなかった景色……全部見せたかったけど……やっぱもうダメだ〉

気を失いかけている一斗に、暴走族の総長が近づく。

「さてと、仕上げといきますか」

その時、バイクの排気音が奏でる心地よいコールが倉庫の方へと近づいてきた。

党凶愚連隊の総長が呟く。

「やっと死武夜（しぶや）スペクターの皆さんが到着しましたか。遅いですよ」

そう言いながら振り向くと、真っ赤な特攻服の集団が押し寄せてきた。党凶愚連隊の総長は、その赤の特攻服の集団を二度見し唖然とした。

「あ、赤の特攻服？　どこの連中だ？」

一斗は遠のいていく意識の中で、赤木と龍魔鬼のメンバーである事を確認した。その隣には特攻隊の一条もいる。後ろには龍魔鬼の兵隊がゴロゴロといる。その数秒後に綺麗にカスタムされたアメ車が倉庫の前にズラリと並んだ。そこには、拓海にブン太、広岡に二階堂もいた。そして、夜咲連合全メンバーも。

〈ヒロくん……昔と違う事が一つだけ……俺には沢山の仲間がいる〉

一斗はみんなの存在を確認すると……意識を失った。その無残な姿の一斗を見て、赤木のこめかみには、太い血管が浮き出ていた。

「テメエらよ。うちの一斗を随分派手にやってくれたな？　初代？　党凶愚連隊？　君ら、まだひよこちゃんかい？　俺はよ。龍魔鬼ってチームの10代目やってるもんだけどよ。うちの初代からの命令で、一斗を守るように言われてんだよ？　だからテメエらちっと痛いの我慢してもらうよ」

そう言うと赤木は、党凶愚連隊の初代の顔に拳をめり込ませた。その拳の速さは、喧嘩慣れしている拓海たちでさえも、見えない速さだった。

「ブン太……今のパンチ」

「拓海……俺らこんな奴相手に喧嘩しようとしてたのか？　仲間で良かった」

党凶愚連隊の頭は、赤木のワンパンで完全に沈んだ。それを見た野田側のギャングと暴走族が一斉に走り出した。

それがきっかけとなり、夜咲連合と龍魔鬼のメンバーも反撃を開始した。両者入り乱れ激しい乱闘が始まった。それはだんだん激しさを増してきている。立岡と野田も乱闘に参戦しているが、拓海やブン太には太刀打ちできないでいた。立岡は携帯を取り出し誰かに電話を掛けている。その乱闘が15分くらい続いた頃だろうか、一斗が何とか気を取り戻した。

〈拓海くん……ブン太くん……ダイキくん……みんな俺のために〉

一斗は何度も倒れ込みながらも必死に立とうしているが、両手をロープで結ばれている事もあり、中々起き上がれないでいる。その一斗の背後にナイフを持った一つの影が近寄ってきた。徐々に一斗との距離を詰め、ある程度の距離になると一斗の背中をめがけ勢いよく走り始めた。それはナイフを持った野田だった。

それに赤木が気づき、野田の元へ走り出すが、距離が遠すぎて間に合いそうもない。

「かずと――――っ」赤木が大声で叫ぶ。

一斗が振り向くとすぐそこにナイフを持った野田の姿が……拓海とブン太も一斗に向かい走りだすが完全に間に合わない。万事休す。と思われた時だった。一斗と野田の間に黒い塊が入り込んできた。そのナイフは黒い塊に突き刺さった。なんと、大迫のタイソンこと八保狭海だった。

「くそったれー！　俺は夜咲連合の八保だ！　気絶してたまるか！　うぉぉぉぉっ」

八保は何度も「気絶してたまるものか」と雄叫びを上げ、必死に耐えている。

その間に赤木が一斗の元へ走り込み、一斗の手首のロープをほどいた。

「遅くなっちまってごめんよ」

「ダイキくん。来てくれてありがとう」

その間も八保は雄叫びを上げている。

「俺は50万戦無敗の男なんだぞ！　気絶してたまるか」

「八保くん耐えて！　負けてるところしか見てきてないけど」一斗が八保に叫んだ。

拓海も八保に向かって叫ぶ。

「タイソン耐えろ！　無敗どころか惨敗してるところしか見てないから耐えろ」

「八保！　お前夜咲連合じゃないけど耐えるんだ」ブン太も叫ぶ。

「みんなが俺の名前……初めて……呼んでる……俺……みんなに…ちゃんと見えてた」

みんなの言葉に喜びを感じた瞬間、安心したのか八保は耐えきれずブルブル震えながら涙を流し気絶した。

その時、立岡が電話を掛けていた相手が到着した。倉庫の前に高級車が停まった。どうやら、知り合いのやくざを呼んでいたらしい。その車から、組員らしき男たち3人が降りてきた。その中の1人のやくざは車から降りるとすぐに拳銃を構えた。その銃口はゆっくりと一斗の方に向けられた。横にいた赤木は、なんの躊躇もなく一斗の前に出て盾になった。沈黙が続く。そのやくざはゆっくりと赤木に近づき、赤木のこめかみに銃口を突きつけた。

「どけ。邪魔だ！　俺はお前の後ろの奴を殺すように頼まれてる」

赤木は微動だにしない。

「俺を撃て。その代わり一発で仕留めろよ？　さもないと俺がお前を殺るからな」

「面白い。やくざを完全に舐めてるな。撃たないとでも思うか？」

「ダイキくん……」

「一斗……もっと早くお前と出会いたかったぜ」一斗に背中で語りかける赤木。

やくざはゆっくりと撃鉄を引いた。その時、赤木のポケットに入れてあった携帯の着信が鳴った。その着信音は【ゴッドファーザー】だった。やくざがその携帯音に苛立ち始めた。

「こんな時に電話か？　マナーモードにしとけよ。本当にお前やくざ舐めてるだろ？」

ゴッドファーザーのメロディー1周目が終わる頃、赤木はニヤリと笑みを浮かべた。

「なんだこのモヒカン野郎。死ぬ前に狂っちまったか？　笑ってやがる。クソが」

やがて1周目が終わり、ゴッドファーザーは2周目に入った。その瞬間、赤木は一斗の方に勢いよく振り向くと、一斗を押し倒す感じで一緒に倒れ込んだ。

その時だった、乾いた音が倉庫内に響き渡る。とうとう発砲されたのだ。そのまま手首を押さえ倒れ込む……やくざ。どうやら手首を撃たれたらしい。

「誰が撃ったのか？」「何が起きたのか？」と周りは騒然としている。

「やくざ舐めてるのお前だろ？」

その声の方を見ると、そこには龍鬼凛が居た。

「赤木から連絡があってな。たまたま龍鬼組の傘下に入っている組との会合があってよ、東京にいて良かったよ。もしもの時のために着信音を合図にしてたのはファインプレーだったな。まさか打ち合わせ通りにいくとは」

外で見張りについていた他のやくざのこめかみには、龍鬼組の組員が持つ拳銃がつきつけられていた。倒れ込んだやくざは顔が真っ青になっていた。

「た、龍鬼組……」

「そう。龍鬼組、若頭の龍鬼凛。文句ある？」

「い、いや。ありません。こんな事になって誠に申し訳ありません」

その時だった。パトカーのサイレンの音がこちらに近づいてきた。大山敬語がお得意の「危険を感じたら警察に電話する！」を実行していたのだ。

やくざが、凛に問いかける。

「凛さん警察が来ます。私は撃たれている、そして貴方が拳銃を持っています」

「俺もそこまでバカじゃない」凛はニヤリと笑みを浮かべた。

凛は、持っていた拳銃を倒れ込んでいるやくざの手元に投げた。

「ほら？　ちゃんと手袋してるから指紋はついていない。そして、その拳銃もうちの若い衆が持っている拳銃も、テメエらの車の中にあったやつ」

龍鬼組の若い衆も拳銃を一斉に前に放り投げた。ちょうどその頃、警察が到着した。それと同時に救急車も到着した。警官は上半身裸の大山敬語に近づく。

「お、おれは……」

「君が通報してくれたのかね？」

「ハイ。この大山敬語が通報しました」

大山敬語がそうハキハキ言いながら敬礼をし前を向くと、警官は既にその場を離れ、倉庫の中に入っていっていた。

「いねえのかよ！　でも……俺、初めて逮捕されてなくない？」

大山敬語は安堵の表情を浮かべ膝から崩れ落ちた。勝利の一服をしようとポケットから100円ライターとタバコを取り出し、火を点けようとするも、ライターの火はオイル切れなのか点く気配が全くなかった。大山は誰もいないところで、周りをキョロキョロしながらライターとタバコをそっとポケットにしまった。そして、八保狭海も無事に救急隊によって救急車に運び込まれた。

立岡が呼んだやくざ3人と、ナイフを所持していた野田は、銃刀法違反でそのまま連行される運びとなった。パトカーに乗り込もうとする野田に一斗は近寄って行った。

「野田くん。お笑いはやめないでね」

「お前……何で？　お前らのネタパクったんだぞ」野田は大きく目を見開いていた。

「ギャグギャングは、確実に自分の実力でファイナルまで来た。その才能捨てるのは、勿体ないよ。俺もライバルいないと刺激にならないし」

「しかも、こんな目に遭わせたんだぞ？」

「恨んでも、そこから良い事は何も起こらない。しかも、養成所の時、野田くんと立岡くん位だよ、Cクラスの俺に話しかけてくれて、卒業するまでずっと励まし続けてくれたのは。だから、罪償（つみつぐな）ったらまた一緒にお笑いしようね」

拓海は、一斗を見て呆れ返っていた。

「一斗らしいな。俺が一斗の立場なら半殺しじゃ済まさないけどな」

野田は、一斗の事をしばらく見つめ、無言のままパトカーに乗り込んだ。他のメンバーも、凶器準備集合罪や拉致監禁の疑いで次々に連行されている。

立岡が一斗にゆっくり近づいてきた。そして、一斗の目の前に立ち止まった。

「桜田、俺らはクビになってもどうってことないが、芸人たるもの反社会的勢力の人と関わったら……」その立岡の会話の途中に、凛が割り込んできた。

「一斗と俺らが関わってる？　俺はね、こう見えてもミーハーでね、お笑い芸人の追っかけしてるんだよ。今日もたまたま東京に来ていて、ファミリーコンプレックスの一斗くんに会えると聞いたんでね、サインを貰いに来ただけなんだよ」

凛は、ポケットからタバコを取り出すと、近くにいた組員がそのタバコに火を点けた。

そして、そのタバコを一服し口の中の煙を一気吐き出すと、そのまま話を続けた。

「昔、俺の趣味を邪魔して行方不明なった人がいてね、未だに見つかってないらしいんだよ。立岡くんだっけ？　君も俺の趣味の邪魔をして行方不明ならないようにね」

立岡は唇を噛みしめ、悔しそうに口を開いた。

「サインなんか嘘だ……言い訳にしか過ぎないだろ」

その言葉を聞いた凛は、後ろを振り返り、若い衆からなにやら受け取り立岡にそれを見せつけた。その凛が手に持っていたのは、サイン色紙とサインペンだった。

「後ね、俺らと一斗くんは、何かを依頼したり依頼されたりしてないし、金銭的なやり取りも一切していない、ただの通りすがりの芸人とファンなんだよね」

その色紙を見つめながら凛の言葉を聞いて、立岡は何も言えないでいた。

その頃、護送車に次々に立岡側のメンバーが乗せられ、警官は立岡の元に来ると、立岡のベルトをガッチリと掴み後ろに引っ張った。それに立岡は抵抗しようとするも、そのまま強引に護送車の方へと引っ張られて行った。

別な警官が、一斗や凛や拓海らの元へと近づいてきた。その頃、夜咲連合の1人が、車に何かを取りに行き、戻ってくると、それをみんなに配っている最中だった。

「君らもあいつらの仲間か？　君、何をコソコソみんなに渡しているんだ？」

その言葉に、みんな首を横に振り、とっさに手を後ろに回し何かを隠した。その様子を怪しんだ警官は、腰についている拳銃に手をかけた。

「なんだ？　お前ら後ろに武器を隠してるだろ？　時と場合によっては正当防衛で撃つからな？　隠してるものを前に出せ！」

うつむいている夜咲連合のメンバーは、みんな一斉に顔を上げ、満面の笑みで隠している物を前に差し出した。みんなが持っていた物は、凛と同様、サイン色紙とサインペンだった。その姿に凛がニヤリと笑った。拓海は警官に近づくと警官の肩をポンポンと叩いた。

「残念でした。俺らは喧嘩とかしに来た訳じゃなくて、そこに居るファミリーコンプレックスの一斗くんのファンなんですよね〜。芸人さんとファンの交流邪魔しないでもらえます？」

　その拓海の発言に、警官は舌打ちをしながら、肩に乗せている拓海の手を振り払った。

「こんな時間だから君らも早く帰りなさい」

　警官はそう言い残しパトカーに乗り込んだ。その時、時間は既に23時を回っていた。

「あ〜あ。祝賀会が延期になっちゃった」拓海が一斗に近寄る。

「拓海くん。ごめん」傷だらけの体を気にする事なく、両手を合わせて謝る一斗。

「生きてくれてありがとう」拓海は一斗に抱き付いた。

「拓海くん。いつも助けてくれてありがとう」

「一斗、みんなにもちゃんとお礼言えよ」

　一斗は赤木の方を振り向くと、さっきまでいた場所に赤木の姿はなかった。一斗が周りを見渡すと、赤木は龍鬼凛の元に行き、深々頭を下げていた。そのまま赤木がバイクに跨（またが）ると、凛はポケットに片手をつっこんだまま、もう片方の手を軽く挙げた。赤木は、その凛の見送りにまた軽く会釈をした。その様子を見ていた一斗が満面の笑顔で叫んだ。

「ダイキくん！」

　赤木がエンジンをかけると、龍魔鬼のメンバーも一気にエンジンをかけ吹かした。

「ダイキくん！　ありがとう！」エンジン音に負けないくらい大声を出す一斗。

　赤木は振り向く事なくエンジンを吹かすと、お馴染みの排気音でコールを奏でた。

そして、一斗のお礼の言葉に応えるように、バイクに装着しているラッパを鳴らした。

そのラッパの音【ゴッドファーザー】が眠らない街東京に鳴り響いた。

「赤木照れ屋なのか？　すぐああやって居なくなる」拓海が笑う。

みんなが、拓海の言葉に反応して笑う。その笑いの中、龍鬼凛が一斗に近づいてきた。

「美羽にちゃんと自分で無事を伝えろよ。アイツお前の事ずっと心配してたから」そう言い残すと、龍鬼凛も他の組事務所から借りたベンツに乗り込み、若い衆と共にその場を去って行った。

　拓海は一斗の腫れ上がる顔を見て、苦笑いをしていた。

「そんな顔腫れちゃテレビも出られないだろ？　腫れが引くまで休めば？」

「世間から何を言われるか分からないから、しばらく安静にしとくよ」

「腫れが引いた頃に祝賀会するか？」

「拓海くん、お願いがあるんだけど……」

「お願い？」

「祝賀会なんだけど……俺がバイトしていた天下一品でしてほしい」

「なんだそんな事か。二階堂が段取りしてくれてるから二階堂に言えよ。言いにくいなら、俺が二階堂に言っとくから。とにかく今はゆっくり休め」

四十五　その後

　数日後、一斗の顔の腫れは完全に引いた。そして、約束通り天下一品で祝賀会が行われた。龍魔鬼のメンバーと夜咲連合のメンバーが再び揃った。そんなみんなを大将が温かく迎え入れてくれた。

「一斗。お帰り。そして、グランプリおめでとう。今日はサービスだ、沢山食べろ」

「大将ありがとう。テレビいっぱい出られるようになったらここ宣伝するね」

「一斗ちゃんなら優勝できるって信じてたわ」洋子さんは既に泣いている。

「洋子さん、いつも応援ありがとう。あれ？　田中さんは？」

　大将が外を指差す。お店の外には、中に入れなかったメンバーたちがBBQをしている。そのメンバーと意気投合したのか、珍しく田中が笑顔で楽しんでいる。

「みんな、お店狭いから外でごめんね」そう一斗が声をかけると、みんな「大丈夫」と言わんばかりに、両手を上げたり踊ったりと騒いでいる。

　店内には、拓海にブン太、そして赤木に一条に広岡。二階堂と武尊も居る。勿論、相方の山田も居る。そして……誰が呼んだのか、大山敬語も相変わらず上半身裸のローラースケート姿で酒を飲んでいた。その横には、一斗を命を張って守った八保の姿もあった。どうやら、激しい中年太りのおかげで、ナイフの刃が数センチしか刺さらなかったらしく、命に別状はなく、3針程度縫ったただけで済んでいた。

　そして、一斗の隣にはしっかりと美羽が居る。

「一斗くん。改めておめでとう。これから忙しくなりそうね」

「美羽ちゃんありがとう。うん、忙しくなりそう。美羽ちゃんはこれからは？」

「私ね、ヘアーメイクの仕事何個か審査書類送ったけどね……やっぱり龍鬼の名字の印象がね……10社くらい落ちちゃった。やっぱり難しいのかな？」

　美羽は寂しそうな表情をしているが、一斗はそれをニヤニヤしながら見ていた。

「一斗くん。なによ！　人が真剣に悩んでいるのにニヤニヤして」

「美羽ちゃん。名字変えればいいんだよ」

「そう簡単に言うけどね。それが出来ればこんな苦労しないわよ」

「お、俺と……えっと……その……すなわち結婚すれば……その桜田美羽になるよ」

　一斗は顔を赤らめながら、告白って言うよりはプロポーズをした。

「なに、そのしどろもどろなプロポーズ！　それでOK出す女どこにも居ないわよ」

「また振られたな？　もっと浅瀬に行けって」拓海は大爆笑した。

「俺は深海魚みたいな美羽ちゃんがいいの」一斗はほっぺを膨らまし激怒した。

　その言葉に美羽もブチ切れた。

「私が深海魚みたいってどういう事？　深海魚みたいに不細工って言いたいんでしょ」

「あっ！　美羽ちゃんこれは違う……その……あの……深海魚……すなわち、深海魚は美羽ちゃんであって……だからあの～」

「やっぱり私が深海魚みたいって言いたいのね！　そのしどろもどろやめなさい！　しどろもどろ直ったんじゃなかったの？」

どうにも立て直せないこの状況に、みんな大爆笑していた。

その後、将来についてみんなと語り合い、一斗とみんなは、これからそれぞれ大きく成長することを約束した。

「またしばらく会えないな。でも俺の親父の会社が東京に進出するから、その時また声かけるよ。その会社を俺がでっかくして、鳶のブン太と内装の広岡を雇って総合建築会社を設立すっからよ」

拓海も名残惜しそうに一斗に声をかける。

「昔の仲間とタッグを組むって何かいいね。俺もこのままヒロくんのために走り続けるよ。まだまだ見せなきゃいけない景色があるから」

それからも、みんなで、あんな事やこんな事を色々話した。楽しい時間は早いもので、あっという間に祝賀会が終わろうとしていた。お店を出る時、ブン太が率先してご馳走をしてくれた大将にお礼を言っていた。

「大将ごちそうさまです。一斗の事も面倒見てくれてありがとうございます」

それにつられ、みんなも大将にお礼を言いながら店の外に出ていった。そうやって、無事に祝賀会が終わるはずだったが……大山と八保がお礼を言ってお店を出ようとすると、洋子さんが呼び止めた。

「ありがとうございます。支払いの方がですね。2人で2万5870円となります」

なんと、八保と大山は祝賀会の数に入っていなかったのだ。

2人はてっきり祝賀会に招待されてると思い、タダ飯が出来ると勘違いして、ここぞとばかりに、料理を食べまくった挙句の果てに、酒もたらふく飲んで金が高額となってしまっていた。そこに、一斗が近寄ってきて財布から3万円取り出し、八保と大山の支払いを済ませた。

「八保さん、大山さん。あの時、俺が助かったのは2人の存在が物凄く大きかったです。助けてくれてありがとうございました」

その一斗の言葉に大山が泣き崩れ、その涙を拭く腕が八保に当たってしまい、八保はそのまま気絶してしまった。しかし、いつもなら白目も剥いて気絶する八保の目からも、涙が流れていた。

大山は八保が気絶している事に気づかず、それが椅子だと思い、気絶する八保の背中に腰を下ろすと、おもむろにポケットからタバコと100円ライターを取り出し、火を点けようとするも、オイルが切れているのか火は点かなかった。そっとタバコをポケットにしまおうとしたら、火がついたライターが大山の口元に近づいてきた。そこには田中が居た。

大山はタバコを再び咥えると、そのタバコに火を点けてもらい、ようやくタバコを吸う事ができた。大山は泣きながらタバコを吹かし、田中と一緒に、遠ざかる一斗の背中をいつまでも見ていた。

四十六　それから

祝賀会から数日後、予想はしていたが、ファミリーコンプレックスのスケジュールは、びっしりと詰まった。

バラエティー番組では「見ない日はないんじゃないか？」と言うくらい引っ張りだこで、全国放送の場でいじめのネタを披露したため、いじめや、自殺に特化したドキュメンタリー番組が組まれたりした。そこで一斗はいじめや自殺の撲滅を強く訴えた。レギュラー番組も数十本持ち、冠番組も各局で沢山持てるようになった。一斗の純粋な人間性と山田の胡散臭いキャラは、すぐにお茶の間に受け入れられ、人気もうなぎ上りとなり、ＣＭやドラマなどにも多く出演した。

一斗は暇を見つけては、天下一品に足を運んでいた。そこでは驚くべき光景が映し出されていた。洋子さんがメモ用紙の束を手に握りしめ、田中の「一斗が売れたら全裸で○○をしてやる」を実行に移していた。

「これは弱い者いじめでは？」と一斗は一瞬思ったが、なんと洋子さんは田中と再婚していたのである。よってこれはいじめではなく、夫婦の営みと捉えることとした。

そして、一斗は、キックボクシングのジムにも、しっかりとお金を返し、恩返しとして、ボクシングのグローブや最新のトレーニング機材などを寄付しただけではなく、蔵を貸してくれていた、あの民子ババアの家にも定期的にお金を送っていた。

周りからは「あんなひどい扱いされていたのだから、お金は入れなくていい」と言われるが、身よりのない一斗に蔵を貸してくれ、ご飯も少なからず食べさせてもらっていたからここまで育ち、おまけに高校にも通わせてもらったから、ヒロや拓海、その他の人たちとの出会いもあったのだと言い、しっかりと恩を返していた。勿論、ヒロの両親にもしっかりと仕送りを毎年100万円している。

ヒロの存在なくしては、一斗がここまで生きてこられず、それは助けられ続けた一斗が一番知っている。本当ならば100万円以上送りたいのだが、1年に110万以上あげると贈与税がかかるため、キリのいい100万円にしているのだ。

そして、拓海は自分の夢のために努力し、地元の両親が営む有限会社木村組の支社として、東京に株式会社木村組を設立し、両親の会社も有限から株式へと変わった。勿論、ブン太や広岡、その他のメンバーで建築関係に進んだメンバーを引き抜いて、現在軌道に乗り始めている。

赤木大輝は、以前口にしていた、乗り物の病院【DACファクトリー】を立ち上げ、一条英二と共に、車やバイクの修理やカスタムに力を入れていた。

龍鬼凛は以前と変わらず、龍鬼組の若頭として龍鬼組の指揮をとっている。

大山敬語は未だに「小泉又次郎みたく総理大臣になる!」と言っており、その大山の支持者は八保1人だけだと言う。その八保はあの【スターバックズ】でバイトとして雇われている。

そして美羽は、某テレビ局の、ある番組放送前の芸人の楽屋に入るところだった。その、楽屋のドアがノックされる。そのノックに芸人が反応する。

「はーい。どうぞ」

美羽は、元気よく挨拶をした。

「失礼します。今日からヘアーメイク担当になりました、桜田・ジェームズ・美羽です」

「名前ながっ！　って言うか君が一斗くんの奥さん？」

「はい。主人がいつもお世話になっております」

そう、一斗と美羽は交際ゼロ日婚をしていた。その美羽がいる楽屋は【天使の熱意】の楽屋だった。美羽は一斗の大先輩である、坊主頭がトレードマークの笠原の髪の毛を失礼がないようにセットし始めた。

「一斗くん売れてるね？　よう踏ん張ってここまで来たな」

「主人がいつも『笠原さんのアドバイスなしにはここまで来れなかった』と言っています」

笠原は躊躇なく即答した。

「そりゃそうやろ！　天才的ボケの俺がアドバイスしたんや！って、おいおい！　俺の頭どうなってんねん」

〈早く仕事終わらないかな？　もう一斗に会いたくなっちゃった〉

美羽は、ボーッと一斗の事を考えながらヘアムースを出し続けていたため、笠原のトレードマークの坊主頭は、ヘアムースが必要ないはずにも関わらずムースだらけになっていた。

「すみません。ボーッとしてたものですから」

「ボーッとすなっ！　どうせボーッと一斗くんの事でも考えていたんやろ？」

その問いかけに何も反応が無かったので、笠原は鏡越しに美羽を見てみると、またしてもムースを出し続け、ボーッと一斗の事を考えているらしかった。

「もう！　俺の頭ムースだらけやないかい！　もうええわ！　このまま行く」

楽屋を出て行く笠原に、美羽は深く一礼をして見送った。

「いってらっしゃいませ」

笠原は頭がムースまみれの状態で、3時間の特番のMCをこなした。

一斗は相変わらず多忙な毎日を送っていたが、ようやく久々の休暇を貰った。

一斗は、新婚生活真っ只中の部屋でくつろいでいた。

〈ヒロくん。やっと休みです。報告遅くなりましたが、つい先日、美羽ちゃんと結婚しました。結婚式での誓いのキスが俺のファーストキスとなりました。ヒロくんの想像している通り、ファーストキスは俺がアタフタして美羽ちゃんが強引にする形となりました。そして、この部屋のタンスの上には、初めて美羽ちゃんと出会った時にあげたあのドレスのカエルちゃんと、俺がそのまま持って帰ったタキシードを着たカエルちゃんが居ます。離

れ離れになって寂しそうだったけど……今は仲良く寄り添ってます〉

四十七　天国のヒロくんへ

《拝啓ヒロくん。

　俺は今、あれから数年経った今も芸人としてうまくいっています。

　数年前のトップオブ漫才でグランプリを獲ってから、番組のオファーも徐々に増えて、飲料水や食品会社のＣＭなどを含め、他にも沢山のＣＭにも出させてもらっています。

　その後、ドラマや映画の撮影も入りお金も貯まってきたところで、ヒロくんの好きだったストリートファッションの専門店を立ち上げました。

　そして、自社ブランドの服なども作りました。ブランド名は【ハートブラック】です。これは、拓海くんが「ヒロとチームを作る」と言って作ったチームだから、この名前にして欲しいと頼まれました。

　ハートブラックをメインとしたストリート系ファッションの専門店は、全国展開を視野に入れ、今、東京の渋谷店、新宿店、原宿店の他に、全国に30店舗をオープンさせました。

　そのブランドショップ【ハートブラック】の5階建ての本社ビルを建てているんだけど、

そこのビルの建築は、拓海くんが設立した総合建築会社の、株式会社木村組が担当しています。

建てている場所は、大迫町のあのＢＮＴＧの集会場だったあの空き地です。

なんでここに建てたかと言うと、この先辛くて逃げ出したくなった時、あのいじめられていた時以上の苦しさはないから、それを思い出して自分で自分を鼓舞するためにここに決めました。勿論、あの土管はそのままオブジェにしてます。

この間、建築現場にリムジンで乗り付けたら、ブン太くんが悔しそうにしていました。

そして、俺がワザと自慢げに札束を見せつける様に、その札束をウチワ代わりにしたら、ブン太くんが「おちょくってるのか！」と久々に殴りかかってきました。でも、俺には心強いボディーガードがいます。ヒロくんは知らないかもしれないけど、美羽ちゃんのお兄さん、龍鬼凛さんを初めて見た時に、ダンスクラブで店の前に立っていた用心棒の【ジョンソンさん】です。ジョンソンさんにはさすがのブン太くんでも敵いません。ブン太くんが、俺の何もかもを羨ましそうにしています。

ヒロくんの言っていた「一番良い復讐は、一生懸命生き抜いて、その先に待っている未来で輝いている自分をそいつらに見せつける事だよ」が実現できました。

あの土管からブン太くんに見下されていた俺は、今、５階の屋上からブン太くんを見下ろしています。別にあの事は恨んでもいないし、今は大切な仲間だから、見下すもなにもないんだけどね（笑）。

そのブン太くんもショウくんも、支社長の拓海くんにコキ使われて大変そうです（笑）。でもね、その現場の前を【小太郎】という犬が散歩で通るんだけど、その小太郎が、疲れ切ったブン太くんや、ショウくんを癒してくれているみたいです。犬種はパグです。確か……あの門には【猛犬】と書かれていたような？

でも、何故か小太郎はブン太くんにだけ懐いていません。多分、あの時のブン太くんの声を覚えているのかもしれません。あの日、小太郎が吠えてくれていなかったら、あの空き地に行く事なく、その場で暴行を受けていたかもしれません。空き地に行ってくれた事で、ヒロくんの助けが間に合ったのかも？と考えると、小太郎は命の恩人ならぬ恩犬です。

それから、ファッションブランド【ハートブラック】の方なんだけど、ヒカルくんのIT企業とタッグを組んでオンラインショップも立ち上げました。そちらも順調に売り上げを伸ばしています。今では、芸能界での収入や、SNS動画の収入、ハートブラックでの収入など、他にも色々合わせて、もうすぐ100億に届きそうです。

あのいじめられっ子の俺が……ヒロくんの言葉で救われ、ヒロくんの行動で救われ、誰かに必要とされるために自分を磨き続け、そしてみんなに支えられて、ここまで上り詰めることができました。あの時、自殺していたら……この風景は見られなかったんだよね。

ありがとうね、ヒロくん》

そして……

スリー・ツー・ワン・ゼロ！

そのカウントダウンの後に「ゴォー！」という大きな音が轟き、民間のロケットが宇宙へと飛び立った。民間ロケット初の宇宙旅行の瞬間だった。そのロケットには……一斗が乗っていた。

《ヒロくん、あの井の中の蛙は、井戸を飛び出し、今は地球をも飛び出し宇宙にいます。ヒロくんの一番の目的「地球にお礼と謝罪」達成したよ。

あの、広く深く感じていた井戸(にほん)は宇宙からは全く見えません。いじめられていたあの町も小さく……日本も……世界も……地球でさえも今は小さく見えます。その小さい地球に住んでいる小さな人間たちの悩みはもっと小さく……でも、その小さな悩みを持った人間の小さな命は何よりも尊く、その小さな命が持つ【未来での可能性】は、自分たちが思ってる以上に大きいように感じました。

あの時、死のうとした俺が、ヒロくんの言葉を聞いて、その言葉を信じて、ヒロくんの言ってた未来に賭けて【生きた価値】は何よりも大きいのです》

そして数日後、一斗らは無事に地球に帰還した。

一斗は、その後すぐに地元に帰りヒロの墓に来ていた。一斗が墓に話しかける。

「なんの夢もなかった俺が、ヒロくんが見られなくなった景色を見せるために、がむしゃらに走りぬいてきたけど、ヒロくんが見たかった景色全部見られたよね？」

一斗は、墓に綺麗な花を添え、線香に火を点け、目を閉じ手を合わせた。

（あっ、後、ヒロくんは本も出版したいって言ってたよね？　その景色も見せるために本も書いたよ。俺のいじめられていた時の事、ヒロくんに助けられた事、拓海くんやブン太くんと和解していじめ撲滅の活動をした事。他の仲間や美羽ちゃんとの出会い、夢に向かってがむしゃらに走ってきた事を、ストーリーにして本を書いたんだ。

俺が人生の路頭に迷いそうになった時、ヒロくんの言葉や、みんなの言葉が道しるべとなり、進むべき道を正してくれたように、俺と似たような境遇の人たちが、路頭に迷いそうな時に、この本がみんなの道しるべになってくれたらいいな！と思いながら書きました）

一斗は目をゆっくりと開けて、自分の書いた著書を取り出した。

「タイトルは【井の中の蛙　心の道しるべ】だよ。売れるかな？　売れるといいな。ベストセラーになって、もし映画化したら、監督はヒロくんの大好きなあの監督がいいよね。主題歌は、ヒップホップ？　それともレゲエ？」

一斗は手紙と著書『井の中の蛙』を墓にそっと置き、空にゆっくりと敬礼をした。

「井の中の蛙、ただいま任務完了です！」と言い残し、墓を背に歩き始めた。

〈と言いたいけど、これから生まれてくる世代が、いじめも差別もなく、もっと生きやすい世界にするため、井の中の蛙は跳ね(はしり)続けます！〉

井の中の蛙

この物語はフィクションであり、
登場する団体名・会社名・人名等は一部を除いて架空のものであり、
実在する団体・会社・人物等とは一切関係ないっぽい雰囲気を醸し出しています。

後書き

まず初めに、沢山本がある中、私の本を選び購入して頂きありがとうございます。

本書は、2作目となります。処女作はMR.和丸の名義で『茶番依存症』と言う本を出しました。この前著は、買ってくれた読者が「我々はお金を出して、何を買わされて何を読まされてるんだ！」と言わせるようなコンセプトで作品を書き上げました。そのおかげで、今回新作を書くにあたり、「前回どんな感じで書いてたっけ？」と久々に自分の作品を読み返しましたが、「俺は大切な時間を使って何を読まされてるんだ！」とハキハキと口に出して言ってしまいました。『茶番依存症』は『井の中の蛙』とのギャップを作るため、計算して書き上げた作品です。

そして、今回の『井の中の蛙』は、MR.和丸からMR.和丸ブランドに改名し挑んだ2作品目です。「本当に『茶番依存症』と同じ著者が書いてるの？」と思わせるように書き上げました。私は「お笑い」をテーマに、一人でも多くの笑顔を増やすためにSNSなどの活動をしていますが、一人でも笑顔を増やすには？を考えた時に、苦しんでいる人を少しでも減らせれば、一人でも多く笑顔が増えるのでは？と考え、まずは、いじめ撲滅、自殺撲滅を視野に入れ、自分のテーマ「お笑い」を織り交ぜて書き上げました。よって、今回の作品は、暴力的な言動が多々出てきますが、これは、いじめや差別などを助長するものではなく、撲滅する意図で書いていますので、そこをご理解頂ければ幸いです。

私が作家になるにあたり、よく、「夢」に向かって一歩踏み出したきっかけ、「作家」を目指したきっかけを聞かれますが、それについては、テレビでたまたま手相の話題になっていました。そのテレビをチラ見すると、作家線の話に少し触れていました。その時、自分で手相を見た時に「作家線」っぽい手相があったので、私は手相に詳しい訳でもなく、占い師に調べてもらった事もなく、そのテレビの作家線の時もチラ見した程度だったので、それが本当に作家線かどうかの確信はありませんでしたが、それを勝手に作家線と決めつけ「よし、作家線があるから作家になろう！」と決めました。そんなもんです。それでいいんです。

そして、今回の作品『井の中の蛙』は、お気づきの方もいらっしゃるとは思いますが、私、MR.和丸ブランドが書いたと見せかけて、主人公の一斗くんが書いたストーリーをいつの間にか読まされていた！という仕掛けになっております。

表と裏のカバーのイラストは、ストーリーのどの場面?との質問が0件なので、その期待に応えて説明すると、ストーリーの一部ではなく、一斗の思いをイラストにしたものです。

表のカバーの一斗は、美羽に優しく見守られ、ヒロに強く見守られて、2人の存在をいつも心の中に感じています。真ん中には井戸があり、成功しても、その今の知識と経験だけで満足してはならない！　世の中にはもっと凄い人が沢山いるし、すごい事が沢山ある！　と天狗にならないため、そして、この先に待っている大海への期待に満ち溢れた心の表れなのです。

　裏のカバーは、いじめられ辛く苦しい時の精神状態の一斗。その苦しい過去をも一斗は心の中に留めています。どんなに辛く苦しくても、その「今」だけで、この先もこの苦しさが続くと決めつけてはダメ、この苦しさだけで人生の全てが終わる訳ではない。人生は「今」だけじゃない！　人生はまだまだ長い。辛く苦しい時が長く続く事だってあるかもしれないが、大小に関わらず、楽しい事、嬉しい事、幸せに感じる瞬間がこれから出てくる！と自分を鼓舞する思いでイラストにしています。

　一斗は、ヒロから言われた「井の中の蛙」を座右の銘とし、成功しても天狗になってはならない！　辛くてもそこでくじけてはいけない！　と、「今」の狭い経験や出来事や知識だけで、良くも悪くも自分を見失ってはならないと、一斗は心の真ん中に常に井戸を置き「井の中の蛙」を意識しているのです。よってカバーの表と裏のイラストは、一斗の心の中の一部なのです。……そういう事にしておきましょう！

最後に
〈いじめ、偏見、差別、誹謗中傷などをしている方へ〉
　この際ハッキリ言うけど、ダセェーんだよ！　バーカ！
〈いじめ、偏見、差別、誹謗中傷などを受け孤独を感じてる方へ〉

綺麗事を並べて、「ハイ、分かりました」で解決できるような問題ではないことくらい分かっています。それでも、綺麗事並べてでも、貴方たちには生きて欲しいと思っています。道のりは険しく長くなるとは思いますが、大小関係なく、自分の目標や夢を持って生き抜いて、未来で輝いている自分を周りの奴らに見せつけてやって下さい。それが一番の報復です。

そして、悩んでいる時は、家族、兄弟、それがダメなら、相談窓口に相談して下さい。隣町の知らない人でもいいので、ＳＯＳを出して下さい。その人達の言葉や行動が、貴方の運命を大きく変えるかもしれません。

きつい言い方かもしれませんが、苦から脱する為、変わる勇気を持ち、変える努力もして下さい。貴方は一人なんかじゃありません。

少なくとも私は貴方の味方です。

以上

著者プロフィール

名　　前：MR.和丸ブランド
本　　名：非公開　　出身地：非公開
生年月日：一部公開　現在地：一部公開
家族構成：公開　　　血液型：公開
身　　長：非公開　　年　齢：非公開
夢精の有無：有り（※思春期の頃に複数回）
初めて夢精した時はビックリし、パンツを洗濯物の一番下に隠しました♪

イラスト担当者プロフィール

名　　前：HAL（HALnoHANA）
生年月日：1986/1/19
出 身 地：青森生まれ
佐藤です。イラスト描いたりしてます。ペイントしたりもしてます。
ペイントもしますが、縫製もしたり眼鏡かけたりもします。
眼鏡かけてますが、コンタクトです。津軽塗り研究中。
見てくれる人がストーリーを考えたり、音がしそう、動き出しそう、そう思える様な個性だらけの魅せれるイラスト描いてます★

[SNS情報]
Instagram、Twitter共に『MR.和丸ブランド』『HAL』で検索すれば出てきますが、類似したアカウントが存在している可能性があるので、プロフィールや投稿の内容を確認した上で、フォローして頂くと幸いです。

井の中の蛙 〜心の道しるべ〜

2022年9月15日　初版第1刷発行
2022年9月30日　初版第2刷発行

著　者　MR.和丸ブランド
発行者　瓜谷 綱延
発行所　株式会社文芸社
〒160-0022　東京都新宿区新宿1－10－1
電話　03-5369-3060（代表）
03-5369-2299（販売）

印　刷　株式会社文芸社
製本所　株式会社MOTOMURA

ISBN978-4-286-23942-2